宗璞文集

第②卷 散文 * 下 *

人民文学出版社

在托马斯·哈代墓前

在巨石阵前

目 录

不要忘记 …………………………… 1
我的澳大利亚文学日 ……………… 5
绿衣人 ……………………………… 15
潘彼得的启示 ……………………… 17
彩虹曲社 …………………………… 22
送黎遄 ……………………………… 25
酒和方便面 ………………………… 27
辞行 ………………………………… 31
小东城角的井 ……………………… 35
一九六六年夏秋之交的某一天 …… 38
风庐茶事 …………………………… 45
从"粥疗"说起 …………………… 48
星期三的晚餐 ……………………… 51
猫冢 ………………………………… 56
京西小巷槐树街 …………………… 61
风庐乐忆 …………………………… 64
道具 ………………………………… 67
客有可人 …………………………… 70
药杯里的莫扎特 …………………… 75

下放追记 …………………………… 78
那青草覆盖的地方 ………………… 82
那祥云缭绕的地方 ………………… 87
从近视眼到远视眼 ………………… 92
告别阅读 …………………………… 96
扔掉名字 …………………………… 100
散失的墨迹 ………………………… 103
变迁 ………………………………… 107
考试失利以后 ……………………… 111
铁箫声幽 …………………………… 115
云在青天 …………………………… 121

恨书 ………………………………… 127
卖书 ………………………………… 130
乐书 ………………………………… 133
读书断想 …………………………… 137
书当快意 …………………………… 139
一点希望 …………………………… 142
"字典"的困惑 ……………………… 143
一封旧信 …………………………… 145
让老百姓有书读 …………………… 148
有感于鲜花重放 …………………… 150
行走的人 …………………………… 152
雕刻盲的话 ………………………… 155
《幽梦影》情结 …………………… 157
枕边书问答 ………………………… 161

偶感	167
祈祷和平	169
小议十二生肖	174
谁是主人翁	177
"大乐队"是否多余	179
美芹三议	182
冷却香炉	187
五月的快事	190

《红豆》忆谈	192
也是成年人的知己	195
给克强、振刚同志的信	198
小说和我	201
冷暖自知	206
关于《西湖漫笔》之漫笔	207
致彭世强书	209
写给《作家》	210
致金梅书	211
《世界文学》和我	214
我与人民文学出版社	218
一只小蚂蚁的敬礼	222
衔一粒沙再衔一粒沙	224
在复旦大学宗璞长篇小说研讨会上的发言	226
宗璞文学创作六十年座谈会答谢词	228

道路 …………………………………… 232

广收博采,推陈出新 …………………… 234
浅谈雅俗共赏 …………………………… 237
说节制 …………………………………… 239
说虚构 …………………………………… 246
传统与外来影响 ………………………… 250
独创性作家的魅力 ……………………… 254

有生命的文学 …………………………… 258
耳读《朱自清日记》 …………………… 261
耳读《苏东坡传》 ……………………… 265
耳读王蒙旧体诗 ………………………… 270
无尽意趣在"石头" ……………………… 274
感谢高鹗 ………………………………… 278
漫说《红楼梦》 ………………………… 286
采访史湘云 ……………………………… 293

《宗璞小说散文选》后记 ……………… 296
《风庐童话》后记 ……………………… 298
我为什么写作

　《宗璞文集》代序 …………………… 300
未解的结

　《丁香结》后记 ……………………… 301
《中国当代作家选集·宗璞》后记 ……… 303

致法国读者
  法文版小说集《心祭》序 ······ 304
找回你自己
  《燕园拾痕》序 ······ 305
《铁箫人语》题记 ······ 307
《风庐故事》序 ······ 308
过去的瞬间
  《宗璞影记》序 ······ 309
童心与童话
  《宗璞儿童文学作品精选》序 ······ 312
岁暮感怀
  《未解的结》序 ······ 315
《风庐短篇小说集》序 ······ 317
《野葫芦须》后记 ······ 319
《宗璞散文全编》序 ······ 321

吴宗蕙《中南海之恋》序 ······ 323
序钱晓云《飘忽的云》 ······ 325
《先燕云散文集》跋 ······ 327
真情·洞见·美言
  《女性散文选萃》序 ······ 328
《永远的清华园》序 ······ 332
乘着歌声的翅膀
  歌曲集《记得当时年纪小》序 ······ 334
《晚年随笔》序 ······ 336
《冯友兰集》序 ······ 340

《我这九十年》序 …………………… 344
《任芝铭存稿》序 …………………… 347
《寸草心：清华名师夫人卷》序 ………… 350
《走近冯友兰》后记 …………………… 352
《冯友兰先生年谱长编》后记 ………… 356
《中国哲学史》跋 …………………… 358

不要忘记

火车在细雨迷蒙中到达墨尔本。邻座的建筑师帮我拿下箱子,找来手车,然后郑重告别。不一会儿,来接的伊丽斯女士找到了我,驱车直到沃蒙学院,我在那里下榻。沿路树木红黄相间,不知是否枫栌之属,只觉满眼秋色。不禁念及燕南园中,此时应是春光明媚、丁香如雪了罢?沃蒙学院的主楼建筑是维多利亚时代的哥特式,尖塔高耸,厚重的方形石柱上,缠绕着大概是爬墙虎一类的植物,叶子也已鲜红了。主楼四周是松墙,草坪,各种树木,还有些别的较古雅的楼舍。校园里的气氛从容而宁静。

按照计划,这个上午我该休息。因为空中小姐罢工,我原定从阿多雷德飞墨尔本,临时改乘了火车,似乎是有些累。不知是谁提起,这一天是"澳大利亚和新西兰日"。在这一天,参加过第一次、第二次世界大战的老军人全都上街游行,以纪念为国牺牲的战友,纪念太平日子的得来不易。我们便赶快乘电车前往。电车有轨道,给墨尔本城增添了几分古色古香。

很快便看见了游行队伍。一队队海、陆、空三军军人,各着军服,精神抖擞,战旗飘扬,鼓乐前导。有人虽已过了花甲、古稀之年,但步伐整齐有力,一点儿不显龙钟。伊丽斯说,参加过第一次世界大战的不知还有没有;参加过第二次世界大战的,也一年比一年少了。这时,走过来穿着苏格兰裙的队伍,前面有三匹高头大马,马上是三位英俊少年,也许是哪家老军人的子弟。他们似乎在说:年光流逝,老人总要离去;而这"澳大利亚和新西兰日"的游行,却是会继续下去的。

细雨仍在轻轻飘洒,但谁也不介意。我们跟着游行队伍,走走停停,来到一处高大的圆顶建筑物前,原来那是战争纪念馆。队伍在这里转过去,解散了,后面还不断地走来。因为游行,纪念馆闭馆。我不知道还有没有机会再来,有些怅然。

离开墨尔本的前一天,一位澳洲中国明史专家费克光先生陪我到植物园参观。这植物园真美!我们在黛色参天的各种树木间穿来穿去。忽见一泓澄净的湖水。湖畔绿草如茵,黑天鹅浮在水面,不时把红喙伸入水中。岸边宽阔的石阶上,有一群群白色的海鸥,有的飞起,有的向我们蹒跚走来。我觉得,澳大利亚中部艾耳石一带的原野如同"茅台",色彩强烈浓重,使人酩酊;而这里,这植物园的景色,如同"竹叶青",明丽而又有韵味,使人微醺。当然,对澳大利亚景物,对中国的酒,我都是外行;外行人的外行话,也许倒有真意。

但当我们来到战争纪念馆,站在那高大的圆顶下时,我觉得自己一点也不外行,我感到了应该纪念的一切。厅中有澳大利亚国旗和军旗,有澳洲男女军人的塑像,还有牺牲的人名单,很长很长的名单。当我们慢慢在馆中走动时,一队队中小学生进来瞻仰,从他们鲜嫩的脸蛋旁望过去,我看见在墙壁上,不止一处镌刻着这样的话:"不要忘记他们失去了青春的生命,以使我们生活得更好。"

"不要忘记"——我想起前几天的游行队伍,不也是"不要忘记"么？在阿多雷德的战争纪念碑下，常有人放置新鲜的花圈，不也是"不要忘记"么？在阿丽思泉，我们最先去瞻仰的，也是纪念碑。它在一座小山顶上，那里可以俯瞰全城。纪念碑本身简单朴素，上面没有名字，没有复杂的话语，只有这样几个字："不要忘记"。

就是在眺望世界最大独石——艾耳石的沙丘上，也伫立着一块约有一人高的长石，上面也刻着"不要忘记"。

"不要忘记"。又怎能忘记呢？如果没有人向恶势力斗争，怎得创造、保存美好的一切？据说二次大战中，澳洲青年在东南亚一带牺牲了四分之三。在我们的八年抗日战争、三年解放战争，以及"十年浩劫"中，中华优秀儿女的骨殖为大地增添的分量，又是多少呢？

很快辞别了墨尔本，到达堪培拉。堪培拉的秋色也极浓，照计划栽培的树木一层黄，一层红，一层棕，一层绿，极为绚丽。城中有湖，湖上有桥。夜晚，桥上灯火通明，为夜色做了恰当的点缀。湖上有喷泉，白天定时喷水，水喷得高高的，在明亮的阳光下，闪耀着各种颜色。离湖边不远，有澳洲国立图书馆，有议会大厦，有新建的高级法院，还有正在建造的艺术馆。再过去，就是战争纪念馆了。那是我一定要去的。

论建筑，并不新奇。进门处有一个长形的水池，池水清可见底，池底疏朗地散落着银币，是表示纪念与尊敬的。内部有好几个厅、室，也有很长很长的牺牲军人的名单，哪一团哪一连都写得很清楚。也有三军战士和妇女后勤人员的塑像，都有真人大小，他们都是那样俊秀、年轻！地上摆着几门大炮，都是战争中的实物。因为时间仓促，我匆匆走了一遍。和我同去的几位澳洲国立大学的教师、同学，没有来得及讲解什么，我也没有看见哪儿写着铭文或别的话。当我走出大门,站在高高的石阶上时,我忽然感到一种强烈的感情的撞击,我几乎大声叫出来:"不要忘记!"

难道谁能忘记么?我仿佛回到了自己的祖国,站在人民英雄纪念碑前,仰头看那湛蓝的天,一幕幕图景闪了过去——八年抗战时,那边远的山村,夜晚一灯如豆,窗纸上染着油烟的印迹;在飘扬的大雪中赶去看解放军的兴奋心情,那毛茸茸的帽子下年轻的红红的脸,显得那样天真;那老同志描述的战争的情景:"人的身体把战壕都垫平了,还是得在上面走";还有那十年的巨大灾难,那使人不成为人的巨大灾难;张志新、遇罗克临刑前那深沉的痛苦……哪一点应该从心上消失,能够从心上消失呢?痛苦的记忆会使人逃脱浅薄,会使人理解社会、人生,会使人奋力消除今天的痛苦。千万不要忘记死去的人啊!正是因为他们死去,我们才能活着……

在堪培拉战争纪念馆石阶上的片刻,我经历了人类向恶势力斗争的许多年。我知道,这历程远未结束。联邦政府的身着制服的司机朋友走来了,他是个胖胖的快活的中年人,有三个得意女儿。这时,已是夕阳西下,远山的轮廓在落照中勾勒得格外分明。在那云霞辉映的天空上,似乎也写着几个大字:

Lest We Forget(不要忘记)。

1981年6月16日

(原载《十月》1981年第5期)

我的澳大利亚文学日

一九八一年五月六日,我动身从澳大利亚回国的前一天,是这次访问的高潮。按照日程,这天上午,我将到澳大利亚著名作家帕特里克·怀特家中拜访。然后往谒亨利·劳森之墓。下午参观悉尼艺术馆,晚上在悉尼歌剧院晚餐,有梅卓琳、考斯蒂根夫妇、基尼利夫妇和瑙玛同席。饭后在歌剧院观看现代芭蕾舞。

"太丰富了。"我赞叹。

"你会累坏的。"瑙玛说,"吃药吧,加倍!"相处了快一个月,我们几乎知道了彼此的全部习惯。

我们从瑙玛的住处莫斯曼湾乘船往悉尼市中心,海面波光粼粼,白鸥点点。岸上绿树丛中,隐约露出红白两色的房屋。初到悉尼时下榻的小旅馆,在山坡上显露着它那一角招牌。我想起旅馆中在红玻璃杯里燃烧的蜡烛,照着绘在天花板上的港湾。刚来时欣喜兴奋的心情,这时已换作依依惜别了。

船转了方向,这一带海湾看不见了。两岸仍是绿树。五月份,澳洲正是深秋,也许因为树的种类不同,此时反不如前几天在墨尔本和堪培拉感到的秋色浓和秋意重。

在市中心办了些琐事,即驱车前往怀特家。在车上,瑙玛忽然说:"听着,亲爱的,"她常这样叫我,"你可能得一人去见怀特先生,因为我想他大概不会让我进门。""怎么会呢?我们两人一起去。"我有些奇怪。一面想起一路听到的关于怀特的传说。都说他宣布隐居,谢绝访问。途经墨尔本时,一家报纸重新发表了两年前一位美国导演对他的访问记,编者按语说这是罕有的,特地重新发表。人们知道我的日程中列有访问怀特,都颇为惊讶。其实这很简单,只因我是中国人。

"如果他不让我进门,我就在街上等你。"璐玛又说。我摇头。我直觉地感到怀特先生一定会欢迎她,就像欢迎我一样。

我们准时到达怀特家。那是一座小楼。坐落在一个小山坡上。小坡本身便是花园。我们自己推开木栅门,循着两边长满各种植物的小径,到了屋门前。忽然一阵狗吠,只见另一侧的铁栅门内,好几只大狗对着我们乱叫,但它们的神情并不凶恶。"它们表示欢迎。"璐玛幽默地说。

我们按了电铃,门立即开了。我一眼便认出,站在我们面前的便是怀特本人。他身材高大,比照片上瘦一些,嘴角显出文学家的敏感,眼睛透露着哲学家的睿智和聪明。他也许不能说像,却使我想起歌德那敏感而聪明的脸。他立即欢迎我。璐玛站在门边,问道:"我可以进来吗?"

"哦,当然了。"怀特显然没有考虑过让她等在门外。我胜利地向她微笑。

我们进屋,落座。怀特端茶时,我和璐玛打量着墙上的两幅大画,都是抽象派的,圈圈点点,曲线直线,不知所云。我很想问问画的什么,话到嘴边,又咽住了。

我知道怀特不喜欢新闻记者采访。我自己很尊重记者的劳动,因为每个人都要看报,读新闻。但这时我不想把自己放在采访的位置提问。我们的会见只是一个中国中年作家对一位澳大利亚老作家的友好拜望,只是见见面,谈谈天。怀特的接待恰也是这样。他亲切友好,随便家常。大家处在无拘束的亲切的气氛中,璐玛和我都很高兴。

"中国是个伟大的国家,很愿意去看看。"怀特说,"但是我太老了。"

璐玛和我同声抗议,一致说他并不老。他一九一二年生,今年六十九岁。

"我的日子不多了,"他说,"老实说活多久我并不在乎。"

"你可以只到一个地方看看。"璐玛说。

"如果去,我就要到许多地方。"他微笑。

我告诉他他的书在中国的翻译情况,并把随身带的一本外国语学院出的《外国文学》送给他,那是澳大利亚文学专号,上面有《人类之树》的前四章。

《人类之树》描写澳大利亚人开发澳洲的艰辛过程。有"澳洲创世记"之称。我亲眼见到澳大利亚丛莽风光之后,才更体会这本书所形象地表现的澳大利亚历史,也更了解书中关于人类开发自然的深刻感受。我们谈到我的旅行,也谈到澳洲的自然景色,那是使人难忘的。

"便是这景色使我回来。"怀特说。

这便是怀特之所以为怀特。有些澳大利亚作家成名后,便远离故乡,定居国外,如莫里斯·魏斯特(Morris West)在意大利,《荆棘鸟》的作者科林·麦克劳(Colleen McCullough)发财后定居美国。我在阿得雷德见到一位青年女作家,出版了六部小说后即要迁居墨西哥。但是怀特回来了,因为澳洲是他的家乡。我想,比起一般人,作家是更需要祖国的土壤的,是更需要民族的后盾,更需要自己的文化传统的哺育的。

话题转到前天我们看的电影《苔丝》。我和璐玛从澳洲黄金海岸的兰噶塔飞到悉尼,一下飞机,把箱子藏在杂物室内,就直奔电影院,兴致勃勃地在六部电影中选了《苔丝》。我以为那电影很忠实于原著,对得起我爱好的哈代。

"我也该看看这电影,"怀特说,"只是改编文学作品的电影常使我失望。亲眼见的形象总不大像读书后自己脑海中的形象。"

对极了。我也有这种想法。尤其是自己最偏爱、最熟悉的作品,最不容易满意。对中国人来说,红楼人物的扮演,大概是最难的了。视觉艺术太实了,很难满足心灵的想象。

也许这就是电影、电视不能代替文学的一个原因?

我们又谈到文学的使命。我在介绍中国当代小说时用了《明镜和号角》这个题目。怀特也认为文学作品应把这二者结合起来而不是偏废。"但是文学作品不能成为宣传品。"他加了一句。

这时马诺利·拉斯卡里斯(Manoly Lascaris)先生走了进来。他是怀特的朋友和陪伴,已经四十年了。《人类之树》便是送给他的。他身材不高,肤色较深,也很亲切。怀特斟茶时说这是为招待我而选的中国茶,问我究竟是什么茶,我可说不出。他又抱来一只哈巴狗,据说也是中国的。狗对着璐玛和我汪汪大叫,吵个不停。我们还漫步到后院和前廊。后院除了狗以外,还有盆栽的各种花木,其中有一盆是豌豆尖,原来怀特先生也爱吃豌豆尖!这盆绿色的蔬菜使我感到分外亲切。记得小时在昆明,家门前方桌面大的一块地上,种满嫩绿的豌豆尖。那绿色给我憧憬和希望,现在的绿色却使我念及往事,将来若再相逢,就又会有另一层回忆了。前廊上吊着一个盆子,拉斯卡里斯说,他就在这里喂鸟,每天两次。各种鸟都来,也有白鹦鹉。怀特的小说《白鹦鹉》中饲鸟的描写,大概便是从这里来的吧。

我为怀特照相,瑙玛为怀特和我一起照相。照相时他特地把那只中国哈巴狗抱在手中。遗憾的是,回国后照相馆冲洗胶片时不知道是彩色胶卷,结果连黑白的也洗不出了。我只好安慰自己,我不需要那视觉的限制! 好在怀特送我的两本书平安随我到了家。一本是《沃斯》,讲的是一八四五年沃斯这个人首次横越澳洲大陆的故事。怀特说这是大家喜欢的书,装潢也好;另一本是《坚实的祭坛》,装潢普通,是企鹅出版社出的。怀特说这是他最喜欢的一本书。这书讲的是一对孪生兄弟的故事。他们从小到大,永不分离,分享着相同的一切,但只有对事物的观点不同。哥哥很聪明,看见了一切,却不理解;弟弟是傻瓜,懒得观察什么,却懂得了人生。

我送给怀特一张篆文,写的是"道可道,非常道"那一段。听说他对道教有兴趣,这时却无时间多谈了。车来了。他陪我们走下花园,直到木栅门外。他的步履虽不龙钟,也毕竟有些老态。我们握手告别,一再希望再见。我真心相信我们会再见的,在中国,或者在澳大利亚。

在驶往悉尼墓地的途中,我和瑙玛很少说话。我在想着从劳森到怀特的澳大利亚文学。这两位创造澳大利亚文学的人经历不同,风格迥异。劳森文章的朴素的美诉诸人的心灵,怀特的复杂的心理描写不只使人感,也使人思。他那有些神秘主义的色彩又是怎样不同于劳森的质朴的哲理。但他们都从欧洲文化传统而来,又扎根于澳洲的生活现实;都描写人类的开发精神,人类驯化自然环境时所做的奋斗,他们关注着人。这也许是澳大利亚文学的一个传统和特色。

悉尼墓地临海,气氛宁静肃穆。一座座坟墓在逐渐倾斜的坡地上缓缓排向海边。几乎没有一座坟墓是相同的。有的十分豪华,如同讲究的小房屋;有的则十分简朴,似乎显示着七尺棺的本来面目。我们遇见一位中年妇女,她来看望她活着的弟弟——守墓人。她热心地帮助我们找到了劳森的墓。

亨利·劳森的墓很简朴,如同他小说的风格一样,占地不过只够一人躺卧,离左右邻居都很近,有些拥挤。一九七二年,即劳森逝世五十周年时重新修理过,墓面还新。我在墓前肃立片刻,又特地把从祖国带来的龙井茶叶轻轻撒在墓的周围。如果劳森知道有一个黑发黑睛的中国人,不远万里来看望他,是否会在他那充满不幸的心中,感到些许安慰呢?

我环顾周围的坟墓,出现在我眼前的却是劳森笔下那些充满同情心的人物:绰号"长颈鹿"的小伙子,总是张罗着"把帽子传一传",募捐帮助别人;好心的安迪,不肯告诉贝克太太她丈夫死亡的真相。我觉得人世间太需要这种同情、这种热心、这种体贴了。希望我们的读者,都来读一读劳森的书!

当然,劳森描写的"伙伴情谊",是在人开发自然时形成的。像他的诗句所说,先驱者没有被统治的烦恼,他们不见容于自己的故土,到这里来开创家园。现在这一片土地成为充满希望的花园,贪婪又来染指,情况就又不同了。虽然情况变化,但劳森的"伙伴精神"永远给人以鼓舞和安慰。

从墓地出来,我们到了悉尼艺术馆,在那里用午餐。这时我想到昨天的午餐。昨天中午我们在一家叫"颐和园"的中国餐馆里吃午饭,同席的朋友有澳大利亚理事会(澳大利亚政府主管文化的机构)文学局负责人考斯蒂根博士,他是个很有修养、博学而沉静的人。我初到悉尼,在悉尼笔会主席克伦先生欢迎我的家宴上,他也曾出席并讲话。这时他送我一本澳大利亚儿童作品,是把各地区、各民族的许多孩子的作文收在一起编印的。装潢、印刷都很精美,然而最美的是那些孩子天真的、充满向往的心和话语了,有文法拼法错误都照原样不改,益发显出孩子的本色。从这里,会有伟大的文学家成长起来吧。考斯蒂根博士还安排同席的两位女士饭后陪我参观文学局,也很有意思。

这次午餐时,第一次遇见了克里斯朵夫·考希(Christopher Koch)。他的长篇小说《艰危一年》描写一九六五年在雅加达的动乱生活,那一年苏加诺下台,几乎有五十万人丧生。英国著名作家安东尼·伯吉斯评论说:书中比利·克万这个人,是近年来小说中最值得记住的人物之一。除了这本畅销、扬名的书外,考希还有两本小说:《岛上少年》和《越过海上的墙》,想来都和他所居住的塔斯马尼亚岛上生活有关。应该一提的是,考希崇敬两个中国人。一位是白居易。他通过亚瑟·维利的翻译读了许多中国诗,他最喜欢白居易。在《艰危一年》的扉页上,考希引用了白居易的诗。林庚先生帮助我查到诗的原句。那是《缚戎人》的最后四句:"缚戎人,戎人之中我苦辛,自古此冤应未有,汉心汉语吐蕃身!"另一位是何其芳。他读过其芳同志的《梦中之路》。我自己一直敬佩其芳同志的文章学问、品格修养,常以为像他那样德才兼备,而且在德才两个领域里又都很全面的人,世上不是很多。考希的谈话使我感到安慰。可见桃李无言,自然会有通往的路。考希说他即将到中国来,希望见到何夫人。后来我在北京又遇见他和诗人哈斯拉克(Nicholas Hasluck)和报告文学家、评论家安德逊(Hugh Anderson)两位朋友。因时间匆促,考希没有来得及见到何其芳的夫人牟决鸣同志。

很快便到了此行的最后一个夜晚,薄暮时分,瑙玛和我来到悉尼歌剧院。曲折的海湾在暮色中显出一条条明亮的灯光,形成好看的曲线。歌剧院的大贝壳屋顶在我头上张开,我尽力仰头又仰头。这贝壳中,不是孕育着艺术的珠宝吗?那满孕着风力的帆,不是想在艺术中探寻真和美吗?我凭栏凝望几十级也许是几百级台阶下的海水,海水宽阔而平静,反射出淡淡的光,我的心也充满了平静而又宽阔的欣喜。虽然还没有欣赏在这建筑中表演的艺术,我已经为这建筑本身的艺术感动了。

我们走进了歌剧院的餐厅。这餐厅三面都是落地的玻璃。我和主人们周旋谈笑,坐下来时,忽然迎面扑来一个灯火通明的悉尼,使得我眼花缭乱。璀璨的灯光画出了悉尼的一个个建筑的轮廓,好一幅豪华的夜景!在这明亮的灯火后面,每一个房间里,人们感觉到什么?又在思索着什么?他们常常是快活的,唱歌、聊天、冲浪、野宴……他们也有无穷的苦恼,罢工、失业、疾病、酗酒……

我对澳大利亚的了解很少。只对眼前一同吃饭的朋友,似乎还略知一二。梅卓琳是我们熟悉的。她曾获中国哲学和中国历史方面的博士学位,现在是澳中理事会执行主席。前些时在堪培拉中国大使馆举行的招待会上,大家都称赞她为中澳友好做出的贡献。在我访澳前,她读了《三生石》,并写出了英文提要分送各地,可见她的细致周到。前面提到的考斯蒂根和夫人,这时正高兴地翻看我送给他们的《中国文学》英文版,寻找着《弦上的梦》。

我想介绍一下另一位在座的澳大利亚著名作家,托马斯·基尼利(Thomas Keneally)。上次到悉尼,他曾请我吃饭,这次算是老相识了。据说澳洲只有两位作家能靠稿费为生,一位是怀特,一位便是基尼利。我在各处旅行,听到谈论最多的除怀特外,就是基尼利。在昆士兰州,有一位女作家曾热情推荐他的小说《带来百灵鸟和英雄》(*Bring Larks and Heroes*),在墨尔本,一位讲明史的大学教师也称赞他的才情。这位朋友说,他的有些作品显然是为了挣钱,那也难怪,不如此他何以为生?但他并不只是为了挣钱。这位朋友相信他会写出真正最好的作品,超过他已出版的所有的书。

基尼利即席为我开出他的著作目录。最新的一部《次等王国》(*The Cut-Rate Kingdom*)初次见面时他已送给我。那书前作者的话中写道:"这小说不是真人真事。如果有些线索有所指,作者希望它们和任何个人私事无关,而是关系到澳大利亚灵魂的特征。"

这话打动了我。每一个从事写作的人,不是都想表现自己民族的灵魂,而避免"对号入座"的纠缠吗?

和有悠久岁月的中国文学相较,澳大利亚文学是年轻的。唯其年轻,也便应该有生命力。以前澳洲文学的两个主题似乎已在变化。那两个主题是:"逐客心情"和"澳洲之梦"。前者描写被放逐的悲凉,后者描写建设的希望。如爱尔兰诗人叶芝的诗句所说:"把自己的祖国当作宇宙的中心。"现在的澳洲作家,已经更着眼立足于澳洲的现实生活了。

还应该讲几句璐玛。因为和她是这样熟悉,竟以为大家都和我一样了解她。璐玛姓丁(Norma Martyn),是悉尼笔会副主席,写过不少长、短篇小说,还在写研究张骞通西域的学术文章。她也积极参加国际文学运动,是个能干人。这时她策略地催我快些吃喝,说澳洲人吃饭快说话快是闻名世界的,而我吃饭慢说话慢是闻名澳洲了。这一次却是关于澳洲文学的遐想羁留了我。我们兴冲冲离开餐厅赶往剧场时,话题转到今晚的芭蕾舞,便把文学放开了。

1981年8月初

(原载《世界文学》1981年第6期)

绿 衣 人

近来翻译了一篇小说《信》,其中有一个自私的母亲教育孩子说,你到了一定年龄就不要再拆信,信里都是别人的痛苦,不要让别人的事伤你自己的心。译时觉得纸上一股冷气逼人,暗自庆幸我对信的感受完全相反。

我喜欢信,喜欢读信,书信越过高山,使分隔两地的离人能互诉衷曲,从互相关心中得到滋养。古时把生离死别并列,自从有了邮政,虽生离而能有音信,比起去到那永不会有任何消息回来的天国,自然大不一样。

每个人一生会收到许多信,我也一样。我曾为别人的欢喜而欢喜,为别人的悲哀而悲哀。也曾写过许多信,希望别人为我的欢喜而欢喜,为我的悲哀而悲哀。为了信,我曾盼望,也曾等待。哪怕得到的是难题,是痛苦,我却因世界上不是只有我一个自己,而觉得更充实更温暖。

得信的最后一个环节,是送信人了。他们身着绿衣,骑车在一栋栋房屋前停下来,投递着人们期望或不期望的消息。这一带春来樱花如雪,夏日榴花似火,秋时蔷薇类的黄花开得满院皆金,冬天的雪花飘飘扬扬,覆盖了一切。绿衣人总是准时地走过花的曲径或雪的小路,把一封封信送到门前。

今年雪下得早,雪使世界变得纯洁了,柔软了,像一篇正在写的童话,像一个尚未飘逝的梦。在静静地飘落着的雪花中,我看见一点绿色,被地上的雪光照着,移过来,移过来——

这是小展。奇怪的是,以前我们都不曾知道绿衣人的姓,而现在人人知道她是小展。她不只送来邮件,还带来欠资信,免得我到邮局去取;有朋友的汇款要转到别处,她说代办了罢,不麻烦;邻居在路上遇到她,她会告诉今天有他的信;年底收款,头一天每份报纸都打上醒目的红字:明日收报费。

也许小展有时不能给人带来人们所期望的消息,但是小展本身,便展示着希望了。她不只骑车又下车,拿出信报放进信箱,她是用了心,一颗充满了希望的心、充满了关切的心、总是想给别人方便的心。医生们说,两个同样的病人,一个受到应有的治疗,一个除了治疗,还有亲人的关心,后者得生的希望要大得多。我们曾伤过元气,我们多么需要千千万万这样宝贵的心,来补养,来恢复,来建设新的一切。

雪地上那一点移过来的绿色,常在眼前拂拭不去。忽然想起,不只送信人身着绿衣,整个邮政系统用的俱是绿色,这也许有什么史话罢。我无考据癖,只从常理来想,绿色正是春天的颜色,生命的颜色。人们希望书信能带来春天,带来生命,带来希望。虽然有的信会传来噩耗,但是身着绿衣的人却承担着带来希望的使命。

春天的希望,生命的希望——绿色的希望,不是每一个新年都应该带给我们的么?

1981 年底

(原载《人民日报》1982 年 1 月 7 日)

潘彼得的启示

在童话人物中,潘彼得可谓不朽者之一。这永远长不大的孩子,寄托了多少人不能达到的愿望;人们的逝去的童年就是漂流到那遥远的"绝域"去了罢。据说每年春天,伦敦都要上演根据巴利原剧编写的音乐喜剧《潘彼得》,迄今已有七十五年了。那确是适合在春天上演的,提醒人们在万象更新时,要扫除肮脏的一切。许多年来,我一直想亲眼看见飞翔的彼得,想看见袅袅炊烟从蘑菇根里冒出来;还想知道彼得的音乐形象究竟如何,听听那一曲"我不愿长大"和鳄鱼腹中闹钟的声音。

去年夏天的一个傍晚,我坐在兄长家后院的大片草地上,和不时出没的野兔对望着。夕阳在茂密的树木后面沉下去了,绿屏风泛出一阵阵的红来。我不经意地翻着一份《匹兹堡晚报》:"斯坦利大戏院上演《潘彼得》。"

这一行字忽然跳入我的眼帘。呀!潘彼得!我熟识的小朋友!这时不是春天,也不在伦敦,我却可以一偿夙愿了。

经过许多次讨论,我终于独自出发去看《潘彼得》。先到镇上等有轨电车。和一位美国老太太攀谈时,得知她是家庭妇女,儿女都已长大,觉得人太闲,房子太空。现在是进城去买"好东西"。上车后,我发现乘客中绝大多数都是中年以上的妇女。

大概她们最感到闲和空罢。电车摇摇摆摆地前进。有段路很有点野趣,树在山坡上乱长着,车身哐当地摇着,倒有点像四十多年前在云南境内乘小火车的光景。

到市中心了,F在街口等我。第一件事就是去买票,可是F在匹兹堡居住二十多年,竟不知斯坦利戏院在哪里。"就在这一带!"她肯定地说。这我也知道,因为这里是市中心。

市中心有一个富丽的名字:金三角。三条大河,阿勒格尼河,俄亥俄河,还有另一条河在这里相汇,形成一个三角地带。我们一面问路一面走,问到的每个人都详加指点。要是我们也细心弄清的话,问一个人就可以找到。但是F有点心不在焉,而又不惮其烦。我想她大概有把握问谁都不会碰钉子,所以这样问了又问。

终于到了剧院门口。F忽然宣布:"我不看,我从来不看音乐剧。"她确有许多"从来不",我当然不好打破她的规矩,可我一人认得路吗?而且又是晚上。我迟疑了两秒钟,立刻买了一张当晚的票。

"我们先实习一下,晚上你就认得了。"F很周到。

我们到三河交汇处站了一会儿。一个过路人告诉我们三个名字各属于哪条河,可是我们转眼就又弄不清了。河面很宽,对面是华盛顿山,有缆车在上下。我们没有多停,即乘公共汽车到F家。那里名为松鼠山,房子依山势而造,所以家家门前有两层楼高的阶梯,一幢幢房子挨得很紧,台阶窄而陡。我简直担心她老来怎样出门。F好像许多年没有说过话,不停地说着她的生活和著作,并把她的文稿拿出来。我一面翻阅一面听她说着一篇讲谢枋得的文章。

"谢枋得?"我不知道这名字。

"你不知道谢枋得？亏你还是你老爸的女儿!"F大叫起来,"你十几岁就和我大谈义山诗。记得么？在昆明街角上！现在连谢枋得都不知道！你真把我气死！"

"你真把我笑死！"说着我们都大笑起来。我的知识从二十岁后长进确实不多,幸而我倒是深知自己的不长进。

我一人又回到金三角,刚下车就不敢确定方向。一位美国妇女问我:"能帮忙吗?"我连忙问路。她还要陪我走一段,我婉谢了。很快到得剧院门首,尚未开门,我便在街上闲逛。这种闲逛是许久没有的了。我觉得就像在北京去看一个久已想看的戏,出发较早,赢得了闲暇一样。

走着走着,在光怪陆离的店铺门面中,忽然出现了"裸体"的字样,吓了我一跳。仔细看时,那间橱窗不是透明的,变幻着各种颜色。另外一行字也很醒目,那是"十八岁以下不得入内"。

我怕迷路,往回走了,一个黑人青年迎上来:"能给一杯咖啡的钱吗?"黑黑的脸上神色颇为可怜。我几乎想给她几角钱了,但是我马上说:"不懂你的话。"只管向前走了。想起曼斯斐尔德的小说《一杯茶》中,那女孩也是这样说的:"能给我一杯茶的钱吗?"

剧场前厅中人已很多,不少人带孩子来。大幕升起了,台上出现了温黛的家,三个孩子都入睡了。台正中的长窗忽地打开(原书说这是星星吹开的),在灿烂的星空前出现了潘彼得,他飞进窗来寻找他的影子。这时满场响起了掌声。哦！潘彼得！你这永恒的孩子！

温黛问他的年龄,他不知道,时间不是他的枷锁。丢了影子就坐在地上哭,影子缝上了就笑。他的生活就像在"过家家",

有印第安人,有海盗,有惊险的走跳板,也有温黛那"遥远的曲调"。虽然只有他一个人永不长大,在"绝域"里,却不是他一个人在生活。

对这里的观众来说,温黛的歌一定是支熟曲子了,我的邻座竟随着台上轻轻地哼了几句。后来我向这里的亲戚描述时,他们颇以为怪,我倒觉得很有意思。休息时,人们在甬道上走动,彼此招呼。一位太太看来是我邻座的老相识。一个问:"海伦怎么不来?"一个答:"她不太舒服。"接着说谁谁来了,又说唱得不错。虽然她们的话我不尽懂,却觉得像在北京剧场中,随时可以发现熟人似的。

孩子们连同温黛都落到海盗手里了。彼得来救他们,和海盗头子胡克大战一场。如果一个人的童年里没有打仗争斗的游戏,该是多么乏味!在西方,孩子们有海盗;在东方,我们有飞檐走壁的侠客。记得连不大喜欢活动的我也曾争当女飞卫陈丽卿,竟不知她是专门和花荣作对,镇压农民起义的人物。海盗们唱起"胡克的华尔兹"。那胡克唱得真好,可是他不能唱了,整天追着他的鳄鱼把他吃了!彼得啊彼得,我相信你总会胜利!

多年以后,彼得来找温黛去做春季大扫除,温黛已经长大,不能飞了。他很自然地和她的女儿洁因一起飞走了。以后他还会再找洁因的女儿同去"绝域",还有一批又一批的遗失的孩子和他在一起。彼得总不是一个人,人总是要和人在一起的。

曲终人未散时,我已走在金三角的大街上,我要赶公共汽车。店铺已经关门,但街上很亮。我听见自己的鞋跟敲在空荡荡的马路上,觉得就像走在王府井大街上一样。路虽不熟悉,却有亲切之感。其实,在北京,这种深夜独行的经验也并不多。

到了一个车站,我怕有错,便去问路旁的青年。他们几个人正在一起说笑。虽然语言不同,肤色服饰不同,那一起说笑的态度,和北京青年不知哪里有些像。我想这是因为他们虽不是我的同胞,却是我的同类。他们果然回答了我。

我爬上松鼠山窄而陡的台阶时,颇为得意。F正在看她那只有点线没有图像的电视。她马上说:"你可回来了,我真想找你去!万一出点事,我可怎么对得起冯老先生!""你怎么不说对不起我呢?"我心里想。还没有来得及说一句潘彼得,F的话便一句接一句,如同倾盆大雨般浇下来,把我淋了一个透。

想起F的电话号码是不登在电话本上的,因为不愿和人来往。为此需另交一块钱。她确是很久不和人说话了。如果潘彼得在"绝域"总是一个人,他再看到温黛的女儿,或女儿的女儿时,一定也是这样的。

1983年6月

(原载《天津文学》1983年10月号)

彩虹曲社

　　破不剌马嵬驿舍,
　　冷清清佛堂倒斜,
　　一代红颜为君绝,
　　千秋遗恨滴罗巾血。
　　半棵树是薄命碑碣,
　　一抔土是断肠墓穴。
　　再无人过荒凉野,
　　莽天涯谁吊梨花谢!
　　可怜那抱幽怨的孤魂,
　　只伴着呜咽咽的望帝悲声啼夜月。

　　这是《长生殿·弹词》一节中的"七转"。我们在夏威夷一所小学校教室里,听几位朋友唱,唱声清越,忽而高遏行云,忽而沉入地下;直起直落,如同铁画银钩,不要圆滑,不要坡度,勾勒得极峭极美。连那心窍不通处,都由这陡笔打通了。

　　"我只为家亡国破兵戈沸,因此上孤身流落在江南地。"声音悲凉凄楚,从极高处陡然跌落下来,像是负荷不了那悲痛。一时间空荡荡的教室里充满了凄冷。

　　窗外有四时不谢的奇花异草,远山笼罩在烟霭中,山坡上散落着各种样式的房舍。眼前的景色是美的,我却不觉为这些身处异国的朋友感到浓重的乡愁,我的眼泪涌上来了。可是唱的人并不哽咽,伴着悠扬的笛声唱完了煞尾。"今日个知音喜遇知音在——这一曲霓裳播千载。"

我对昆曲是外行,根本没有听过几次,但是十分喜欢。尤其这一次唱,给我印象极深。

一九八二年夏的一个星期六下午,居住在夏威夷的语言学家李方桂和夫人徐樱,中国戏曲专家罗锦堂夫妇,还有两位女士和一位癌症研究中心的青年医生,在一起唱曲自娱,父亲和我得往聆听。据罗先生说,他们原轮流在各家唱,邻居听得这般怪声,以为出了什么事,找了警察来。后来便选定这小学校,星期六下午学校无课,没人听见。他们自带点心,唱一阵休息一下再唱。有时兴起,连晚饭也免去,直到尽兴方休。

"你道翠生生出落的裙衫儿茜,艳晶晶花簪八宝钿,可知我一生儿爱好是天然?"《弹词》唱过是《惊梦》,词句随着音乐送入心中,真觉得芳香直浸骨髓。我一面听一面诧异,他们怎么唱得这样好!五十年代曾在北京看过一次著名票友周、袁两女士的《游园惊梦》,载歌载舞,美妙极了。似乎票友总胜过专业演员,因为前者只凭着迷,"一生爱好是天然",没有任何功利打算;后者则要受到种种客观制约。能"着迷"的人是可爱的,对任何事都不着迷的人,不只乏味,还有些可怕。

这几位朋友都迷着昆曲,迷得很天真。李夫人徐樱女士是家传,唱得好,还管吹笛子。这一场除她自唱的几段外,都是她吹笛子。后来自己笑说:"都出汗了。"出了汗,还吹,还唱。罗锦堂夫人身体不好,声音却高而且亮,充满了感情。那位青年医生也唱得抑扬顿挫,字正腔圆,若是他唱一段曲子做辅助治疗,一定有好效果。

　　回国后听过几次昆曲,总觉得不像。各种艺术还是突出自己的特色为好,若互相靠拢,让人总觉差点什么。昆曲若无那点陡峭味儿,便无意趣。几乎以为,要听真正的昆曲,必须前往夏威夷了。当然,其实这方面的艺术家颇不乏人,且有极出色者,只是我无缘得见罢了。

　　前几天,偶然在电视里看到昆剧演员汪世瑜表演《拾画》,十分倾倒。一举手一投足,是那样潇洒,一发声一吐字,是那样润畅,歌和舞浑成一体,把人带到"寒花绕砌,荒草成窠"的废园中。

　　看来只要艺术精湛,业余和专业并不是界限。但是夏威夷那次听曲,余音绕梁,三年不去。可能因为他们的唱只是抒发胸臆,得不到掌声与喝彩,他们是唱给空荡荡的教室听的。

　　他们住处都离夏威夷大学不远。这一带因常有微雨,常有雾色,也常有彩虹,所以有彩虹谷之美名。那天我们出来时,便见半段彩虹,横在远山和云雾之间。他们的曲社,便名为"彩虹曲社"。

　　即以此文寄意所有的久居异乡的朋友,愿彩虹常现,人长健,曲常新。

1985 年 12 月

(原载《女作家》1986 年第 3 期)

送 黎 遄

这些年,送行是生活中的常事,所送大都为青年。先是送去插队,福气好的参军;然后纷纷考大学考研究生,然后纷纷去美国留学。我在后园松墙外一次又一次挥手告别,形式重复,心情却很不一样。有时怨,有时喜,有时不得已,有时巴不得,有时无限担心,有时满怀期望。走的人沿着松墙,跨过那三不管地带的垃圾,不断回头。以后写信来说,连那垃圾,也觉得亲切。

在出国热到了白炽化的年代,年轻人来访,常常谈论这事。打听情况,筹办手续,盼着早日成行。这样送走了一个又一个,似乎熟识的人都朝着上蓝天越碧海这个方向去了。没有想到,到了年底,要送黎遄。

黎遄是一个亲戚,也是一个朋友。他有知识,有头脑,有极强的历史使命感。他没有读书人的呆气,没有一味经营小家庭的俗气。大学毕业后在京工作,"妻如玉女儿如花",工作顺利,家庭美满,似乎可以惬意地就此终老了。可是居然要为他送行,而且不是飞渡重洋,是往泥土里钻——到基层工作。

许多人对他的决定感到奇怪。有的人马上想到第三梯队,有的人怀疑他家庭不和,有的人最先的反应是他去的地方是否多土特产,有的人则明白表示不可理解。说实话,他没有特殊背景,没有个人问题,有的只是一腔热情,一腔为国家兴盛做一点事的热情。就是这一点热情,使他远离京华冠盖,到穷乡僻壤去。

青年人关心大事、不怕丢失什么的精神,我一直景仰。一个人难做到先天下之忧而忧,后天下之乐而乐,总也要不忘天下忧乐,投一份力量来减忧增乐。抗日战争中,有多少青年献身救亡。解放战争中,有多少青年不顾杀身之祸,寻求光明。从"五四"到"四五",多少人的智慧和勇气,为中华民族展示着希望!我们的正常青年,绝非两耳不闻窗外事的书呆子,也不是一心只想"八种机"的小市民。我们需要"国家兴亡,匹夫有责"的有志之士。可是这样的人,往往受到误解和责难。

我为黎遄担心,基层工作是不容易的。不过我知道他并不怕生活中难解的结,他是朝着那错综复杂的结去的。

送黎遄,四字即可:壮哉此行!

对此四字,我只有惭愧。

1985 年 12 月

(原载《光明日报》1986 年 2 月 9 日)

酒和方便面

酒,是艺术。酒使人陶陶然,飘飘然,昏昏然,直至醉卧不醒,完全进入另一种境界。在那种境界中,人们可以暂时解脱人间各种束缚,自由自在;可以忘却营碌奔波和做人的各种烦恼。所以善饮者称酒仙,耽溺于饮者称酒鬼,却没有称酒人的。酒能使人换到仙和鬼的境界,其伟大可谓至矣。而酒味又是那样美,那样奇妙!许多年来,常念及酒的发明者,真是聪明。

因为酒的好味道,我喜欢,却不善饮。对酒文化,更无研究,那似乎是一门奢侈的学问。只有人问黄与白孰胜时,能回答喜欢黄的,而不误会谈论的是金银。黄酒需热饮,特具一种东方风格。以前市上有即墨老酒,带点烟尘味儿,很不错。现在的封缸、沉缸,也不错,只是我不能多喝。有人说我可能生来具有那根"别肠",后因多次手术割断了。

就算存在那"别肠",饮酒的机会也不多。有几次印象很深,但饮的都不是黄酒。

云南开远杂果酒,色殷红,味香甜。童年在昆明,常在中午大人午睡时,和兄、弟一起偷饮这种酒,蜜水一般,好喝极了。却不料它有后劲,过一会儿便头痛。宁肯头痛,还是偷喝。头痛时三人都去找母亲。母亲发现头痛原因,便将酒瓶藏过了。那时我和弟弟住一房间,窗与哥哥的窗成直角。哥哥在两窗间挂了两根绳子,可拉动一小篮,装上纸条,便成土电话。消息经过土电话而来,格外有趣。三人有话当面不说,偏忍笑回房写纸条。纸条上有各种议论,还有附庸风雅的饮酒诗。如今兄、弟一生离一死别。哥哥远在异城,倒是不时打越洋电话来,声音比本市还清楚。

海淀莲花白,有粉红淡绿两种颜色,味极醇远。在清华读书时,曾和要好的同学在校园中夜饮。酒从燕京东门外常三小馆买来。两人坐在生物馆高台阶上,望着馆前茂盛的灌木丛,丛中流过一条发亮的小溪。不远处是气象台,那时似乎很高。再往西就是圆明园了。莲花白的味道比杂果酒高明多了。我们细品美酒,作上下古今谈,自觉很是浪漫,对自己的浪漫色彩其实比对酒的兴趣大得多。若无那艳丽的酒,则说不上浪漫了。酒助了谈兴,谈话又成为佐酒的佳品。那时的谈话犀利而充满想象,若有录音,现在来听,必然有许多意外之处。这要好的同学现在是美国问题专家。清华诸友近来大都退化作老妪状,只有她还勇往直前,但也绝不饮酒了。

另一次印象深刻的饮酒经验是在一九五九年,当时我下放农村劳动锻炼。一年期满回京时,公社饯行,喝的是高粱酒,白的,清水一般,度数却高。到农村确实增长了见识,很有益处,但若说长期留下改造,怕是谁也不愿意。那时,"不做一阵子,要做一辈子"农民的壮志尚未时兴。饯行宴肯定我们能回京,使人如释重负;何况还带有公社赠送的大红锦旗,写着"上游干将,为民造福",证明了我们改造的成绩。在高兴中,每人又有这一年不尽相同的经历和感受,喝起酒来,味道复杂多了。

公社干部豪爽热情,轮番敬酒。一般送行的题目喝过,便搬出至高无上的题目来，"为毛主席干杯！"大家都奋勇喝下。我则从开始就把酒吐在手绢上，已经换过若干条，难乎为继了。到为这题目干过几次杯后，只好逃席。逃到住房，紧跟着追来一批人，举杯高呼："为毛主席健康……"话音未落，我忍不住哇的一声呕吐起来。幸好那时距"文革"尚远，没有人上纲，不然恐怕北京也不得回了。

我们的队伍中醉倒几条好汉，躺在炕上沉沉睡去。公社书记关心地来视察，张罗做醒酒汤。那次饮酒颇有真刀真枪之感，现在想来犹觉豪迈。

酒是有不同喝法的。

据说一位词人有句云："到明朝重携残酒，来寻陌上花钿。"君主见了一笑，说，何必携残酒？提笔改作"到明朝重扶残醉，来寻陌上花钿"，果然清灵多了。这是因为皇帝不在乎残酒，那词人就显出知识分子的寒酸气了。

寒酸的知识分子，免不了操持柴米油盐。先勿论酒，且说吃饭，这真是大题目。有时开不出饭来对付一家老小，便搬出方便面。所以我到处歌颂方便面，认为其发明者的大智慧不下于酒的发明者。后来知道方便面主乃一日籍之华人，已得过日本饮食业的大奖，颇觉安慰。

到我的工作单位去上班时，午餐便是一包方便面。几个人围坐进食，我总要称赞方便面不只方便，而且好吃。"我就爱吃方便面。"我边吃边说。

"那是因为你不常吃。"一位同事笑笑，不客气地说。

我愕然。

此文若在一九八七年底交卷，到这里会得出结论云，人需要方便面，酒则可有可无。再告一番煞风景罪，便可结束了。但拖延至今,便有他望。

一九八八年开始,我们吃了约十天的方便面,才知道无论什锦大虾何等名目的作料,放入面中,其效果都差不多。"因为你不常吃"的话很有道理。常吃的结果是,所需量日渐减少。无怪嫦娥耐不住乌鸦炸酱面,奔往月宫去饮桂花酒了。

人生需要方便面充饥,也需要酒的品赏。

什么时候,我要好好饮一次黄酒。

1988 年 1 月

(原载《解忧集》,中外文化出版公司 1988 年出版)

辞　行

尽管龙年大吉嚷得热闹,于我却似是流年不利。阳历元旦便患上感冒,发高烧,折腾了一周多;阴历初八忽又发烧,没有任何感冒症状,心中惶恐,以为是什么疑难杂症。躺了两天,也见好了,不能看书,只躺着发呆。

黄昏时分,西窗上松影渐渐模糊,清晰的松针消失了,剩下几笔墨印。有人敲门。

听见仲去开门,一阵寒暄。有人说:"躺着呢?好些了?不要起来。方便么?"是K的声音。然后脚步响,K和他的妻子H走了进来。

K见我卧病在床不是第一遭了。上中学时在昆明,我平均每学期要生两次病。住在斜对门的K和小弟一起,常常来讲学校中的情况。有一次说好许多人同去大观楼游玩,我又临时病了不能去。K早上来转一下,说:"冯姐姐,我回来讲给你听。"他们家只有兄弟,没有姊妹,很愿意有个姐姐好叫叫。那时他是一个瘦弱的少年,常穿一件不知哪里来的旧风衣,可能自以为很帅。

这样"讲给你听"的交往不知不觉间继续了近半个世纪,想想也是很不容易的。在我那总是化为周记或月记的日记里,不时会有一笔:"今日 K 来,说拉单晶事。"那时我在写一个以半导体物理为专业的人物。稿子后来毁了。"今日 K 来,说科学改革,要着重经济效益,人心惶惶云。"这是说他自己的处境。因他的研究效果不那么直接明显,而且年纪又快"到"了,用实验室都挤不上,可觉得还有许多招数未使出来,便想出一个大家都在使用的法子——去美国。

我知道他是来辞行的。"明天走,十点半的飞机。"K 说。

"早听你们奶奶说了你要走。"所说的奶奶是 K 的母亲,我们始终是邻居,而 K 自立门户去了。"明天?明天星期几?"我疑惑。

"我坐的是美国飞机。"K 解释。

"明天星期五。"H 好意地回答。

在昏暗的灯光下,两人都显得很憔悴,说也是刚刚发过烧的,这一阵流行的各种类型的感冒很厉害。

最初 K 说起要往外国求职,已是一年多前的事了。他从小喜欢玩收音机,常到飞机场附近去捡零件,装了拆,拆了又装。听到无线电波传来的古怪声音,便高兴得手舞足蹈。他那对科学的热爱是与生俱来的。大学毕业后曾留学苏联,以后一直在工厂工作,近几年才调到研究所,却又不知怎么,总是不对头,没有能痛快淋漓地大干一场。

"想不到我也沦落到往外国去找事的地步。"K 透露他的计划时苦笑道。

"找事"这个词含有谋生之意,这倒似乎不是他的本意。他觉得"闲着很无聊",只求尽可能地把一点聪明才智用在正途。这大概是每一个正常的知识分子的正常要求,这谈何容易!依我看,他的缺点一大箩(希望 K 和 H 不要见怪),但以他的才能来说,实在该有千百倍于今天的成就。在听他说话时,我常感到莫名的悲哀。

然而生活也是不能不考虑的。既然是人,便不能不食人间烟火。和许多朋友一样,他们的生活水平显然下降了,H抱怨时,K不大响,抱怨是无意义的。有一天他忽然送来一篇复印的文字,那是冰心老人的小小说《万般皆上品……》。我读着,他颇有些声势汹汹地质问:

"你为什么不写一篇?"

我一时回答不出。难道我不关心社会么?不是的。

"你的事也太多了,身体又不好。"他自找理由原谅。

其实K也不是健康人,曾做过大手术。记得他手术后我到医院看望,H慌张地说:"裂开了,都裂开了。"细问时,说是:"缝的线断了,肠子都出来了。"她噙着眼泪。

我在病房门口张望,对他招招手,他点头,知道我来了。一会儿护士便把他推走,说是把肠子塞回去,重新缝起来。

我做过六次手术,还没有遇到这等事。但他活过来,恢复得很好,全日工作,还能游泳,现在则要远渡重洋,去过那紧张的生活了。

"还得注意身体,不要勉强。到底不是年轻人了。"我照例以大姐姐的身份叮嘱。

"唔。"K答应着。

问起H近况时,才知道她在上个月退休了。我弄不清这是好事还是坏事。听说有人退休后经济上大有进益,有人则获得了时间,于是重整家园,收拾得花团锦簇,焕发了"第二次青春",也有人百无聊赖,精神颓丧云云。不管好或不好,这是必然的事,就像K的出国一样。

"冯姐姐怕是累了,我们走罢?"H 说。

叫我冯姐姐的人越来越少了,我早已上升到姑姑阶段,在有的场合已是祖字辈了。

他们走了。

我仍躺着发呆。窗上的墨印般的松影融进黑夜里了。仲过来拉上了窗帘。

1988 年 3 月初

(原载《青年散文家》1988 年第 3 期)

小东城角的井

昆明是我的第二故乡。

抗战八年,居住昆明,十分思念北平,总觉得北平的一草一木都是好的。回到北京后,又十分思念昆明,思念昆明那蓝得无底的天,乡下路旁没有尽头的木香花篱,几百朵红花聚于一树的山茶,搅动着幽香的海一样的腊梅林,还有那萦绕在我少年时代的抑扬顿挫的昆明语调。

人就是这样,那远处的总是好一些。至于那逝去的,不可回复的,更是带有神秘色彩,一辈子都可以反复玩味——如果有时间的话。

一九三八年至一九四六年,我家在昆明市内和近郊迁移过多次。曾有约一年时间,住在小东城角。一个小花园中有两幢小楼,我们和叔父景兰先生一家住在里面一幢,大门边的一幢由房东自己住。园中花木扶疏,颇为清雅,还有一口井。

刚搬过去时,我们几个孩子总爱到井边去,俯在石栏上向下看。那是一面黯淡的镜子,照出我们好奇的高兴的脸儿。那水很满,惹人想去摸一摸。但我们从未去搅动,只是看着。有时大喊一声,井里立刻有微弱的回声,好像井底住着什么精灵。我们便叫:"出来出来!"当然什么也没出来。

房东一家和我们不大来往,后来他们家来了一个梳两条细辫子的少女。据说是远房亲戚。她常到井边打水,对我们笑笑,不说话。在大门边遇见几次她问房东太太:"咋个整?"不知问的是关于家务还是她自己的事。

"咋个整?"是我们最先学会的几句昆明话之一。我们也常常要问"咋个整",听人问这话也很觉亲切。

在小东城角住时还有一个重要节目,就是到附近一个图书馆看书,星期日或假日常常去。

似乎是叫作绥靖路图书馆,房间不大,有许多旧小说,读者秩序极好。有一本《兰花梦》给我印象很深。至今能记得其中情节。一户显赫人家有两个女儿,次女出生时家人都盼是个男孩子,不幸是女孩,便假充男儿教养。她冒充男人事事成功,状元得中,高官得做,但不忘自己是个女儿身,不愿在做女人方面有所欠缺,要求丫鬟为自己缠足。后来嫁了一个样样逊她一等的同僚,被虐至死。书中加了个尾巴,说她返回天上做仙女去了。

一次从图书馆回家,见房东家的那位少女倚在门口,望着路的一端。她对我笑笑,轻轻说了一句:"咋个整?"不知是自问还是问我。我仰头看她,她却又转脸望着路的一端。

次日早饭后,母亲对我们说,不要到井边去玩。我说,井边有栏杆。母亲温和地加重语气说:"不要去了,听见么?"

然而花园很小,我们站在门前,便见房东太太和几个人站在井边,指指点点说什么。

几天不见那少女,后来才知道,她投井死了。

大家都觉得很恐怖。又过了些日子,恐怖的感觉渐渐淡了。我悄悄地到井边看,只见花木依旧,井栏边布满青苔,一片碧绿。

大着胆子俯身看井,水仍是很满。我不敢仔细辨认自己的脸,看了一眼便跑开。心想跳井似乎是很容易的。

有很长时间,我把那少女和《兰花梦》中人联在一起,虽然她们的身份悬殊。

在记忆的深井里,往事已经模糊。小东城角究竟是否真有过这样一位少女,很难说。也许是因为习惯于想象,把幻想添了进去。

然而那一口井,是确实存在过的。

1988年7月2日

(原载《女声》1988年11月号)

一九六六年夏秋之交的某一天

本来以为有些事是永不会忘记的。许多年过去了,回想起来,竟然不只少了当时那种泉喷潮涌的感情,事情也渐渐模糊了。写这文章,原拟以六六年某月某日为题的,自己记不得,便去问人。有人说,往事不堪回首,不愿再触动心灵的创伤;有人说,当时连一个字也不敢写,如何记得。于是只好用这样冗长的一个题目。

不是为了忘却,却渐渐要忘却了,不免惊恐。

文字,能捕捉多少当时的情景?

一九六六年夏秋之交,"文化大革命"已开始约三个月了。当时的人,分为革命群众和"牛鬼蛇神"两大阵营,革命群众斗人,"牛鬼蛇神"被斗。斗人的人为了提高斗争技术,各单位间互相串联观摩,钻研怎样把"牛鬼蛇神"斗倒斗臭斗垮,就像钻研某种技术,要有发明创造一样。这年春天,我曾在卞之琳先生指导下读一些卡夫卡的作品,被斗时便常想卡君的小说《在流放地》,那杀人机器也是经过精心钻研制成的。

当时的哲学社会科学部大概是仅次于北大清华的"文革"先进单位,每天来看大字报的人如赶集一般。院中一个大席棚,是练兵习武之所,常常有斗争会。各研究所的"牛鬼蛇神",除在本所被斗外,还常被揪到席棚中,接受批判和喷气式等简易刑法。

那时两派已兴,两派都去找中央领导同志做靠山。一次在一张小字报上看见一派访某领导同志的记录。那位领导说,你们是学部的?你们都是研究什么的?我为这句话暗自笑了半天。"你们都是研究什么的?"我在心中回答:"杀人!都是研究杀人的!"这样想,是因我是斗争对象;若属于相反的那一类,大概我也会"研究",因为那是任务。

斗争形式不断发展,这也是研究的结果罢。一九六六年夏秋之交的某一天,文学研究所主办了一次批判何其芳的大会,学部大部分"牛鬼蛇神"出席陪斗。

大会在吉祥剧院举行。头一天发票,票不敷发,有的难友没有得到。会后才知,不让参加,实在是很大的"照顾"和"保护"。

那天很热。记得我穿着短袖衬衫,坐在剧场的左后方。场中人很快坐满,除了学部的群众,还有北大、作协的人来取经助阵。

不记得哪位主持会。不记得也好。

何其芳在几位革命者的押解下,走出台来,垂头站在台上。他身穿七零八落的纸衣,手持一面木牌,牌上大书三个黑字:何其臭!

"打倒何其芳!""把无产阶级革命进行到底!"声势吓人。

何其芳开始检讨。没有说几句,便有人按头。总嫌他弯腰不够深,直把他按得跪在地下。他努力挣扎,都起不来。

"我有错,我有错——"他的四川话在剧场(应该说是刑场)中颤抖。

"何其臭"的牌子掉了,他爬着捡起来,仍跪在地下。

直到现在,我认为,还是没有一篇研究《红楼梦》的文章超过其芳同志的那一篇。直到现在,中、外两个文学研究所的工作人员仍在怀念他的领导与教诲。而那美丽的《画梦录》,又是怎样地感染着我啊!

这样的人,跪在地下!把学术研究、文学创作和组织工作才能集于一身的人跪在地下!

他不停地在说,我有错,我有错!

"文革"开始时,便在批判何其芳了。开过好几次所谓的党员大会,吸收群众参加。他似乎不了解自己的处境(当时谁又了解自己的处境!),仍在据理力争,滔滔而辩。有一个系背带的瘦高个儿,把他推搡了几次。我当时坐在门边,和一位以温良恭俭让著称的同事小声议论:"为什么推人?太不尊重人了!我们站起来说!"但我们没有站起来说。我们腼腆,不习惯当众讲话,我们太怯懦!那位同事还说,得学着说话辩论,不然被坏人掌了权怎么办!其实真理不是愈辩愈明,理早铸好了,铸成一个个通红的罪名,不断地烫在人脸上!

两位陪斗者被推了上来,俞平伯和余冠英。他们也穿着纸做的戏衣,头上还戴着有翅的纸纱帽,脚步踉跄,站立不稳,立刻成为声震屋瓦的口号打倒的对象。

剧场左门出现骚动。"打倒邵荃麟!"几个人高喊。他们押着瘦骨嶙峋的荃麟走上台去。荃麟因"中间人物论"获罪后,不再任作协领导,调到外文所任研究员,但仍在作协接受批判。学部开大会,捉他来斗,自是应该。

好像有几个批判发言,我相信绝大多数出于革命热情。发言者声嘶力竭地叫喊一番,喊过了,仍让何其芳检讨。

其芳同志仍跪着,声音断断续续,提到对《红楼梦》的看法,也算一大罪行。"站起来说!"有人喝叫。待他勉强站起来,又扑上去几个汉子,按头折臂,直按到他又跪下。

让他站起,是为了按他跪下!

这样几次。又把另外几位折腾一阵,似乎不新鲜了,便呼叫大批陪斗的人。

"冯至!"冯先生上了台。外文所一次批斗会后,曾让"对象"们鸣锣绕圈,冯至打头,我在最后。看来愈绕处境愈惨,是永远绕不出去了。

"贾芝!"一人一手按头,一手扭住手臂。他坐着"喷气式"上了台。

剧场中杀气腾腾,口号声此起彼落。在这一片喧闹下面,我感到极深的沉默,血淋淋的沉默。

很快满台黑压压一片,他们都戴上纸糊高帽,写着是哪一种罪人。比起戴痰盂尿罐的,毕竟文明多了。

学术权威大都叫过后,叫到一些科室负责人和被认为是铁杆老保的人。"牟怀真!"这是外文所图书室主任,一位胖胖的大姐。

忽然一个造反派看见了我。

"冯锺璞!"他大叫。

我不等第二声,起身跑上前去。我怕人碰我,尽量弯着身子,像一条虫。上了台,发现天幕后摆着剩下的几顶高帽,没有我的。事先没想到叫我。

"快糊!"有人低声说。

有人把我们挨个儿认真按了一遍。我只有一个念头,尽量弯得合格,尽量把自己缩小。

过了些时,眼前的许多脚慢慢移动起来。"牛鬼蛇神"们排着队到麦克风前自报家门,便可下台了。

我听见许多熟悉的声音,声音都很平静。

轮到我了。我不知道自己的罪名到底是什么。那时把学不够深、位不够高而又欲加之罪的人,称作三反分子。三反者,反党、反社会主义、反毛泽东思想是也。我走到麦克风前如此报了名。台下好几个人叫:"看看你的帽子!"我取下帽子,见白纸黑字,写着"冯友兰的女儿"。

冯友兰的女儿又说明什么呢?

我积极地自加形容词:"反动学术权威冯友兰的女儿。"台下不再嚷叫。这女儿的身份原来比三反分子更重要。

下台时没有折磨。台上剩的人不多了,仍吸引着人们注意。我从太平门出来,发现世界很亮。

我居然有了思想,庆幸自己不是生在明朝。若在明朝,岂不要经官发卖!这样想着,眼前的东华门大街在熙熙攘攘下面透出血淋淋的沉默。

"冯锺璞!"怯怯的声音,原来是荃麟在叫我。他在北河沿口上转。"顶银胡同在哪里?我找不到。"顶银胡同某号是作协的监房,他要回监去。

"荃麟同志!"我低声说,"你身体好吗?"他脸上有一个笑容,看去很平静,望着我似乎想说什么,说出来的仍是"顶银胡同在哪里"。

我引他走了十几步,指给他方向,看着他那好像随时要摔倒的身影,混进人群中去了。

我不只继承了"反动"的血液,也和众多"反动"人物有着各种各样的联系。他们看着我长大。荃麟卸职前,总是鼓励我写作,并为我向《世界文学》请过创作假。

而这些敬爱的师长,连同我的父亲和我自己,一个个都成了十恶不赦的罪人!

我慢慢走回当时的住所,迺兹府二十七号。那里不成为"家",因为只有我一个人。小院里有两间北房,两间东房,院中长满莫名其妙的植物,森森然伴着我。

坐下休息了一阵,思想渐渐集中,想着一个问题,那便是:要不要自杀?

这么多学术精英站在一个台上,被人肆意凌辱!而这一切,是在革命的口号下进行的。这世界,以后还不知怎样荒谬,怎样灭绝人性!我不愿看见明天,也不忍看见明天。就我自己来说,为了不受人格侮辱,不让人推来搡去,自杀也是唯一的路。

如果当时手边有安眠药,大概我早已静静地睡去了。但我没有。操刀动剪上吊投河太可怕。我愿意平平静静,不动声色。忽然那"冯友兰的女儿"的纸帽在眼前晃了一下,我悚然而惊。年迈的父母已处在死亡的边缘,难道我再来推上一把,使亲者痛,仇者快?我不知道仇者是谁,却似乎面对了他:偏活着!绝不死!

过了明天,还有后天呢。

整个小院塞满了寂静。黑夜逼近来了。我没有开灯便睡了。先睡再说。我太累了。

睡了不知多少时候,忽然惊醒。房间里所有的灯都亮了。三盏灯,大灯、台灯、床头灯。我坐起来,本能地下床,一一关了。隔窗忽见东房的灯也亮着。

我毫不迟疑,开门走过黑黝黝的小院,进到东房。这里也是三个灯,大放光明。我也一一关了,回到北房。开灯看钟,两点二十五分,正是夜深时候。

关灯坐了一会儿,看它是否再亮。它们本分地黑着,我便睡了。奇怪的是,我一点也不害怕,睡眠来得很容易。

我活着,随即得了一场重病。偏偏没有死。

许多许多人去世了。我还活着,记下了一九六六年夏秋之交的这一天。

1989 年 4 月

(原载《宗璞散文选集》,百花文艺出版社 1993 年出版)

风庐茶事

茶在中国文化中占特殊地位,形成茶文化。不仅饮食,且及风俗,可以写出几车书来。但茶在风庐,并不走红,不为所化者大有人在。

老父一生与书为伴,照说书桌上该摆一个茶杯。可能因读书、著书太专心,不及其他,以前常常一天滴水不进,有朋友指出"喝的液体太少"。他对茶始终也没有品出什么味儿来,茶杯里无论是碧螺春还是三级茶叶末,一律说好,使我这照管供应的人颇为扫兴。这几年遵照各方意见,上午工作时喝一点淡茶。一小瓶茶叶,终久不灭,堪称节约模范。有时还要在水中夹带药物,茶也就退避三舍了。

外子仲擅长坐功,若无杂事相扰,一天可坐上十二小时,照说也该以茶为伴。但他对茶不仅漠然,更且敌视,说"一喝茶鼻子就堵住",天下哪有这样的逻辑!真把我和女儿笑岔了气,险些儿当场送命。

女儿是现代少女,喜欢什么七喜、雪碧之类的汽水,可口又可乐。除在我杯中喝几口茶外,没有认真的体验。或许以后能够欣赏,也未可知,属于"可教育的子女"。近来我有切身体会,正好用作宣传材料。

前两个月在美国大峡谷,有一天游览谷底的科罗拉多河,坐橡皮筏子,穿过大理石谷,那风光就不用说了。天很热,两边高耸入云的峭壁也遮不住太阳。船在谷中转了几个弯,大家都燥渴难当。"谁要喝点什么?"掌舵的人问,随即用绳子从水中拖上一个大兜,满装各种易拉罐,熟练地抛给大家,好不浪漫!于是都一罐又一罐地喝了起来。不料这东西越喝越渴,到中午时,大多数人都不再接受抛掷,而是起身自取纸杯,去饮放在船头的冷水了。

要是有杯茶多好!坐在滚烫的沙岸上时,我忽然想,马上又联想到《孽海花》中的女主角傅彩云做公使夫人时,参加一次游园会,各使节夫人都要布置一个点,让人参观。彩云布置了一个茶摊。游人走累了,玩倦了,可以饮一盏茶,小憩片刻。结果茶摊大受欢迎,得了冠军,摆茶摊的自然也大出风头。想不到我们的茶文化,泽及一位风流女子,由这位女子一搬弄,还可稍稍满足我们民族的自尊心。

但是茶在风庐,还是和者寡,只有我这一个"群众"。虽然孤立,却是忠实,从清晨到晚餐前都离不开茶。以前上班时,经过长途跋涉,好容易到办公室,已经像只打败了的鸡。只要有一盏浓茶,便又抖擞起来。所以我对茶常有从功利出发的感激之情。如今坐在家里,成为名副其实的"两个小人在土上"的"坐"家,早餐后也必须泡一杯茶。有时天不佑我,一上午也喝不上一口,搁在那儿也是精神支援。

至于喝什么茶,我很想讲究,却总做不到。云南有一种雪山茶,白色的,秀长的细叶,透着草香,产自半山白雪半山杜鹃花的玉龙雪山。离开昆明后,再也没有见过,成为梦中一品了。有一阵很喜欢碧螺春,毛茸茸的小叶,看着便特别,茶色碧莹莹的。

喝起来有点像《小五义》中那位壮士对茶的形容，香喷喷的，甜丝丝的，苦因因的。这几年不知何故，芳踪隐匿，无处寻觅。别的茶像珠兰茉莉大方六安之类，要记住什么味道归在谁名下也颇费心思。有时想优待自己，特备一小罐，装点龙井什么的。因为瓶瓶罐罐太多，常常弄混，便只好摸着什么是什么。一次为一位素来敬爱的友人特找出东洋学子赠送的"清茶"，以为经过茶道台面的，必为佳品。谁知其味甚淡，很不合我们的口味。生活中各种阴错阳差的事随处可见，茶者细枝末节，实在算不了什么。这样一想，更懒得去讲究了。

妙玉对茶曾有妙论，一杯曰品，二杯曰解渴，三杯就是饮驴了。茶有冠心苏合丸的作用，那时可能尚不明确。饮茶要谛应在那只限一杯的"品"，从咂摸滋味中蔓延出一种气氛。成为"文化"，成为"道"，都少不了气氛，少不了一种捕捉不着的东西，而那捕捉不着，又是从实际中来的。

若要捕捉那捕捉不着的东西，需要富裕的时间和悠闲的心境，这两者我都处于"第三世界"，所以也就无话可说了。

1990 年 2 月

（原载《光明日报》1990 年 2 月 22 日）

从"粥疗"说起

我从小多病,以这多病之身居然维持过了花甲,而且还在继续维持下去,也算不简单。六十年代后期,随着"文化大革命"这场大灾难,我也得了一场重病。年代久了,记忆便淡漠,似乎已和旁人平等了。可能是为了提醒吧,前年底,经历了父丧之痛之后,又是一次重病,成了遐迩闻名的大病号。

病中得到广泛而深厚的关心,让我有点飘飘然。有时卧床而"飘",飘着飘着,想起二十多年前,我的夫弟——俗称"小叔子"的,他们只有兄弟二人,不必说明第几位——从上海寄了一本《粥疗法》,是本薄薄的旧书,好像还是古籍出版社一类的地方出版的。书中极称粥食之妙,还介绍了许多食粥之法。有的很普通,如山药粥、百合粥、莲子粥等,不必查书,我也曾奉食老父。有用肉类制作的,就比较复杂。无论繁简,都注明各有所治,"粥效"可谓大焉。不过此书的命运同我家多数小册子一样,在乃兄的管理下,不久就不见踪影,又是"只在此山中,云深不知处"了。

后来又听朋友说,还有一种书,题名为《一百种粥》,所记粥事甚详。可见"粥"在出版界颇不寂寞。

病中不能出门,只在房中行走。体力恢复到能东翻西翻时,偶见陆游有一首食粥诗:"世人个个学长年,不悟长年在目前。我得宛丘平易法,只将食粥致神仙。"再一研究,写《宛丘集》的张耒,更有一篇《粥记》,文字不长,兹录如下:

> 张安定每晨起食粥一大碗,空腹胃虚,谷气便所补不细,又极柔腻,与肠腑相得,最为饮食之良妙。齐和尚说,山中僧每将旦一粥,甚是厉害,如或不食,则终日觉脏腑燥渴,盖能畅胃气,生津液也。今劝人每日食粥以为养生之道,必大笑。大抵养性命求安乐亦无深远难知之事,正在寝食之间耳。

这位张耒是自称"吾苏学士徒也"的,如此再作推理,原来东坡也嗜粥。他说:

> 夜饥甚,吴子野劝食白粥,云能推陈出新,利膈益胃。粥既快美,粥后一觉,妙不可言。

看来宋代便有不少大名士深知粥理。想想我曾那样不重视粥疗,不觉自叹所知太少。

南方人似乎喜吃泡饭胜于粥。幼时在昆明,一度住在梅家,曾和小弟还有从小到大的友伴和同窗梅祖芬三人一起偷吃剩饭。那天的饭是用云南特产的一种香稻做的,用开水泡一下,还有什么人送来自制的腐乳,我们每人都吃了两三碗,直吃到再也咽不下,终于胃痛得起不了床。梅伯母不知缘故,见三人一起不适,甚感惊慌。好在服用酵母片后,个个痊愈。梅伯母现已年近百岁,对于一起胃痛的奥妙,还是不甚了然。当时若吃的不是泡饭而是粥,谅不至于胃痛。

一九五九年下放在桑干河畔,那里习惯用玉米楂子煮干饭,称为"格仁粥",煮成稀饭,则称"格仁稀粥"。我印象中稀粥比名为粥的干饭容易下咽多了。房东大娘把炒过的玉米、小米和豆类碾碎,煮成粥状,也笼统称为粥。下放回来后,大娘还托人带来一小口袋这种粥的原料,试者无不说好。但若吃久了,这些粥都比不上白米粥。只是大米在北方农村不多,米粥也就难得了。

有一阵子以为广东粥很好。记得那年夜游洛杉矶,午夜到一小吃店吃鱼片粥,只那端上来时的热气腾腾便赶走一半夜寒。碗中隐约现出嫩绿的葱花,浅黄的花生碎粒,略一搅动,翻起雪白的鱼片,喝下去不只暖适而且美味。回来每每念及"广东粥",或外购或内制,总到不了那个水平。这也许和当时的身体情况以及环境有关。

陆游还有一首诗云:"粥香可爱贫方觉,睡味无穷老始知。要识放翁真受用,大冠长剑只成痴。"食粥的根本道理在于自甘淡泊。淡泊才能养生,身体上精神上都一样。所以鱼呀肉的花样粥,总不如白米粥为好。白米粥必须用好米,籼米绝熬不出那香味来。而且必须黏润适度,过稠过稀都不行,还要有适当的小菜佐粥。小菜因人而异,贾母点的是炸野鸡块子,"咸浸浸的好下稀饭"。我则以为用少加香油白糖的桂林腐乳,或以落花生去壳衣,蘸好酱油和粥而食,天下至味。

不知当初东坡食白粥,用的什么小菜。

1992 年元月初

(原载《收获》1992 年第 3 期)

星期三的晚餐

去年春来时,我正在医院里。看见小花园中的泥土变得湿润,小草这里那里忽然绿了起来,真有说不出的安慰和兴奋。"活着真好。"我悄悄对自己说。

那时每天想的是怎样配合治疗。为补元气,饮食成为一件大事。平常我因太懒,奉行"宁可不吃也不做"的原则。当然别人做了好吃的,我也有兴趣,但自己是懒得动手的。得了病,别人做来我吃,成为天经地义,还唯恐不合口味,做者除了仲和外甥女冯枚,扩及住得近的表弟表妹和多年老友立雕(韦英)夫妇。

立雕是闻一多先生次子,和我同岁。我和他的哥哥立鹤同班,可不知为什么我和闻老二比和闻老大熟得多。立雕知道我的病况后,认下了每星期三的晚餐,把探视的日子留给仲。因为星期三不能探视,就需要花言巧语费尽周折才能进到病房。每次立雕都很有兴致地形容他的胜利。后来我身体渐好,便到楼下去"接饭"。见他提着饭盒沿着通道走来,总要微惊,原来我们都是老人了。

好一碗鸡汤面!油已去得干净,几片翠绿的菜叶,让人看了胃口大开。又一次是煮米粉,不知都放了什么作料,我居然把一碗吃完。立雕还征求意见:"下次想吃什么?""酿皮子。"我脱口而出,因为知道春华弟妹是陕西人。

"你真会挑!"又笑加一句,"你这人天生的要人侍候。"

又是一个星期三,果然送来了酿皮子。那东西做起来很麻烦,要用特制的盘子盛了面糊,在开水里搅来搅去。味道照例是浓重的。饭盒里还有一个小碟,放了几枚红枣。立雕说这是因为作料里有蒜,餐后吃点枣可以化解蒜味儿,是春华预备的。

我当时想,我若不痊愈,是无天理。

立雕不只拿来晚饭,每次还带些书籍来。多是关于抗战时昆明生活的。一次说起一九四五年一月我们随闻一多先生到石林去玩。闻先生那张口衔烟斗的照片就是在石林附近尾泽小学操场照的。

"说起来,我还没有这张照片呢。"我说。

"洗一张就是了。"果然下次便带来了那照片,比一般常见的大些。闻先生浓眉下双目炯炯有神,正看着我们,烟斗中似有轻烟升起。

闻先生身后有个瘦瘦的小人儿,坐在地上,衣着看不清,头发略长,弯弯的。"呀!"我叫了一声,"这是谁呀?"

素来反应迟钝的仲这次居然一眼看清,虽然他从未见过少年时代的我:"这是谁?这不是我们的病号吗!"

立雕原来没有注意,这时鉴定认可。我身旁还有一个年轻人,不是立雕,也不是小弟,总是当时的熟人吧。

素来自命清高,不喜照相,人多时便躲到一边去。这回怎么了!我离闻先生不近,却正好照上了,而且在近五十年后才发现。看见自己陪侍闻先生在照片里,觉得十分快乐。

在昆明有一段时间,我们和闻家住隔壁。家门前都有西餐桌面大的一小块土地,都种了豌豆什么的,好掐那嫩叶尖。母亲和闻伯母常站在各自的菜地里交谈。小弟向立鹤学得站立洗脚法,还向我传授。盆放在凳子上,人站在地下,两脚轮流作金鸡独立状,我们就一面洗一面笑。立鹤很有才华,能绘画、善演戏,英语也不错,若是能够充分发挥,应也像三弟立鹏一样是位艺术家。可叹他在一九四六年的灾难中陪同闻先生在鬼门关走了一遭,一九五七年又被错误地批判,并受了处分,经历甚为坎坷,心情长期抑郁不畅。他一九八一年因病去世,似是同辈人中最早离去的。

那次去石林是西南联大学生组织的,请闻先生参加。当时立鹤、立雕兄弟,小弟和我都是联大附中学生,是跟着闻先生去的。先乘火车到路南,再骑一种矮脚马。我们那时都没有棉衣,记得在旷野中迎风骑马,觉得寒气逼人。骑马到尾泽后,住在尾泽小学。以后无论到哪里都是步行了。先赏石林的千姿百态,为那鬼斧神工惊叹不止。再访瀑布大叠水、小叠水。给我印象最深的是尾泽附近的长湖。湖边的石奇巧秀丽,树木品种很多,一片绿影在水中,反照出来,有一种淡淡的幽光。水面非常安详闲适,妩媚极了,我以后再没有见到这样纯真妩媚的湖。一九八〇年回昆明,再去石林,见处处是人为的痕迹,鬼斧神工的感觉淡得多了。没有人提到长湖,我也并不想再去,怕见到那本是不食人间烟火的天真烂漫,也沾惹上市井之气。

这张照片中没有风景,那时大同学组织活动,目的也不在风景。只是我太懵懂了,只记得在操场围成一个大圈子,学阿细跳月。闻先生讲话,大同学朗诵诗、唱歌,内容都不记得了。

一九八〇年曾为闻先生衣冠冢写了一首诗,后半段有这样几句:

  亲眼见那燃着的烟斗
  照亮了长湖边的苍茫暮霭
  我知道这家内还有它
  除了衣冠外。

原来照片中不只有它，还有我。

闻先生罹难后，清华不再提供住宅。父母亲邀闻伯母带领孩子们到白米斜街家中居住。我们住后院，闻伯母一家住前院。我常和立雕、小弟三人一道骑车。那时街上车辆不像现在这样拥挤，三人并排而行，也无人干涉。现存有几张当时在北海拍摄的相片，一张是立雕和我在白塔下，我的头发还是和在闻先生背后的那张上一模一样。后来我们迁到清华住了，他们一家经组织安排到了解放区。一晃便是几十年过去了。

在昆明时，教授们为生活所迫，不得不做点能贴补家用的营生。闻先生擅长金石，对美学和古文字又有很高的造诣，这时便镌刻图章，石章每字一千二百元，牙章每字三千元。立雕、立鹤兄弟两人有很好的观摩机会，渐得真传，有时也分担一些。立雕参加革命后长期做宣传工作，一九八八年离休，在家除编辑新编《闻一多全集》的《书信卷》之外，还应邀为浠水闻一多纪念馆设计和编写展览脚本。近期又将着手编闻先生的影集《人民英烈闻一多》。看样子他虽离休了，事情还很多，时间仍是不敷分配。

看来子孙还是非常重要，闻先生不只有子，而且有孙。《闻一多年谱长编》是由立雕之子闻黎明编写的。黎明查找资料很仔细，到昆明看旧报，见到冯爷爷的材料也都摘下。曾寄来蒙自"故居"的照片，问"璞姑"是不是这栋房子。房子不是，但在第三代人心中存有关切，怎不让人感动！

父亲前年去世后,立雕写了情意深重的信。信中除要以他们兄妹四人名义敬献花圈外,还说:"伯父去世是我们国家和人民的重大损失。我永远忘不了在我们最困难的时候,伯父、伯母给我们的关怀、帮助和安慰。我们两家两代人的友谊,是我脑海中永不会消失的美好记忆与回忆。"

从那桌面大的豌豆地,从那长湖上的暮霭,友谊延续着,通过了星期三的晚餐,还在延续着。我虽伶仃,却仍拥有很多。我有知我、爱我的朋友,有众多的堂兄弟姊妹、表兄弟姊妹,还有因上一代友情延续下来的诸家准兄弟姊妹。

比起"文革"间那一次重病的惨淡凄凉,这次生病倒是蛮风光的,怎舍得离开这个世界呢。

活着真好。

1992年3月中写,4月底改

(原载《随笔》1992年第6期)

猫 冢

十月份到南方转了一圈,成功地逃避了气管炎和哮喘——那在去年是发作得极剧烈的。月初回到家里,满眼已是初冬的景色。小径上的落叶厚厚一层,树上倒是光秃秃的了。风庐屋舍依旧,房中父母遗像依旧,我觉得一切似乎平安,和我们离开时差不多。

见过了家人以后,觉得还少了什么。少的是家中另外两个成员——两只猫。"媚儿和小花呢?"我和仲同时发问。

回答说,它们出去玩了,吃饭时会回来。午饭之后是晚饭,猫儿还不露面。晚饭后全家在电视机前小坐,照例是少不了两只猫的。媚儿常坐在沙发扶手上,小花则常蹲在地上,若有所思地望着我。我总是和它说话,问它要什么,一天过得好不好。它以打哈欠来回答。有时就试图坐到膝上来,有时则看看门外,那就得给它开门。

可这一天它们不出现。

"小花,小花,快回家!"我开了门灯,站在院中大声召唤。因为有个院子,屋里屋外,猫们来去自由,平常晚上我也常常这样叫它,叫过几分钟后,一个白白圆圆的影子便会从黑暗里浮出来,有时快步跳上台阶,有时走两步停一停,似乎是闹着玩。有时我大开着门它却不进来,忽然跳着抓小飞虫去了,那我就不等它,自己关门。一会儿再去看时,它坐在台阶上,一脸期待的表情,等着开门。

小花被家人认为是我的猫。叫它回家是我的差事,别人叫,它是不理的。仲因为给它洗澡,和它隔阂最深。一次仲叫它回家,越叫它越往外走,走到院子的栅栏门了,忽然回头见我出来站在屋门前,它立刻转身飞箭似的跑到我身旁。没有衡量,没有考虑,只有天大的信任。

对这样的信任我有些歉然,因为有时我也不得不哄骗它,骗它在家等着,等到的是洗澡。可它似乎认定了什么,永不变心,总是坐在我的脚边,或睡在我的椅子上。再叫它,还是高兴地回家。

可是现在,无论怎么叫,只有风从树枝间吹过,好不凄冷。

七十年代初,一只雪白的、蓝眼睛的狮子猫来到我家,我们叫它狮子,它活了五岁,在人来讲,约三十多岁,正在壮年。它是被人用鸟枪打死的。当时它刚生过一窝小猫,好的送人了,只剩一只长毛三色猫,我们便留下了它,叫它花花。花花五岁时生了媚儿,因为好看,没有舍得送人。后来又有一只小猫没有送出。花花活了十岁左右,也是深秋时分,它病了,不肯在家,曾回来有气无力地叫了几声,用它那妩媚温顺的眼光看着人,那就是它的告别了。后来它忽然就不见了。猫不肯死在自己家里,怕给人添麻烦。

孤儿小猫就是小花,它是一只非常敏感、有些神经质的猫,非常注意人的脸色,非常怕生人。它基本上是白猫,头顶、脊背各有一块乌亮的黑,还有尾巴是黑的。尾巴常蓬松地竖起,如一面旗帜,招展得很有表情。它的眼睛略呈绿色,目光中常有一种若有所思的神情。我常常抚摸它,对它说话,觉得它不知什么时候就会回答。若是它忽然开口讲话,我一点不会奇怪。

小花有些狡猾,心眼儿多,还会使坏。一次我不在家,它要仲给它开门,仲不理它,只管自己坐着看书。它忽然纵身跳到仲膝上,极为利落地撒了一泡尿,仲连忙站起时,它已方便完毕,躲到一个角落去了。"连猫都斗不过!"成了一个话柄。

小花也是很勇敢的,有时和邻家的猫小白或小胖打架,背上的毛竖起,发出和小身躯全不相称的吼声。"小花又在保家卫国了。"我们说。它不准邻家的猫践踏草地。猫们的界限是很分明的,邻家的猫儿也不欢迎客人。但是小花和媚儿极为友好地相处,从未有过纠纷。

媚儿比小花大四岁,今年已快九岁,有些老态龙钟了,它浑身雪白,毛极细软柔密,两只耳朵和尾巴是一种娇嫩的黄色。小时可爱极了,所以得一媚儿之名。它不像小花那样敏感,看去有点儿傻乎乎。它曾两次重病,都是仲以极大的耐心带它去小动物门诊,给它打针服药,终得痊愈。两只猫洗澡时都要放声怪叫。媚儿叫时,小花东藏西躲,想逃之夭夭。小花叫时,媚儿不但不逃,反而跑过来,想助一臂之力。其憨厚如此。它们从来都用一个盘子吃饭。小花小时,媚儿常让它先吃。小花长大,就常让媚儿先吃。有时一起吃,也都注意谦让。我不免自夸几句:"不要说郑康成婢能诵毛诗,看看咱们家的猫!"

可它们不见了!两只漂亮的、各具性格的、懂事的猫,你们怎样了?

据说我们离家后几天中,小花在屋里大声叫,所有的柜子都要打开看过。给它开门,又不出去。以后就常在外面,回来的时间少。以后就不见了,带着爱睡觉的媚儿一起不见了。

"到底是哪天不见的?"我们追问。

都说不清,反正好几天没有回来了。我们心里沉沉的,找回的希望很小了。

"小花,小花,快回家!"我的召唤在冷风中,向四面八方散去。

没有回音。

猫其实不仅是供人玩赏的宠物,它对人是有帮助的。我从来没有住过新造的房子。旧房就总有鼠患。在城内迺兹府居住时,老鼠大如半岁的猫,满屋乱窜,实在令人厌恶。抱回一只小猫,就平静多了。风庐中鼠洞很多,鼠们出没自由。如有几个月无猫,它们就会偷粮食,啃书本,坏事做尽。若有猫在,不用费力去捉老鼠,只要坐着,甚至睡着喵呜几声,鼠们就会望风而逃。一次父亲和我还据此讨论了半天"天敌"两字。猫是鼠的天敌,它就有灭鼠的威风!驱逐了鼠的骚扰,面对猫的温柔娇媚,感到平静安详,赏心悦目,这多么好!猫实在是人的可爱而有利的朋友。

小花和媚儿的毛都很长,很光亮。看惯了,偶然见到紧毛猫,总觉得它没穿衣服。但长毛也有麻烦处,它们好像一年四季都在掉毛,又不肯在指定的地点活动,以致家里到处是猫毛。有朋友来,小坐片刻,走时一身都是猫毛,主人不免尴尬。

一周过去了,没有踪影。也许有人看上了它们那身毛皮——亲爱的小花和媚儿,你们究竟遇到了什么!

我们曾将狮子葬在院门内枫树下,它大概早融在春来绿如翠、秋至红如丹的树叶中了。狮子的儿孙们也一代又一代地去了,它们虽没有葬在家内,也各自到了生命的尽头。"前不见古人,后不见来者",生命只有这么有限的一段,多么短促。我亲眼看见猫儿三代的逝去,是否在冥冥中,也有什么力量在看着我们一代又一代在消逝呢?

1992年11月上旬

(原载《美文》1993年第1期)

京西小巷槐树街

这是一条长不足百米的胡同,两侧皆植槐树,掩映着一个个小宅院。名为槐树街,可谓名副其实。这一带街道,再没有种槐树的,若寻槐树街,认准槐树便是。

可能因为短小,人们说到它时,加之以"儿"——槐树街儿,似乎很亲热。树荫后面人家,经过许多变迁了,门前高台阶大都破旧不堪,双扇院门上的对联字迹模糊,很难辨认。有些双扇门已改为房门一样单扇门了,开在胡同里,有点不伦不类。但那门前歪斜的台阶,门上剥落的字迹,以及两行槐树,仍然像北京的数千条胡同一样,给人一种遥远的、宁静的气氛。

这个居民点总称成府,位于北大和清华之间。以前的燕京和清华,现在的北大和清华,都有教职工住在这里。

一个黄昏,我站在槐树街口,目的是看一看槐树街十号。

找到十号。门洞窄小,房子没有格局,直觉地感到不对。一个人出来说,原来的十号改为九号了,请到隔壁。

隔壁有几层台阶,门扇依然完好,若油漆一下,还是很像样的。经过仔细辨认,认清了门上的字,"中心育物,和气生春"。

我不记得这副对联。

进门向右,穿过一个小夹道,眼前豁然开朗,这是一个真正的四合院,正门朝北,垂花门开在西侧,正房对面建有南房。四面房屋都很整齐,木格窗,正房还有雕花。

院中几个人在闲坐,拿着蒲扇。旁边一棵石榴,正开着火红的花朵。正房前搭葡萄架,翠绿的叶子垂下来。多少年不见这样的院子了!

"这是我的出生地,就在这北房里。"寒暄后说明来意。

他们大概是东厢房的住户,很殷勤,却没有邀我进房去参观。只问:"走了多少年了?出国了吧?"

其实我出生后两个月,随父母迁到清华。转了几十年,并没有转出北大清华这一带,很觉惭愧,只好含糊应了一句。

"我们是北大的职工,这房子属北大,新十号属清华。"他们介绍,"现在这院子住了八家。"

四面房屋前都搭了小棚屋,还停着一辆平板车,上有玻璃罩,写着"米酒"。

"是第二职业了?"我笑问。他们说是邻居的,当然是业余的。

告辞时主人说欢迎常来。我知道我不会常来。

出了门,见斜对过有彩灯一闪一闪,原来是开了一家冷饮小店。记得邻近的蒋家胡同有一间常三酒馆,当年是燕京学生们谈心的好地方,专营海淀莲花白,那酒有的粉红,有的青绿。后来酒馆改为门市部,专营全世界到处买得到的东西。走过时张望了一下,心中诧异,怎么没有听说常三酒馆要重新开张。

走过新建的砖房,简直说不出是什么式样。两墙之间有一条极窄小的胡同,仅容一人行走,通过去不知是哪里。墙上挂着崭新的牌子"新胡同",也是名副其实。

一阵清脆的笑声,从新胡同跑出几个女孩子。她们是要跳房子还是跳皮筋?我站住等着。她们不跳什么,笑着跑远了,把笑声留在胡同里。

1993年6月5日

(原载《宗璞文集(四卷)》,华艺出版社1996年出版)

风庐乐忆

清华园乙所曾是我的家。它位于园内一片树林之中。小时候觉得林子深远茂密,绿得无边无涯,走在里面,像是穿过一个梦境。抗战时在昆明,对北平的怀念里,总有这片林子。及至胜利后,再住进乙所,却发现这林子不大,几步便到边界,也没有回忆中的丰富色彩。

复员后的一年夏天,有人在林中播放音乐,大概是所谓的音乐茶座吧。凭窗而立,音乐像是从绿色中涌出来,把乙所包围了,也把我包围了。常听到的有舒伯特的《未完成交响曲》,这是很少的我记得旋律的乐曲之一。还有贝多芬的《田园》,莫扎特的弦乐四重奏,柴可夫斯基的《悲怆》等。每当音乐响起时,小树林似乎扩大了,绿色显得分外滋润,我又有了儿时往一个梦境深处飘去的感觉。

清华音乐室很活跃,学生里音乐爱好者很多。学余乐手颇不乏人,还出了些音乐专业人才。我是不入流的,只是个不大忠实的听众而已。因为自己有的唱片很有限,常和同学一起到美国教授温德先生家听音乐。温德先生教我们英诗和莎士比亚,又深谙古典音乐。他没有家室,以文学和音乐为伴。在他那里听了许多经典名作,用的大都是七十八转唱片。每次换唱片,他都用一个圆形的软刷子把唱片轻刷一遍,同时讲解几句。他不是上课,不想灌输什么。现在大家都不记得他讲什么,却记得他最不喜欢柴可夫斯基,认为柴可夫斯基太感伤。有一次听肖邦,我坐在屋外台阶上,月光透过掩映的花木照下来。我忽然觉得肖邦很有些中国味道。后从《傅雷家书》中得知确实中国人适合弹肖邦。有很长一段时间,我最偏爱肖邦。

以后在风庐里住的约四十年中,听音乐的机会随客观情况的变化而忽少忽多,只是再没有固定的音乐活动了,也没有人义务为大家换唱片了。最后一次见到温德是在北大校医院楼梯口,他当时已一百岁,坐在轮椅上,盖着一条毯子。我忙趋前问候。他用英语说:"他们不让我出去!告诉他们,我要出去,到外面去!"我找到护士说情。一位说,下雨呢,他不能出去。又一位说,就是不下雨,也不能去。我只好回来婉转解释,他看住我,眼神十分悲哀。我不忍看,慌忙告别下楼去,一路蒙蒙细雨中,我偏偏仿佛听到柴可夫斯基第六交响曲中那段最哀伤的曲调。温德先生听见了什么,我无法问他。

这几年稳定,便成为愈来愈忠实的听者,海淀这边有音乐会时,常偕外子前往。好几次见满场中只有我两人发染银霜,也不觉得杂在后生群中有什么不妥。有一次中央乐团先演奏一个现代派的名作,休息后演奏贝多芬的第七交响曲,在饱受奇怪音响的磨难之后,觉得第七交响曲真好听!它是这样活泼而和谐,用一句旧话形容,让人全身三万六千个毛孔都通开了。又一次有一位苏联女钢琴家来演奏拉赫玛尼诺夫第二钢琴协奏曲,于是满怀热望到场,谁知她的演奏十分苍白无力。我却也不沮丧,总算当场听过一次了。在海淀听过几次肖斯塔科维奇,发现他是那样深刻,和我们的心灵深处很贴近很贴近。一九九一年严冬,我刚结束差不多一年病榻生活,还曾不顾家人反对,远征到北京音乐厅听莫扎特的安魂曲。记得刚一看见"莫扎特"这几个字,便感到安慰。

严肃音乐不景气,音乐会少多了。要听音乐,当然还是该自己拥有设备。我毫无这方面的志向,只是书已够我对付,够我"恨"了,怎受得了再加上磁带、唱片、CD什么的。我憧憬的是家徒四壁,想看书到图书馆,想听音乐一按收音机。许多国家有专播古典音乐的电台,我希望我们在这一点能赶上,不必二十四小时,八小时也够了,可不能安排在夜里。

现代音乐理论家黎青主曾说音乐是"上界的语言",并引马丁·路德的诗句:"谁从事音乐就是有了一份上界的职业。"他自己解释说,意即音乐是灵魂的语言,是灵界的一种世界语言。音乐在诸门艺术中确是最直接诉诸灵魂的,是没有国界的。对"上界的语言"这话,我还想到两层意思:一是可以用来形容音乐的美,另一层意思我用一句话来表达,那就是,能听一点音乐的人有福了。

1993年11月

(原载《爱乐》1994年创刊号)

道　具

今年七月十四日入伏,十分闷热。天气预报天天有雨,却总没有下透。人好像腌在什么罐子里,腻搭搭的不舒服。

在一位老学者家任秘书多年的老友可能因年事渐长,受不了这天气,邀我代他工作两个月。我很高兴,一方面愿意亲近这位老人,一方面也因我还受得了这天气,可见比人强,不免得意。

老学者面色紫红,双目凹陷,据某人类学家推测他有犹太人血统。一副银髯飘在胸前,颇具仙风道骨。我坐在他身旁,记录他口授的字句,那高妙的思想带来清爽的凉意。

有人敲门。应门是我的事。

来人是某地政府代表,态度质朴诚挚,请老人为家乡题字。拿出一堆"龙腾虎跃""日新月异"等等的标语口号,供老人参考。

"你大概也是有文化的人,帮着选一选。"来人客气地对我说。

老人素来热爱家乡,这样有意义的事自不能拒绝。我记下需做的事,宾主在融洽的气氛中分手。

又有人敲门。我去开门时想,应门该有三尺之童,我已年届花甲,这样跑来跑去,可谓没有出息。

来人乃外籍华裔学者,在电话中联系过的;但他带了三个人来,却无人知道。三人中有一位少年,是某地记者,何报何社何杂志不清楚,说他要写一篇访问记。

"您多大了?"记者发问,"都写过什么书?"

老人不知听见没有,发了一会儿呆。

"我和中央各领导都有联系,有什么问题可以帮助解决。"少年好心地说。他很善良,毫无疑问。

老人求助地望着我,我不能不声援,说明老人无意接受采访,也不想和哪一位领导联系。这回轮到少年记者发呆,海外学者不悦之色笼罩全室,于是不欢而散。

我想老人该严厉些,不愿做的就大声说:"不!"那很难,我知道。

又坐下来,准备享受那思想的清风时,又有人敲门。我这时不只委屈,简直是愤愤了。

来人曾有一面之缘,姓李,是曰老李,来的目的是拍电视。说话间,面包车拉着器材已到门前。老人说,这么远来,硬拒绝也不好,就拍吧。

时间倒是不长。老李做节目主持人,怀抱可爱的女儿与老人对话,实际上对老人说话。

"您的眼睛看不见,稿子是由助手代写的。"老人听不清,无法纠正。助手只是记录,岂能代写!

"最近好几位老专家都去世了。"他举了好几位先生的名字,包括前几年过世的。"您要保重。"

老人没有说话。他当然知道人总会死的,不用人提醒。这样,就算拍完了。老李放下女儿,毫不客气地让我带她去上厕所。

一切结束,他们还不走,要与老人合影。几个人都站好了,老李让孩子把手搭在"爷爷"肩上。我忽然觉得老人很可怜,像照相馆中的木马或彩色戏装一样,是个大道具!

　　你这样睿智博学,难道不能说一个"不"字么?

　　老李布置好了,让我按快门。

　　我瞪起眼睛,说:"不!"

　　不!我说了,一面欣赏自己的勇气。

1988年7月7日

　　偶检旧箧,断简残篇中忽得一完整之旧稿,此罕事也。文为有感而发,语气托以他人,仍恐不妥,遂置之。如今先君逝世已经三年,欲有种种骚扰,不可得矣。

1993年11月6日

(原载《散文天地》1994年2月号)

客有可人

这天天气很好。我想在客厅摆些花。五月初,花不少,插两枝丁香或几朵月季就可以添许多生气。可是似乎到客人来了,花也没有插上。

客人是英国人。一位是多丽斯·莱辛,根据报上的称呼,她是一位文豪。另一位玛格丽特·德拉布尔,则是著名作家。同来的还有德拉布尔的夫婿麦克尔·霍罗尔伊德,是传记文学作家。两位女作家的大名我当然知道,但没有读过她们的书。九年前访英时她们不在伦敦,未曾谋面。这次得知她们要来访我,心下是有几分诧异的。

《中国大百科全书·外国文学卷》中有莱辛小传。她一九一九年生于英属伊朗,童年时全家迁到英属罗得西亚。一九四九年才返回伦敦定居。对于祖国来说,她是一个异乡人,一定会有很多不寻常的感受。卷中说,她写作题材广阔,富有社会意义。"西方有的评论家认为,莱辛是当代英国最优秀的女作家,堪与简·奥斯丁和乔治·艾略特媲美。"她的作品有《青草在歌唱》《天狼星的试验》《优秀的恐怖分子》等数十种。在向百科全书讨教之余,我记起有人送过我一本莱辛的短篇小说集《习惯的爱》(抑或《爱的习惯》?),为了领略文风,很想找来翻一翻,但是书籍一入风庐,向来难以寻觅,于是临时的佛脚也没有抱成。

德拉布尔是一位女性文学的现实主义作家,著有《光辉的道路》《自然的好奇》和《象牙之路》三部曲等书。由于文学上的成就,已被封为英国勋爵。她生于一九三九年,一家人都毕业于剑桥大学。我在伦敦时倒是见过她的姐姐安托尼亚·勃雅特,也是一位小说家。她们的妹妹海伦是艺术史家,弟弟理查德是一位法官。关于玛格丽特·德拉布尔的介绍,总是全家出动的。

她们进了院门,从小径上走过来了。莱辛是一位瘦削的小老太太,满头银发。德拉布尔则较高大,看去不像年过半百。英语系教授陶洁陪同前来。她们刚刚在英语系会见学生,讲了英国文学情况。

坐定后献茶。这时莱辛对我说:"我不喝印度红茶。"我一愣,顿时想起贾母不喝六安茶的声明,想来这是老年人的情性。当即回答说我这里没有印度红茶,我们喝的是北京花茶。"茶叶用茉莉花熏过的。"陶洁的英语极流利。

茶过三巡,话也说了不少。她们所以来访,原来是因为读了我那篇小说《鲁鲁》(见于《1949—1989中国最佳短篇小说》)。这书是中国文学出版社编选出版的,前面有李子云序。全书无论从哪方面看都很好,子云的序也很精彩。最令我高兴的是《鲁鲁》的译文,除一些小地方不够准确(谁也难免)外,颇为传神。好几年前,澳大利亚一家出版社出版了一本中国女作家三人集《吹过草原的风》,内有《鲁鲁》,译文较为生硬。有的翻译更看不出原作面貌了。《最佳短篇小说》中《鲁鲁》的译者是克利斯朵夫·司密斯。

她们说她们喜欢动物,也喜欢写动物的作品。奇怪的是她们没有读过屠格涅夫的《木木》。话题转到英国文学,说起哈代。莱辛说她喜欢哈代,最喜欢《无名的裘德》。我想我最喜欢的是《还乡》,其中游苔莎一心向往大城市的心态,现在若重读,定会有新的感受。

她们去过了八达岭。莱辛说那一条路很像意大利(希望我没有记错)。她问我写不写长篇小说,我说写的。她说希望早读到,可得找个好翻译。她的小说《金色笔记》已译成中文,我没有勇气替她看看文笔如何,以前读书读稿一目数十行,随意间就完成,现在数行之后眼睛就发花,想看也看不见了。

话题转向了德拉布尔。我说你们家很像勃朗特姊妹一家,三姊妹都写作,有一个兄弟。她笑起来,说:"大家都这么说。可是我们的弟弟比她们的强多了。"勃朗特家的男孩游手好闲,有人请客,常找他陪着说话,类似清客一流人物。说话间,德拉布尔送我一本图文并茂的书《作家的不列颠》,其中有许多作家故居和他们吟咏描写过的景物。莱辛也拿出书来,但并不送我,而是交给陶洁,赠英语系。当然这样读这书的人会多得多,是好办法。两个多月后,莱辛从伦敦寄了书来赠我,书名《伦敦观察》,是一本短篇小说集,内容多为自己成为祖国的异乡人这类感受,正是我关心的。

霍罗尔伊德不只写传记,还做了许多组织工作,曾任英国作家协会主席、英国笔会中心主席。他话不多,显得很谦逊。在座的还有英语系教授陈瑞兰,她翻译了多篇安格斯·威尔逊的小说。客人们希望见她,可能也希望她多译些英国作品吧。

过了几天,数理逻辑专家兼哲学家王浩教授偕夫人哈娜来访。王浩兄留了胡子,须发灰白,若在路上相遇,一定认不得了。他的成就是大家熟悉的,于此不多赘。他们从美国来参加北大校庆,特别是数学系系庆,后在勺园小住。哈娜是捷克人,思路活泼敏捷,说的英语很悦耳。我觉得她很可爱。她说她到北大来,只想见一个人,可惜见不到了,那就是我的父亲——冯友兰先生。人见不到,还可以看看三松,看看遗著,看看我,于是来到三松堂。哈娜说她最喜欢《中国哲学简史》这本书,我们马上互引为同调。我素以为《简史》是一本出神入化的书。写这书时,父亲已有哲学史方面的研究成绩,又创造了自己的哲学体系,两卷本《中国哲学史》和"贞元六书"俱已流传。《简史》将两方面成就融会贯通,深入浅出,内行不觉无味,外行不觉难懂。还有经过卜德教授润饰的英文,可谓清丽流畅。哈娜还喜爱文学,对莱辛、德拉布尔的作品都很熟悉。也说起勃朗特姊妹。人处五洲,肤色各异,可是谈起来都很了解。世界真像个大家庭。

座间还有清华学长唐稚松。他一九四八年到香港,我父亲写信叫他回来,他就回来了。唐兄现任中科院学部委员,一项研究成果获国家自然科学一等奖,为国家人民做出了贡献。除是科学家外,他还是诗人,旧诗格调极高,有"志汇中西归大海,学兼文理求天籁"之句。一九五一年陈寅恪先生曾专函召他赴穗任唐诗助教,可见其造诣。他因另有专长,未能前往。

和王、唐两位谈话,每觉有新趣。他们都是"志汇中西""学兼文理"的人物,聚在一起,真是难得。遗憾的是,说的话我渐渐不懂了,虽用心听着,还如在五里雾中坐地。

八月下旬,美国女学者欧迪安来访。她是冯学研究专家,最近将几篇研究冯学的论文译成英文,自己写了一篇洋洋洒洒的序,将在美国出版。她极赞赏父亲对郭象的见解,屡次提到。我乃赠以一本冯氏英译《庄子》,其中有一篇专论郭象的文章。她真是大喜过望,如获至宝。她这次要查清冯著每一本书的出版年月,十分认真仔细。有一本书一时找不到,她辗转问过许多人,那晚深夜又问到我这里,经过补充的线索,终于查清。

我还想起另一位女学者,日本的后藤延子。《三松堂全集》中有的文章是她在日本找到的。她也是不肯有一点马虎的,对我们有些学者大而化之的作风频频摇手兼摇头。《三松堂全集》总编纂涂又光曾慨叹道:"若不认真努力,愧对延子。"

坚忍执着,知其不可而为之,本是我民族精神的重要组成部分,现在似乎是要渐渐融化在滔滔商海中了。不要说皓首穷经,就是肯安下心来坐一坐冷板凳的人也愈来愈少了。

然而总有希望。我想起另一位来访者。

七十年代末,大家刚刚可以随意走动,三松堂来了个李姓青年人,年纪不过十八九岁,家在河南某县农村。他来的目的,是谈谈读书。他非常喜欢读书,村里无书,便每天步行数十里路,到地区(似是洛阳)图书馆去读书,回家往往在深夜。我后来根据他的谈话写了童话《星之泪》,写星星为一位好学的年轻人照亮路程。他的读书范围很广,除中国经典书籍外,那时正在读西方启蒙运动时的著作。他很想读狄德罗的《拉摩的侄儿》,却找不到。我发愿若买到一定寄去。我把他的地址姓名的纸条放在砚台里,过了好几年,纸条终于不见了。

那年轻人后来不知读了多少书,又不知走上了哪一条生活之路。我想,在读书做学问的道路上,总会有更年轻的人跟上来的。

1993年12月

(原载《光明日报》1993年12月4日)

药杯里的莫扎特

一间斗室,长不过五步,宽不过三步,这是一个病人的天地。这天地够宽了,若死了,只需要一个盒子。我住在这里,每天第一要事是"烤电",在一间黑屋子里,听凭医生和技师用铅块摆出阵势,引导放射线通行。是曰"摆位"。听医生们议论着铅块该往上一点或往下一点,便总觉得自己不大像个人,而像是什么物件。

精神渐好一些时,安排了第二要事:听音乐。我素好音乐,喜欢听,也喜欢唱,但总未能登堂入室。唱起来以跑调为能事,常被家人讥笑。好在这些年唱不动了,大家落得耳根清净。听起来耳朵又不高明,一支曲子,听好几遍也不一定记住,和我早年读书时的过目不忘差得远了。但我却是忠实,若哪天不听一点音乐,就似乎少了些什么。在病室里,两盘莫扎特音乐的磁带是我亲密的朋友,使我忘记种种不适,忘记孤独,甚至觉得斗室中天地很宽,生活很美好。

三小时的音乐包括三个最后的交响乐《第三十九交响曲》《第四十交响曲》《第四十一交响曲》,还有钢琴协奏曲、提琴协奏曲、单簧管协奏曲等的片段。《第四十交响曲》的开始,像一双灵巧的手,轻拭着听者心上的尘垢,然后给你和着淡淡哀愁的温柔。《第四十一交响曲》素以宏伟著称,我却在乐曲中听出一些洒脱来。他所有的音乐都在说,你会好的。

会吗？将来的事谁也难说。不过除了这疗那疗以外,我还有音乐。它给我安慰,给我支持。

终于出院了,回到离开了几个月的家中,坐下来,便要求听一听音响,那声音到底和用耳机是不同的。莫扎特《第二十一钢琴协奏曲》的第二乐章,提琴组齐奏的那一段悠长美妙的旋律简直像从天外飘落。我觉得自己似乎已溶化在乐曲间,不知身在何处。第二乐章快结尾时,一段简单的下行的乐音,似乎有些不得已,却又是十分明亮,带着春水春山的妩媚,把整个世界都浸透了。没有人真的听见过仙乐,我想莫扎特的音乐胜过仙乐。

别的乐圣们的音乐也很了不起,但都是人间的音乐。贝多芬当然伟大,他把人间的情与理都占尽了,于感动震撼之余,有时会觉得太沉重。好几个朋友都说,在遭遇到不幸时,柴可夫斯基是不能听的,本来就难过,再多些伤心又何必呢。莫扎特可以说是超越了人间的痛苦和烦恼,给人的是几乎透明的纯净,充满了灵气和仙气,用欢乐、快乐的字眼不足以表达。他的音乐是诉诸心灵的,有着无比的真挚和天真烂漫,是蕴藏着信心和希望的对生命的讴歌。

在死亡的门槛边打过来回的人会格外欣赏莫扎特,膜拜莫扎特。他自己受了那么多苦,但他的精神一点没有委顿。他贫病交加,以致穷死,饿死,而他的音乐始终这样丰满辉煌,他把人间的苦难踏在脚下,用音乐的甘霖润泽着所有病痛的身躯和病痛的心灵。他的音乐是真正的"上界的语言"。

虽然时代不同,文化背景不同,专业不同,莫扎特在音乐领域中全能冠军的地位有些像我国文坛上的苏东坡。莫扎特在短促的人生旅程中写出了交响乐、协奏曲、独奏曲、歌剧等许多伟大作品。音乐创作中几乎什么都和他有关,近来还考证出他是摇滚乐的祖师爷。苏东坡在宦游之余写出了诗词文赋等各种体裁的作品,始终是未经册封的文坛盟主。他们都带有仙气,所以后人称东坡为坡仙,传说中八仙过海时来了九朵莲花,第九朵是接东坡的,但他没有去。莫扎特生活在十八世纪,世界已经脱离了传说,也少有想象的光彩了,我却愿意称他为"莫仙"。就个人生活来说,东坡晚年屡遭贬谪直到蛮荒之地。但在他流放的过程中,始终有家人陪伴,侍妾王朝云为侍奉他而埋骨惠州。莫扎特不同,重病时也没有家人的关心,但是他不孤独,他有音乐。(比较起来,中国女子多么伟大!)

回家以后的日子里,主要内容仍是服药。最兴师动众且大张旗鼓的是服中药。我手捧药杯喝那苦汁时,下药(不是下酒)的是音乐。似乎边听音乐边服药,药的苦味也轻多了。听的曲目较广,贝多芬、柴可夫斯基、肖邦、拉赫玛尼诺夫等,还有各种歌剧,都曾助我一口(不是一臂)之力。便是服药中听勃拉姆斯,发现他的《第一交响曲》很好听。但听得最多的,还是莫扎特。

热气从药杯里冉冉升起,音乐在房间里回绕。面对伟大的艺术创造者们,我心中充满了感激。我觉得自己真是幸运而有福气,生在这样美好的艺术已经完成之后——而且,在我对时间有了一点自主权时,还没有完全变成聋子。

1994 年 1 月

(原载《音乐爱好者》1994 年 1 月号)

下放追记

那是冬天,我们坐着大车慢慢地走近村庄,但路旁的果树还很茂密。不远处的桑干河水结了冰,如一条发亮的银带,蜿蜒远去。我们进了这个村子,住下来,开始下放锻炼。

村名温泉屯,属河北省涿鹿县。涿鹿县后来和怀来县合并,后来听说又分开,不知现在到底是什么地名。不过温泉屯始终在桑干河畔,没有移动。我在那里的一段生活,和我一生中的其他岁月大不相同。

记得下放回来以后,我曾想写一点文字。当时写了一篇短文,题目是《第七瓶开水》,写我的房东老大娘,在我到别的村子去的日子里,每天为我换新的开水,换到第七瓶,我才回来。原稿的第一句话是"天下的母亲都是慈爱的",写下来一看,不对,这不是人性论的说法吗?赶快删去!那时处在一个随时随地要进行思想改造的地位,而且认为这是自己的责任,自己随时把头上的紧箍再按按紧,这样也就把想说的话按了回去。写出的文章不可读,所以也就不写。现在看来,往事如同发黄了的旧照片,只有一片模糊。不过有些画面反而分明,因为看到了它的来龙去脉,把它烘托得明朗了。

我们下去的时候,还在"大跃进"运动中,家家户户吃食堂。

报上不停地宣传食堂的优越性,而我们在村庄里看到的是男女老少捧着碗、排着队等那一口吃食。尤其是老人和小孩,站不动了也要排着,看了让人心酸。问食堂好不好,他们不敢说,只是苦笑。我曾想给中央写信,但是我没有足够的勇气。赵树理同志是写了信的,后来受到批判。那次批判我也参加了,赵树理检查说:"是我自己没有学习好理论,没有听党的话。"我听了十分难过,但是我还是没有勇气站出来说:他是对的。

我们跟着村民一起夜战,挖大渠、修水库。我们和村干部一起做报表,报告一个麦穗上有几粒麦子。无论怎么样日以继夜地拼命,达到谎话连篇的报表数字是不可能的。村民很朴实,村干部中也没有什么品质特别恶劣的人,但是假话成了一种正常现象,假话成了真的,真话倒被认为是假的。如果没有亲到农村,我可能也要积极参加反"右倾"运动,用假话批判真话。幸而我有这个机会看到书斋以外的世界。

下放生活中充满了政治。我们经常开小组会,谈心得体会,进行批评和自我批评。一位同志新婚不久难免想家,因私自回京受到批判,现在想来真是不近人情。然而在以阶级斗争为生活主线的年代,"人情"是划给了资产阶级、小资产阶级的。每期下放中间要整风,必须找出批判对象,人人都可能摊上这一身份,生性谨慎些的人索性事事汇报,自己不负任何责任。后来我想,这也是由于社会原因产生的一种生活方式,完全丧失了自我,甚至是自觉自愿的。

除下放干部内部经常斗争外,农村的各种运动没有消停。要走社会主义道路,要巩固公社,就得斗争。这时候被整的多是社员。到我们回京后,在全国的大饥馑中,便是查抄村干部的家了,翻箱倒柜,看他们有没有私藏粮食,哪里有一点对人的起码尊重！我没有赶上参加这种查抄，暗地有些庆幸。

在下放中，我体会到生活比较原始的面貌。我们周围再没有墙壁，我们和天空、田野和收获的喜悦、灾难的伤痛都离得很近。那一年夏天，桑干河泛滥，平时安静徐缓的河水，忽然变得面目狰狞，从远处咆哮而来。我们和村民一起运沙袋、搬石头，后来大家把所有的棉被都拿到堤上去了。河水里不断漂下来破门破窗和破烂的家什，还有大牲口的尸体。我们在堤上守望，随时有灭顶之灾，没有谁想到走开，也不觉得怕。村里似乎也没有组织疏散，就这样和洪水对峙，总有两三天光景。最后是人定胜天，战胜了洪水。有一次，在从当时公社所在地五堡到温泉屯的路上遇见大雷雨，土路很快成了泥潭，拔不出脚来，到后来只好手足并用。大野茫茫，每一个闪电都像劈在自己头上，我和两个村干部就这样一路跌跤，到村后都成了泥人儿。远远望见自己的村庄时，真觉得房屋是太可爱了。进了家门，我没有忘记说一句，这真是经风雨，见世面了。

我们参加劳动，冬末春初，为准备春耕平整土地。人们用锄或锹把土块打碎，是为"打土坷垃"。这是力气活，很累人。我喜欢绑葡萄这活计。用马莲叶子把碧绿细嫩的葡萄须绑在架子上，看它们经过人们调理服服帖帖有规有矩，一架架葡萄排下去，像趴伏在地上的一队队小兽，觉得自己帮助了它们，感到劳动的意义。

温泉村果树多，尤其多的是杏和香果，北京人称香果为"虎拉车"，不知是否这几个字。春来花如海，一片粉白，香气飘得很远。我们在果园的活是打药。没有任何防护，杀虫药的气味很难闻。我总是告诫自己不可畏缩，这就是改造。

公社希望我们写一本公社史，我曾和好几位参加过各种工作的人谈话,给我印象最深的是他们总是记得哪年哪月吃过什么样的饭。一位当时跑交通的农民说,他曾翻越几重山送一件急信。他说,头一天在一个村里吃的格仁粥,即玉米磨碎煮成干饭,第二天在一个村里吃的是绿豆小米干饭,那对他是盛宴,说起来似仍在咂摸那饭的滋味。温泉屯的支书不合原则地怀念解放前的日子,说那时村里小铺卖的油饼真好吃,现在没有了。在六十年代的饥饿中,我对他们记忆的重点稍有体会。千千万万的农民种出粮食养活大家,可是对他们来说,饥饿的威胁并没有远离。

下放一年,我是有收获的,曾想,学生如能在假期到农村去几个月,亲近农民——那毕竟是中国人的大多数,会更好地了解自己的国家,也更懂得我们的历史,只是,那些政治斗争可以免去。

1996 年 5 月

(原载《宗璞影记》,河北教育出版社 1998 年出版)

那青草覆盖的地方

那青草覆盖的地方,藏着一段历史和一段我一生中最美好的记忆。

清华园内工字厅西南,有一片小树林。幼时觉得树高草密,一条小径弯曲通过,很是深幽,是捉迷藏的好地方。树林的西南有三座房屋,当时称为甲、乙、丙三所。甲所是校长住宅。最靠近树林的是乙所。乙所东、北两面都是树林,南面与甲所相邻,西边有一条小溪,溪水潺潺,流往工字厅后荷花池。我们曾把折好的纸船涂上蜡,放进小溪,再跑到荷花池等候,但从没有一只船到达。

先父冯友兰先生作为哲学家、哲学史家已经载入史册。他自撰的茔联"三史释今古,六书纪贞元",概括了自己的学术成就。他一生都在学校工作,从未离开教师的岗位,他对中国教育事业的贡献是和清华分不开的,是和清华的成长分不开的。这是历史。

一九二八年十月,他到清华工作,找到"安身立命之地"。先在南院十七号居住,一九三〇年四月迁到乙所。从此,我便在树林与溪水之间成长。抗战时,全家随学校去南方,复员后回来仍住在这里。我从成志小学、西南联大附中到清华大学,已不觉得树林有多么高大,溪水也逐渐干涸,这里已不再是儿时的快乐天地,而有了更丰富的内容。一九五二年院系调整,父亲离开了清华,以后不知什么时候,乙所被拆掉了,只剩下这一片青草覆盖的地方。

清华取消了文科。这不只是清华,也是整个教育界、学术界的重大损失。同学们现在谈起还是非常痛心。那时清华的人文学科,精英荟萃。也许不必提出什么学派之说,也许每一位先生都可以自成一家,但长期在一起难免互有熏陶,就会有一些共同的特色。不要说一个学科,就是文、理、法、工各个方面,也是互相滋养的。单一的训练只能培养匠气,这一点越来越得到共识。

父亲初到清华就参与了一件大事,那就是清华的归属问题,从隶属外交部改为隶属教育部。他曾作为教授会代表到南京,参加当时清华的董事会,进行力争,经过当时的校长罗家伦和大家的努力,最后清华隶属教育部。我记得以前悬挂在西校门的牌子上就赫然写着"国立清华大学"。了解历史的人走过门前都会有一种自豪感,因为清华大学的成立,是中国近代学术独立自主的发展过程的标志。

在乙所的日子是父亲最有创造性的日子。除教书、著书以外,他一直参与学校的领导工作。一九二九年任哲学系主任,从一九三一年起任文学院院长。当时各院院长由教授会选举产生,每两年改选一次。父亲任文学院院长长达十八年,直到解放才卸去一切职务。十八年的日子里,父亲为清华文科的建设和发展做出了哪些贡献,现在还少研究。我只是相信,学富五车的清华教授们是有眼光的,不会一次又一次地选出一个无作为、不称职的人。

在清华校史中有两次危难时刻。一次是一九三〇年,罗家伦校长离校,校务会议公推冯先生主持校务,直至一九三一年四月吴南轩奉派到校。又一次是一九四八年底,临近解放,梅贻琦校长南去,校务会议又公推冯先生为校务会议代理主席,主持校务,直到一九四九年五月。世界很大,人们可以以不同的政治眼光看待事物。冯先生后来的日子是无比艰难的,但他在清华所做的一切无愧于历史的发展。

作为一个教育工作者,他爱学生。他认为清华学生是最可宝贵的,应该不受任何政治势力的伤害。他居住的乙所曾使进步学生免遭逮捕。一九三六年,国民党大肆搜捕进步学生,当时的学生领袖黄诚和姚依林躲在冯友兰家,平安度过了搜捕之夜,最近出版的《姚依林传》也记载了此事。据说当时黄诚还作了一首诗,可惜没有流传。临解放时,又一次逮捕学生,女学生裴毓荪躲在我家天花板上。记得那一次军警深入内室,还盘问我是什么人。后来为安全计,裴毓荪转移到别处。七十年代中,毓荪学长还写过热情的来信。这样念旧的人,现在不多了。

学者们年事日高,总希望传授所学,父亲也不例外。解放后他的定位是批判对象,怎敢扩大影响。但在内心深处,他有一个感叹,一种悲哀,那就是他说过的八个字:"家藏万贯,膝下无儿。"形象地表现了在一个时期内,我们文化的断裂。可以庆幸的是这些年来,"三史""六书"俱在出版。一位读者来信,说他明知冯先生已去世,但他读了"贞元六书",认为作者是不死的,所以信上的上款要写作者的名字。

父亲对我们很少训诲,而多在潜移默化。他虽然担负着许多工作,和孩子们的接触不很多,但我们却感到他总在看着我们,关心着我们。记得一次和弟弟,还有小朋友们一起玩。那时我们常把各种杂志放在地板上铺成一条路,在上面走来走去,不知为什么他们都不理我了。我们可能发出了什么响声,父亲忽然叫我到他的书房去,拿出一本唐诗命我背,那就是我背诵的第一首诗,白居易的《百炼镜》。这些年我一直想写一个故事,题目是《铸镜人之死》。我想,铸镜人也会像铸剑人投身入火一样,为了镜的至臻完美,纵身跳入江中("江心波上舟中制,五月五日日午时"),化为镜的精魂。不过又有多少人了解这铸镜人的精神呢?但这故事大概也会像我的很多想法一样,埋没在脑海中了。

此后,背诗就成了一个习惯。父母分工,父亲管选诗,母亲管背诵。短诗一天一首,《长恨歌》《琵琶行》则分为几段,每天背一段。母亲那时的住房,三面皆窗,称为玻璃房。记得早上上学前,常背着书包,到玻璃房中,站在母亲的镜台前,背过了诗才去上学。

乙所中的父亲工作顺利,著述有成。母亲持家有方,孩子们的读书声笑语声常在房中飘荡。这是一个温暖幸福的家。这个家还和社会联系着,和时代联系着。不只父亲在复杂动乱的局面前不退避,母亲也不只关心自己的小家。一九三三年,日军侵犯古北口,教授夫人们赶制寒衣,送给抗日将士。一九四八年冬,清华师生员工组织了护校团,日夜巡逻,母亲用大锅熬粥,给护校的人预备夜餐。一位从联大到清华的学生,许多年后见到我时还说:"我喝过你们家的粥,很暖和。"煮粥是小事,不过确实很暖和。

那青草覆盖的地方,虽然现在草还不很绿,我还是感觉到暖意。这暖意是从逝去了而深印在这片土地上的岁月来的,是从父母的根上来的,是从弥漫在水木清华间的一种文化精神的滋养和庇荫来的。我倚杖站在小溪边,惊异于自己的老而且病。以后连记忆也不会有了,这一片青草覆盖的地方,又会变成什么模样?

1999年4月中旬写,6月初改定

(原载《永远的清华园》,北京出版社2000年出版)

那祥云缭绕的地方
——记清华大学图书馆

图书馆,在一座大学里,永远是很重要的,教师在这里钻研学问,学子在这里发奋学习,任何的学术成就都是和图书馆分不开的。

我结识清华图书馆是从襁褓中开始的。我出生两个月,父亲执教清华,全家移居清华园。母亲在园中来去,少不得抱着我,或用婴儿车推着我。从那时,我便看见了清华图书馆。我想,最初我还不会知道那是什么。渐渐地,能认识那是一座大建筑。在上幼稚园时就知道那是图书馆了。

图书馆外面的石阶很高,里面的屋顶也很高,一进门便有一种肃穆的气氛。说来惭愧,对于孩子们,它竟是一个好玩的地方。不记得什么时候了,我第一次走进图书馆,父亲当时在楼下,向南的甬道里有一间朝东的房间,我和弟弟大概是跟着父亲走进来的。那房间很乱,堆满书籍文件,我不清楚那是办公室还是个人研究室,也许是兼而用之。每次去不能多停,我们本应立即出馆,但常做非法逗留,在房间外面玩。给我们的告诫是不准大声说话,于是我们的舌头不活动,腿却自由地活动。我们把朝南和朝西的甬道都走到头,甬道很黑,有些神秘,走在里面像是探险,有时我们去爬楼梯,跑到楼上再跑下来。我们还从楼下的饮水管中,吸满一口水,飞快地跑到楼梯顶往下吐,就听见水落地"啪"的一声,觉得真有趣。我们想笑却不敢笑,这样的活动从来没有被人发现。

上小学时学会骑车,有时由哥哥带着坐大梁,有时自己骑。当时校中人不多,路上清静,慢慢地骑着车左顾右盼很是惬意。我们从大礼堂东边绕过去,到图书馆前下车,走上台阶,再跑下来,再继续骑,算是过了一座桥。我们仰头再仰头,看这座"桥"和上面的楼顶。楼顶似乎紧接着天上的云彩。云彩大都简单,一两笔白色而已,但却使整个建筑显得丰富。多么高大,多么好看。这印象还留在我心底。

从外面看图书馆有东西两翼,东面的爬墙虎爬得很高,西面的窗外有一排紫荆树,那紫色很好看,可是我不喜欢紫荆,对于看不出花瓣的花朵我们很不以为然。有人说紫荆是清华的校花,如果真是这样,当然要刮目相看。

抗战开始,我们离开清华园,一去八年,对北平的思念其实是对清华园的思念。在清华园中长大的孩子对北平的印象不够丰富,而梦里塞满了树林、小路、荷塘和那一片包括大礼堂、工字厅等处的祥云缭绕的地方。胜利以后,我进入清华外文系学习,在家中虽然有一个小天地,图书馆是少不得要去的。我喜欢那大阅览室,这里是那样安静,每个人都在专心地读书。只有轻微的翻书页的声音。几个大字典架靠墙站着,字典永远是打开的,不时有人翻阅。我总是坐在最里面的一张桌上,因为出入都要走一段路,就可以让自己多坐一会儿。在那里看一些参考书,做各种作业。在家里写不出的作文,在图书馆里似乎是被那种气氛感染,很快便写出来。当然也有时在图书馆做功课不顺利,在家中自己的小天地里做得很快。

在这一段日子里,我惊异地发现图书馆变得越来越小,不像儿时印象中那样高大,但它仍是壮丽的,也常有一两笔白色的云依在楼顶。

四年级时,便要做毕业论文,可以进入书库。置身于书库中,真像是置身于一个智慧的海洋,还有那清华图书馆著名的玻璃地板,半透明的。让人觉得像是走在湖水上,也像是走在云彩上,真是祥云缭绕了。我的论文题目是托马斯·哈代的诗,本来我喜欢哈代的小说,后来发现他的诗也是大家,深刻而有感染力,便选了他的诗做论文题目。导师是美国教授温德。在书库里流连徜徉真是乐事,只是在当时火热的革命形势中,不很心安理得,觉得喜欢书库是一种落后的表现。直到以后很多年,经过时间的洗磨,又经过不断改造,我只记得曾以哈代为题做毕业论文,内容却记不起了。有一次,偶然读到卞之琳翻译的哈代的诗,竟惊奇哈代的诗原来这样好。

那时,图书馆里有教室。我选了邓以蛰的美学,便是在图书馆里授课,在哪间房间记不起了。这门课除我之外还有一个男生,邓先生却像有一百个听众似的,每次都做了充分准备,带了许多图片,为我们放幻灯。幻灯片里有许多名画和建筑,我在这里第一次看见蒙娜丽莎,可惜不记得邓先生的讲解了。这门课告诉我们,科学的顶尖是数学,艺术的顶尖是音乐。只是当时没有音响设备,课上没有听音乐。

父亲在图书馆楼下仍有一个房间,我有时去看看。常见隔壁的房门敞开着,哲学系学长唐稚松在里面读书,唐兄先学哲学又学数学,现在在"计算机科学与软件工程"方面有重大成就,享有国际声誉。我们在电话中谈起图书馆,谈起清华,都认为清华教我们自强、严谨,要有创造性,终身不能忘。

从清华图书馆里走出来的还有少年闻一多和青年曹禺。闻一多一九一二年入清华学堂,在清华学习九年,少不了要在图书馆读书。九年中他在课余写的旧体诗文自编为《古瓦集》,去年经整理后出版。可惜我目力太弱,已不能阅读,只能抚摸那典雅的蓝缎面,让想象飞翔在那一片彩云之上。

曹禺的第一部剧作《雷雨》是在清华图书馆里写成的。我想那文科的教育,外国文学的熏陶,那祥云缭绕的书库,无疑会影响着曹禺的成熟和发展。我们不能说清华给了我们一个曹禺,但我们可以说清华有助于万家宝成为曹禺。我想,演员若能扮演曹禺剧中人物,是一种幸运。他的台词几乎不用背,自然就会记得。"太阳出来了,黑暗留在后头,但是太阳不是我们的,我们要睡了。"上中学时,如果有人说一句"太阳出来了",立刻会有人接上"黑暗留在后头"。"我的中国名字叫张乔治,外国名字叫乔治张",短短两句话给了多么宽广的表演天地。也许这是外行话,但这是我的感受。

从图书馆走出的还有许多在各方面有成就的人,无论成就大小,贡献大小,都是促使社会进步的力量,想来在清华献出了毕生精力的教职员工都会感到安慰。

我已经把哈代忘了许多年。忽然有一天,清华图书馆韦老师告知我,清华图书馆中保存了我的毕业论文,这真是意外之喜。后知馆中还存有一九五〇、五一级的部分论文。我即分告同班诸友,大家都很高兴。韦老师寄来了我的论文复印件,可翻译为《哈代诗歌中的必然观念》,厚厚的有二十七页。我拿到这一册东西,仿佛看见了五十年前的自己,全部文章是我自己打出来的,记得为打这篇论文,我特地学了英文打字。原来我是想写一本研究哈代的书,这论文不过是第一章。生活里是要不断地忘记许多事,不然会太沉重,忘得太多却也可惜。我在论文的序言中说,希望以后有时间真写出一本研究哈代的专著以完夙愿。这夙愿看来是完不成了。我已告别阅读,无法再读哈代,也无法读自己五十年前写的文字。我想,若是能读,也读不懂了。

今年夏天,目疾稍稳定,去清华参观新安排的"冯友兰文库",顺便也到图书馆看看。大阅览室依旧,许多同学在埋头读书,安静极了。若是五年换一届学生,这里已换过十届了。岁月流逝,一届届学生的黑发变成银丝,但那自强不息的精神永在。

(原载《不尽书缘》,清华大学出版社2001年出版)

从近视眼到远视眼

经过不到半小时的手术,我从近视眼一变而为远视眼。这是今年六月间的事。

我的眼睛近视由来已久。八九岁时看林纾译《块肉余生述》,暮色渐浓,还不肯放,现在还记得"大野沉沉如墨"的句子。抗战期间的菜油灯更是培养近视眼的好工具。五十几年,脸上从未脱离眼镜,老来患白内障,眼前更是一片迷茫,戴不戴眼镜也没有什么区别了。"老年花似雾中看",我以为这也是人必然要经过的"老"的滋味。

可是人太可尊敬了,太伟大了,能够修理自己,让自己重又处在明亮绚丽的世界中。手术后我透过眼罩的缝隙看到地上有许多花纹,还以为眼睛出了毛病,一问才知道病房里的地板本来就有花纹,只是我原来看不见。因为感到明亮,以为房间里换了电灯泡,其实也是自己的眼睛在作怪。取下眼罩时,我先看见横过窗前的树枝,每片叶子是那样清楚,医院门前的一树马缨花,原来由家人介绍过,现在也看到了颜色。近年来我看人都只见一个轮廓,这时眼前的医生有了眉眼,我不由得欢喜地对大夫说:"我看见你了。"

本是最亲近的家人,这些年也是模糊的。现在看到老伴的头顶只剩下不多的头发,女儿的脸上已添了几道皱纹。我猛然觉得生活是这样实在,这样暖热,因为我看到了。

病房走廊外面,是那座尼泊尔式的白塔。以前我知道那里有这座塔,家人指着说:"看呀,看呀,就在眼前。"我看不见。因为习惯了由别人代看,也不觉得懊恼。这时我特地到窗前去看,原来那塔很近,很大,很白,由蓝天衬着,看上去有几分俏皮,不是中国塔的风格。我在这塔的旁边从近视眼变成远视眼,它应该是我的朋友。

因为高度近视,将白内障取出后,不放人工晶体。结果是两眼各有几百度的远视,成了远视眼。我看不清东西时,习惯地把它拿近,反而更看不清,倒是远处的东西较清楚。虽不能像正常人,我已经很满足了。我们回家,进了西门,经过大片荷塘时,见朵朵红荷正在盛开,花瓣的线条都显得那样精神。露珠在荷叶上滚动,我几乎想走下车去摸一摸。燕南园好几栋房屋换过房顶,我第一次看清一层层的瓦。走进家门,院中的荒草好像在打招呼,说:"看看我们,早该收拾了。"我本以为我的住处很整洁,却原来只是一种幻象。现在看到的是有裂纹和水迹的房顶,白粉剥落的墙壁,还有油漆差不多褪尽的地板。而且这里那里的角落,都积有灰尘。

我看着窗外一只灰尾巴喜鹊坐在丁香的一段枯枝上,它飞走了,又一只黑尾巴喜鹊飞来。这两种喜鹊是两个家庭,"文化大革命"前就居住在这里,"文革"时鸟儿也逃难,后来迁回。这几年,鸟丁兴旺,我只听见闹喳喳,这时看得清楚,恍如旧友重逢。它们似乎也在问我:"嘿,你怎样了?"

我们素来阴暗的房间增加了亮度,我在镜中看到了自己,我有很长时间没有"自知之明"了。我相信通过爱心而做出的描述,总之是不显老。现在我看清了自己的额前沟壑,眼下丘陵。忽然想到了"不许人间见白头"这句话。看来,近视眼也有好处,让人不知道老态的存在。

我去医院复查,沿路大声念着街旁店铺的招牌:"看,这个馆子叫湘菩提。""哦!这儿还有鱼翅宴。"司机很觉莫名其妙。他哪里知道看得见的快乐。

七月六日我们去游览白塔寺,也拜访我的朋友——那座白塔。这天下着小雨,家人说,他们来来去去看见正门是不开的。我们打着伞走过去,却见正门洞开,门不高大,有七七四十九颗门钉在微雨中闪闪发亮。我们走进去,见院中有一个新铸的鼎,为西城区金融界所献,鼎上有一条彩色的龙。这鼎似乎与佛法较远。前面的殿正举行万佛艺术展,因为离得近,我反而看不清每个塑像的姿态面目。正殿供奉据说是三世佛,居中是释迦牟尼不成问题,两旁是阿弥陀佛和药师佛。我有些疑惑,觉得在别处看到的未来佛和过去佛好像不是这两位。我们走到白塔下面,塔身高五十一丈,只能看见底座,又据说转塔一周可以祈福消灾。这时一位游人——我们之外唯一的游客,她对我们说:"白塔寺正门从今天起正式开放,今天是阴历五月二十三日,好像和观音菩萨有什么关系。我们是第一批走进第一次开的正门,真是有福气。"我们绕塔一周,在塔后看到四株古老的楸树,不知有多少年了。我想如果世上真有福气,它应该属于驱逐病魔的医生们。他们使人的生命延长,他们使人离开黑暗,其实是他们给了病人福气。作为医学界代表的药师佛怎么能是过去佛呢,他应该属于未来。

医学是科学的一部分。我默默念诵,科学真是了不起!人类真是了不起!有了科学才有各种治疗,有了人的智慧才有科学。人类智慧的一大特点是有想象力,这样才能创造。千万不要扼杀想象力！人类另一个特点是能积累经验,在积累的经验上才能求得进步。不知多少治疗的经验,才捧出一双双明亮的眼睛。经验是最可宝贵的,怎能忘记！

最初的喜悦过去了。因两眼视力不平衡,我看到的世界不很端正,楼房、车辆都有些像卡通。想想也很有趣,是近视眼时,常常要犯错误。作为眼疾患者的日子,更是过得糊里糊涂。成为远视眼,又看不清近处的事。希望能逐渐得到调整,若是能够,也许日子会过得清醒些。

牛顿在他七十岁的时候,人问他得到了什么,他答道:"不过在人生的海滩上拾到了一些蚌与螺。"我总觉得这句话很美,美得让我感动。

我已迈过了七十岁。回头一看,我拾到的不过是极小的石粒。如果我有一双较正常的眼睛,又不是那么糊涂,我还会多拾几颗小石粒,虽然它们很平凡,虽然它们终究都是要漏去的。

1999 年 7 月下旬

(原载《人民文学》1999 年第 10 期)

告别阅读

二〇〇〇年,正逢阴历龙年。春节前,看到各种颜色鲜艳、印刷精美的贺卡,写着千禧龙年,街上挂着红灯,摆着花篮,真觉得辉煌无比。

龙年是我的本命年,还未进入龙年,便有人说,你要准备一条红腰带。我笑笑说,才不信那些呢。临近兔年除夕,我站在窗前,突然眼前一黑,左眼中仿佛遮上了一层黑纱帘,它是我依靠的那只眼睛,右眼早已不大能用。现在一切都变得朦胧,这是怎么了?我很奇怪。自从去年夏天,做过白内障手术后,我已经习惯了过明白日子,而且以为再不会糊涂,现在的情况显然是眼睛又出了问题。因为就要过节,只好等到春节后再去就医。

龙年的第一件大事便是去医院。诊断是我没有想到的:视网膜脱落。医生说只要做一个小手术,打气泡到眼睛里,即可复位。我便听医生的话住院,做手术。手术后真有两周令人兴奋的时光,眼前的纱帘没有了,一切和以前差不多,头脑似乎还更清楚些。

不料十几天后,气泡消尽,再加上我患喘息性支气管炎,咳嗽得山摇地动。二月二十七日,视网膜再次脱落。

我只有再次求医,医生还是说要打气泡。我想这次脱落的范围大了,气泡是否顶得住。经过劝说,还是做了打气泡的决定。

当时我认为咳嗽是大敌,特住进医院求保护,果然咳嗽是躲过了,但仍然没有躲过网脱。

三月二十日,气泡快消尽时,视网膜第三次脱落。气泡果然不能完成任务。我清楚地看见,视网膜挂在眼前,不再是黑纱,而像是布片。夜晚,我久不能寐,依稀看见窗下的月光。月光淡淡的,我很想去抚摸它,我怕自己再也不能感受光亮。查夜的护士问,为什么不睡?有什么不舒服?我只能说,我很不幸。

第三次手术,是把硅油打在眼睛里,是眼科的大手术。手术确定了,可是没有床位。一天天过去了,可以清楚地感觉到网脱的范围越来越大,后来,无论怎样睁大眼睛,眼前还是一片黑暗,无边无涯,没有人能帮助我解脱。忽然,我仿佛看见了我的父亲,他也睁大了他那视而不见的眼睛,手拈银须,面带微笑,安详地口授巨著。晚年的父亲是准盲人,可是他从未停止工作。以后父亲多次出现在黑暗中,像是在指点我,应该怎样面对灾祸。

终于熬到了住进医院,熬到了做手术的这天。上手术台前的诊断是,视网膜全脱。

在手术室里还和麻醉师有一番争论。麻醉师很年轻,很认真负责。她见我头晕,十分艰难地躺上手术台,便不肯用原定的麻醉计划,说:"你这是要眼睛不要命。要我麻醉最好再签一回字。"经主刀医生解释,已经过各科会诊,麻醉师最后同意用局麻进行手术。她怕我出问题,给麻药很吝啬。于是我向关云长学习,进行了一次刮骨疗毒。麻醉师也是有道理的,疼是小事,命是大事。手术安排得不恰当,时间的延误,我都没有什么好抱怨的,我只怪一个人,那就是上帝。他老人家造人造得太不完美了,好好的器官,怎么要擅离职守掉下来,而且还顽固地不肯复位。头在颈上,手在臂上,脚在腿上,谁曾见它们掉下来过?怎么视网膜这样特别?

其实,我自己也知道这不过是几句气话。网脱是一种病,高度近视是起因。我再一次被病魔擒获。

手术顺利,离战胜病魔还很远。接下来的是长期俯卧位——趴着。人是站立的动物,怎么能趴着呢?为了眼睛也渐习惯了。据说手术成功与否和是否认真趴着很有关系。硅油的作用是帮着视网膜重新长好。三个月到半年后,再做一次手术将油取出。油取出后常有视网膜重新脱落的病例。我真奇怪科学发展这样迅速,怎么对网脱的治疗没有完善的办法。用油或气顶住,气消失油取出后,重脱的可能性极大,也只能到时候再说了。希望我这是杞人忧天。

手术后,重又感觉到光亮。视力已经很可怜,但是能感觉光亮。光亮和黑暗是两个世界,就像阳间和阴间一样。我又回到了阳间,摆脱了黑暗,我很满足。回到家中,我在房间里走来走去,还可以指出窗帘该换,猫该洗了。丁香早已开过,草玉兰还剩几朵,我赶上了蔷薇花,有人家的蔷薇一直爬到楼上,几百朵同时开放,我看不清楚花朵,但能感受到那是一大幅鲜艳的画图。

但是我不再能阅读。

对于从小躲在被子里看小说的我来说,不能阅读真是残酷的事。文字给了我多么丰富,多么美妙的世界,小小的方块字,把社会和历史都摆在了面前。我曾长时期因患白内障不能阅读,但那时总怀有希望,总以为将来还是能看书的。午夜梦回,开出一长串书单,我要读丘吉尔的文章,感受他的文采,《维摩诘所说经》、苏曼殊文都想再读。白内障手术后,这些都未做到,但是希望并未灭绝。视网膜的叛变,扑灭了读书的希望,我不再能享受文字的世界,也不再能从随时随地磕头碰脑的书中汲取营养。我觉得自己好像孤零零地悬在空中,少了许多联系,变得迟钝了,干瘪了,奇怪的是我没有一点烦躁。既然我在健康上是这样贫穷,就只能安心地过一种清贫的生活。我的箪食瓢饮就是报刊上的大字标题,或书籍封面上的名字,我只有谨慎地保护维持目前的视力,不要变成盲人。

我的父亲晚年成为准盲人,但思想仍是那样丰富,因为他有储存,可以"反刍"。这一点我是做不到的。听人读书也是一乐,但和阅读毕竟是不一样的。幸好我还有一位真正可听的朋友,那就是音乐。

文学和音乐,伴随着我的一生。可以说,文学是已完嫁娶的终身伴侣,音乐是永不变心的情人(如果世界上有这种东西的话)。文学是土地,是粮食;音乐是泉水,是盐。文学的土地是我耕耘的,它是这样无比宽广,容纳万物。音乐的泉水流动着,洗涤着听者的灵魂,帮助我耕耘。

我又站在窗前,想起父亲在不能读写时,写出的那部大书,模糊中似乎看见老人坐在轮椅上,指一指院中的几朵蔷薇,粉红色的花瓣有些透亮。忽然间,"桃色的云"出现在花架边,他是盲诗人爱罗先珂笔下的精灵——春的侍者。我揉揉眼睛,"桃色的云"那翩翩美少年,手持蔷薇花,正含笑站在那里。

我不能读书,可是我可以写书。也许,我不读别人的书,更能写好自己的书。

我用大话安慰自己,平心静气地告别阅读。

(原载《中华散文》2000年第9期)

扔掉名字

宗璞，原名冯锺璞，这是我简历的开场白。原名冯锺璞，就应该行不更名，坐不改姓，怎么又编出一个宗璞来？原因只有一条：我不喜欢"锺"的简体字，它和钟表的"鐘"（这个字总让我想起双铃马蹄表）的简体字变成了一个字。"锺天地之灵秀"和"做一天和尚撞一天鐘"成了一回事，令人不悦。我曾很反对简体字，比如"潇湘"这两个字，看上去、听起来和引起的联想，都很美。一度曾把它们简化为"肖相"，一切意境都没有了。想想看"潇湘馆"成了"肖像馆"，岂不大煞风景！好在后来那一批简化字没有通行。当然有些过于繁杂的字，简化了确实方便，不过一切都需要规范。

再说"锺"字。"锺"字是我们家族的排行，到我这一辈人的名字都有个"锺"，锺字辈的堂兄弟姊妹共有三十六人。既然它已变成和尚撞的钟，我无论如何也要换一换。那时写文章要个名字，就想了一个和"锺"字读音相近的"宗"作笔名。稀里糊涂地写在笔下，戴在头上几十年。但是我有职业，有单位，有身份证，那上面的本名是生长在那里的。若真是文名大到如雷贯耳，妇孺皆知，原名或可留待专家考证，考证出几个名字来也是不足奇的，一个字多种多样也可以奉为经典。幸而我这辈子也到不了那步田地。在正式场合,笔名是无效的,需要用本名。我则总写繁体字的"鍾",以示郑重。后来又因常有人误认为我姓宗,便又在宗璞前加了我的本姓。不料名字问题给我带来很多麻烦。首先是"鍾"和"宗"——冯鍾璞和宗璞、冯宗璞,是不是一个人,常常受到质疑,于是设法在户口本上写上"曾用名"等等。"鍾""宗"的麻烦,可谓自找,谁叫你编造新名字!以后的事儿,就属于简化字的规范问题了。

"鍾"字和"宗"字的纠缠,差不多平息了,可是"鍾"字本身麻烦更大。面对事实,我只好承认自己的弱小,渐渐承认简化,使用"钟"字,但是问题仍不能解决。我们只承认"钟",不承认"鍾";海外只有"鍾",没有这个简化了的"钟"。有一位名字中也有"鍾"字的难友诉苦说,在往邮局、银行办事时,常遇到各种关卡,无非是绕许多圈子,来证明这两个字是一个字。我们谈起来大有同病相怜之感。一次台湾某书局编书时收了我的文章,寄来三十元稿费,可是因为这个"鍾"字缠夹不清,只好弃而不顾。好在只有三十元,再多一点时,就不能那么慷慨了。

名字出了问题,就要弄清。派出所说,这两个字不是一个字,不能证明你是同一个人;好容易弄清这两个字是同一个字后,又因是同一个字,不能同时写在户口本上,也就不能证明冯"鍾"璞和冯"钟"璞是一个人。因为在一个地方住得久了,大家采取以人为本的态度,一般都可通融。形势刚刚好转,偏偏又出现一个偏旁简化的"锺"。字典上没有这个字,只统一说明,这个偏旁就是金字旁的简化,那么"锺"就应该等于"鍾"。这看起来很清楚,但办事人员以高度认真负责的精神,不肯承认这是一个字。若是电脑中也没有这个字也就罢了,可电脑中又偏偏打出了这个字,要和"鍾""钟"分庭抗礼,真是教人怎能不头晕!

几经周折,几个字仍未得到统一,我这个人也好像分成好几个了。哭笑不得之余,我想给自己改一个名字,叫作冯——(挺可爱的,不是么?),这好像没有什么出错的机会了。可是不行,有人一见便说:这不是破折号吗?建议干脆叫冯一好了。又马上得知,改名字的手续极为烦琐,要两个邻居证明、单位证明、街道证明、派出所证明等等。这信息可能是胡诌,很不可靠。但不管怎样,名字肯定是改不了的。

我想最好的办法就是把名字里那无理取闹的"钟",连同它的上家和下家,远远地扔进那春秋不变、水旱不知的大海,做一个"无名"之辈。我自己则御风而行,飘然会同了北海若,转往藐姑射之山,大谈一通相对主义。

2004 年 12 月 31 日
(原载《文汇报》2005 年 1 月 28 日)

散失的墨迹

最近收到老友资中筠、陈乐民来信,告诉我,在沈建中著《施蛰存游踪》中有一段关于我父亲的材料。上世纪四十年代在昆明,施先生常和父亲在翠湖边散步。父亲赠他两幅字,一幅写的是:"断送一生唯有酒,寻思百计不如闲;莫忧世事兼身事,须著人间比梦间。"另一幅是:"鸭绿桑乾尽汉天,传烽自合过祁连,功名在子何殊我,唯恨无人着先鞭。"两幅字都有上款,有印章。

施蛰存是一位中西融会、古今贯通的学者,创作学问都达高致,只是命运不济,一直被视为文坛另类。有时和中筠、乐民谈起,都为世事诡诿而慨叹。

来信是乐民执笔,他患病已十余年,在学术道路上始终没有停步,对冯学很关心,著有论文,为哲学界人士所称道。他们每发现有关材料,必告诉我。这次的信仍用毛笔书写,蝇头小楷,大有卫夫人簪花品格。我早已老眼昏花,偶然写字都是盲书,手持信纸只有佩服。

"断送一生唯有酒",这首诗我估计不是父亲自作。后来我的"老战友"杨柳借助百度,立刻弄清这是韩愈的《游城南十六首·遣兴》。(顺便说一句,我父亲的祭母文中"维人杰之挺生,皆造化之钟灵",我一直怀疑"挺生"应为"诞生",是排印错误,经杨柳查辨,证明排印无误。)"鸭绿桑乾尽汉天"一首,我原以为是父亲自作,后来读到刘宜庆先生的文章,知道这是陆游的诗。乐民信中说这是一幅立轴,且有影印。前几年,从立雕得知,嘉德公司要举行一次字画拍卖专场,并寄来一本材料,上面印有要拍卖的字画,其中有父亲的一副对联,写的是"功名在子何殊我,唯恨无人着先鞭"这两句,笔迹饱蕴秀气。这是父亲书法的特点。拍卖品中也有闻一多先生的一幅字。立雕乃到现场观察,冯字经几次较量,以两万元被一个中年人买去。此对联无上款,可能是故意去掉了。

又有一天,时间较嘉德拍卖还要早,北大程道德先生送来一本自编的《二十世纪中国文化名人墨迹》。程君是书法爱好者,收集了许多书法,影印成册,其中有父亲的一幅,写的是"灵龟飞蛇感逝川,豪雄犹自意惘然,但能一滴归沧海,烈士不知有暮年。读曹操《灵龟寿》"。这是父亲在一九七四年写的一首诗,有小序云:"曹操《灵龟寿》辞意慷慨,然犹有凄凉之感。今反其意而用之。""龟虽寿"书法写为"灵龟寿",显系误记。此幅字上款是"紫光同志属书"。父亲与金紫光并不相识,经人代求而写此字。现在这幅字流落市间,程先生以三千元的价格购得,编入此册。据说还有一位书法爱好者,到各市场去"捡漏",以九百元买得冯先生一幅字,雀跃不已。

我自己曾做一件傻事。有人从上海写信给我,说一书画店有冯先生一个中堂,是二十年代写给孔德成的。我托人去看,说写得不错;店中人并说,此件从海外传进来,得到很不容易。乃以七千元买回。亲眼见时,觉得不像,尤其是神气不像,家人也都认为是伪造。弄虚作假真是无孔不入。

父亲曾为王伯祥先生写了一个条幅,写的是李翱诗"练得身形似鹤形,千株松下两函经,我来问道无余说,云在青天水在瓶"。四十年代父亲常写李翱的两首诗,这是其中之一。王伯祥之子王湜华曾将此字拿到我家,让我欣赏。我非常喜欢这幅字,那诗的空灵和字的隽秀浑然一体,沁人心脾。我将此字送到荣宝斋复制,悬于壁间,每日相对。侄儿冯岱自美归来,见到此字也非常喜欢,便让他带走了。想再复制一幅,找王湜华找了好几年,好容易托人找到了,可是他却不知道字在哪里。可能家里字画太多,又不知要找多久,真是添麻烦了。

最近又有人告诉我,在河南电视台"鉴宝"节目中,有父亲的一幅字,估价三十万元,不知道是什么字,也不知道后来流落何方。我并不打听。该知道的事要全知道是不可能的,先就得累死。

父亲曾说有一位先生评一个人的书法,说其俗在骨,不可救药。我觉得父亲的字是其秀在骨,是天生的,练不出来的。他从来也没有练过字,都是随意写来。其俗在骨不能医,其秀在骨不可学。

我们从小的生活有一个内容:为父亲研墨、拉纸。研墨常是我和弟弟的事,两人轮换着磨,眼看砚池里的清水变成墨汁,总觉得成绩很大。拉纸则大多是我的事。父亲写字时,要有人站在桌对面,慢慢把纸拉过去,他好往下写。纸有时要熨,那是母亲的事。家里始终没有预备毛毡一类的铺垫,可见不是书法家。最初我拉纸时,父亲是站着写字,写得很直,间隔匀称,自己看看,说行气很好。老来写字,一行字总要向右歪。我提醒说歪了,歪了。他答应着,却总是正不过来。给我写的一副对联"高山流水诗千首,明月清风酒一船",下联便是斜的,我称之为斜联。约在八十五岁后,他改为坐着写,手抖,字的笔画有时不准确,但仍写了不少幅。这几天在书橱中翻出父亲的一幅旧作,写的是"一别贞江六十春,问江可认后来人,智山慧海传真火,愿随前薪做后薪"。最后写着"时年八十有九"。一九八二年我陪侍父亲到他的母校哥伦比亚大学接受名誉博士学位,他写了这首诗,并将此诗写了一个条幅,赠给美国汉学家狄百瑞教授。当时西南联大校友毛春帆也想要字,父亲说回去再写。两年后他践约,写了这幅字,可是不知往哪里送了。这幅字一点没有歪,笔锋虽有不匀,整体看来仍觉遒劲有力。这是精神的力量。

人民出版社哲学编辑李之美在网上看到父亲的字,说真好看,建议将所有的字搜集在一起影印成册,出一本冯友兰书法。我一直无暇顾及此事。这当然是应该做的,应该做的事真多,怎么办呢?

2007 年 10 月 22 日

(原载《人民日报》2007 年 11 月 6 日)

变　迁

上世纪七十年代末,中关村出现了一家农贸市场。那是新事物。去看过吗？人们互相问。

我也去了。哎呀！只觉五光十色。各种各样的农产品,大葱雪白,青菜碧绿,黄瓜土豆西红柿,真是十分可爱。当时的欢喜,简直可以说是心花怒放。

不久,路边有了摊贩,又有了一些小杂货铺、小饭馆。人们从长久的束缚中解脱了,一点一点尝试着吸进新鲜空气。

转眼已是八十年代中叶。一个细雨蒙蒙的秋天下午,我和外子仲从颐和园出来,走过牌坊去乘公共汽车。"那里有一家西餐馆。"仲指着斜对面不远处。"我们去看看。"我说。那时的我,什么都要看看。

门口挂一个小牌"维兰西餐馆"。院子很小,屋子也不大,只有三四张桌子。因时间还早,并没有客人。一位中年人迎出来,大概是店主了。"吃西餐吗？"他问。我们坐下来,那中年人自去厨房。

店内陈设简单,桌上倒是铺了台布。从我的座位可以看见厨房,那中年人正带着一个助手在操作。菜做好了,中年人走出来,和我们攀谈。他姓郑,原在"法国府"任厨师,允许个体户开业后,出来开这家餐馆,已经两三年了。

"尼克松来参观过。"郑经理指指墙上的照片,那是尼克松第二次来华时的留影。

他的手艺很好。我和仲常记得那蒙蒙秋雨,那家小店和美味的汤。

当时,父亲已不大能出门,我托人到维兰买他喜欢的炸虾,告诉他今天有这个菜,他总是很高兴。他往往是知道要吃什么,比真的吃到还高兴。

九十年代初,又一次从颐和园出来,看见东宫门南边有一个大门,挂了很大的牌子,写着"维兰西餐馆"几个字。原来它迁到这里了,里面是两层楼,扩大多了。

一次,和王蒙贤伉俪游香山后,在此处同进午餐。那天,谈得较多的是义山诗,王蒙对义山诗的见解多出于平常心。我以为只有这样才能理解感悟。若一矫情,就拐了弯,不对路了。

又过了些时,维兰不见了。一个住在附近的亲戚告诉我们,它迁回原址了。它确实迁回原址,不过气派已经大不一样。它和整个社会同步前进,已经不再是"乡镇企业",从门脸到店内陈设,都有些洋了。唐稚松学长特邀我们一聚,选在维兰。饭间,稚松学长念了一首小令,我不大懂他的湖南口音,要他写在餐纸上。现在只记得结尾几句:"无人赏,自家拍掌,唱得千山响。"我们都喜欢这首小令。

以后,没有人提起那西餐馆。一天,报纸中夹了一份广告,通知维兰又搬迁了,迁到中关村一座楼内。再去时,陈设布置已颇优雅,每张桌上有一个小花瓶,插了一朵康乃馨。郑经理坐在店角的一张椅上,已是老人了。

杨振宁先生的二弟振平偕眷来京,来看望我。他是我的弟弟钟越中学时的挚友。他们常在昆明文林街上一起走,钟越瘦长,振平较矮,我还记得那景象。我们到维兰进餐,说起许多往事。他说一次在我家,他和钟越一起看一本笑话书,笑个不停,我在一旁问他们为什么笑,他们不肯说。自抗战胜利复原以后,他们从未见过面。

母亲没有看见中关村的农贸市场。后来农贸市场以早市的方式出现,畅春园附近有早市,后又迁到圆明园西侧。前几年偶尔去过,看着各种东西都很平常。想想上世纪七十年代末的感觉,那时真是可怜。

早市之外有超市,超市里面的东西极多,又很方便。这应该都是母亲关心、喜欢的。母亲于一九七七年十月三日离开了我们,她完全没有赶上变迁。

以后,又一个亲戚说,她曾请人到维兰进餐,到了那座大楼却找不到。说是又搬迁了。

没有广告出现,我们几乎忘记了这家餐馆。一天,乘车经过万泉河路,同伴忽然说:"维兰搬到这里了。"果然路边有一家店,几个顶端弧形的大窗连着。现在的门脸,不仅很大,而且极洋。

我又去了这家餐馆,桌椅陈设又升了一级。尼克松留影仍在壁上。墙上挂了大幅横标,他们正在举行二十六周年店庆,而且一定还会有所发展。遗憾的是,菠菜泥子汤已不如在那俭朴的小院和着蒙蒙秋雨所尝的了。

也许,这些年尝过的东西太多了。也许,一起品尝滋味的人没有了。也许,胃里虽然丰富了,头脑却还没有足够的自由驰骋的空间。我望着汤盘发愣。我不挑剔。

我有一张五人照片,上有父母小弟,还有仲和我。时光流逝,把他们都带走了。

只有我踽踽独行,在不断变迁的路上,向着生满野百合花的尽头。

(原载《解放日报》2008 年 12 月 17 日)

考试失利以后

近年来,多有知根底的老同学谈到我当年考大学的事。没想到,我和另外几位清华子弟的失败成为教育史上的一次见证,也成为教育界前辈们不谋私利的见证。就我自己来说,我的失败自然是有所失,但也有所得。

一九四六年,我从西南联大附中毕业,随父母复员回到北平。这一年,清华、北大、南开三校联合招考,录取分数不等。我报了清华,但分数不够,被南开录取了;还有几位清华子弟也没有考上清华。那时的清华各方面都很严格,无论是谁,都走不成后门,也没有谁会想到走后门。长辈们绝不会以走后门的方式来"帮助"子女。

记得那年我们自昆明回北平,先从昆明走公路到重庆。我在路上大病一场,在贵阳停留时,父亲找了一位医生来诊治,次日即见好。但那天大家去游花溪,我还只能卧床梦游。我们在重庆候机一个多月,重庆天气酷热,每餐都要站起来去洗三四次脸,不然汗就滴到碗里。我们久居昆明,对这样的天气很不习惯,我和小弟都得了疟疾,那时称为打摆子,烧一阵冷一阵。治疗虽有特效药金鸡纳霜,但对人的损伤也很大。回到北平,参加了考试,自觉很不理想。当时南开可能考虑到生源不够,又举行了一次单独招考。我们几位考生讨论一番,觉得应该再考一次,如三校联合招考落第,还有一次上南开的机会。可见我们还是很喜欢南开的。于是又去应试,我已不记得同去的有谁。

南开是一所有特色专长的大学。据说,抗战前全国物价指数就是由南开大学经济研究所发布的。到天津应试回来,联合招考发榜,我考清华不中,被南开录取。我早有心理准备,父母也并不以我没有达到他们的要求而责备我。不久就得到南开单独招考的结果,我又被录取一次。自幼的友伴、一同报考清华的徐糜岐也被南开录取,开学时我们便同去天津上学。

南开校舍在抗战初起时被日军炸毁,我们去时校园还很荒凉,建筑不多。只有思源堂(教室楼)、芝琴楼(女生宿舍),还有胜利楼(办公楼),大概是抗战胜利后新造的。大片毁于战火的废墟依旧在目,断瓦颓垣、夕阳残照,我们称它为"南开荒原"。外面的景色是"荒原",学子们求知求真的精神,却如新生的禾苗一般茁壮成长。

因为我两次被录取,便有两个学号,我选择了一个,只记得最后两个数字是9和5。我在南开外文系读了两年。那时好几位先生都在南开,卞之琳教大一英文,李广田教大一国文,罗大纲教法文。后来他们都到了北平,分别任教于北大、清华。上世纪七八十年代,卞先生和我都在社科院外文所工作,还谈起南开往事。我一直想请卞先生用硬笔把他的《风景》一诗,"你站在桥上看风景,看风景的人在楼上看你。明月装饰了你的窗子,你装饰了别人的梦",写成一帧书法,却总是拖下来,直到他老去,也没有提出。二年级的英诗教授是杨善荃,他对诗歌很有研究,因头发少,学生们称他"杨秃"。教逻辑的是年轻一辈的王逊,他好像没有迈过"文革"这道艰难的门槛,在那个年代自杀了。

还记得当时南开一年级文科生要学一门理科课程,我选了普通生物学,曾在实验室解剖青蛙。我一直对生物很有兴趣,特别是生命的起源和发展。

我很喜欢芝琴楼后面那一大片稻田和野地,在那里可以看见夕阳西下。我有一篇作文《荒原梦》,写这一带景色,得了 A+ 的分数,此文现存中国现代文学馆。那时我们每天都去看夕阳西下,如果哪一天没有去,便好像少了什么。一九四七年一月,天津《大公报》星期副刊刊载了我的小说《A.K.C.》。这是我第一篇发表的小说(后又于本世纪初刊载于《文艺报》某期),以后又发表过几首短诗。我发表文学作品是从做南开大学学生时开始的。

在南开的两年,民主运动正如火如荼,我参加过进步同学组织的读书会,却不很积极。虽对各门课程有兴趣,也只是浮光掠影。一九四八年,我参加了清华的转学考试,因为不急于工作,身体也不好,不能苦读,所以仍然报考二年级,这样录取的几率也大些。这次我考上了,父母很感安慰,最主要的是不必往来于平津途上了。父亲在一九四八年秋给远在美国的长子钟辽写信,第一句便说:妹考上了清华。我离开了"南开荒原",但那一段生活已成为我的记忆,我的历史。

西南联大结束五十多年了,现在和三校都有联系的人已经不多。我肄业于南开,毕业于清华,又是清华子弟;我也是北大子弟,是燕园长期居民。最近,我又给自己找了一个头衔——北大旁听生。六十年代初,我小病大养住在家中,曾去旁听过宗白华先生的中国美学史,可惜只听了一课,他讲的是中国美学的特点:虚和实的关系。又去听了冯至先生讲歌德,可惜也只听了一课,那次还有组稿任务。没有好好听过冯至论歌德,始终是我的一个遗憾。我冒昧忝列北大旁听生,想来不会有人反对。三所大学都是我的母校,南开去年校庆有专函邀请,可惜我正在住院未能前往;清华图书馆保存着我的毕业论文《论哈代的诗》,也常有联系;北大对我更是多有照顾。一个人有三个母校,可算得是极富有了。也可以说,这是失败成全了我。

我考大学的经历,除了为教育史做了一次证明,还可以反映那时的教育环境是宽松的,考不上清华可以考南开,考上南开也可以转清华,当然都要通过严格的考试。在本校也可以自由转系,因为初入学时也许并不清楚自己的兴趣所在。好几位西南联大哲学系学长都是理科转来的。只有在自由的天地里,鸟儿才能飞翔,才能感受蓝天、展望碧野,才能嘹亮地歌唱。

忽然想起一位小辈的亲戚说,一九五几年她上幼儿园时,常被安排坐在痰盂上,一坐好几个小时,边坐边唱:"我们都是木头人,不许说话不许动,看谁立场最坚定。"后来知道,这首儿歌是一项游戏的内容,却被拿来当作管理孩子们的规矩。从这样的幼儿园开始(现在应该有所改变了吧),以后再接受格式化的教育,鸟儿的翅膀早退化了,遑论飞翔。

2010 年 3 月 5 日

(原载《中华读书报》2010 年 4 月 23 日)

铁箫声幽

常觉得我们这一代人很幸运。旧书虽念得不多,还知道些;西书了解不深,总也接触过。没有赶上裹小脚、穿耳朵,长达半尺的高跷似的高跟鞋也还未兴起。精神尚不贫乏,肉体不受虐待,经历更是非凡。抗战那一段体会了人的最高贵的精神、信念与坚忍;"文革"那一段阅尽了人的狠毒与可悲。我们的生活很丰富,其中有一项看来普通、现在却让人羡慕、值得大书特书的,那就是,我们有兄弟姊妹。

传统文化讲五伦,其中之一是兄弟。常听见现在的中年人说:他们最羡慕的就是别人有兄弟姊妹。想想我的童年,如果没有我的哥哥和弟弟,我将不会长成现在的我。

我们兄弟姊妹四人,大姐钟琏长我九岁,所以接触较少,哥哥钟辽长我四岁,弟弟钟越小我三岁。整个的童年是和哥哥、弟弟一起度过的。抗战胜利,我们回到北平,回到白米斜街旧宅中,这座房屋是父母的唯一房产。有一间屋子堆满了东西,和走的时候完全一样。那时冬日取暖用很高的铁炉,称为洋炉子。烧硬煤,热力很大,便有炉挡,是洋铁皮做成的,从前常在上面烤衣服。我们看到那铁炉依旧,炉挡依旧。最有趣的是炉挡上面写了两行字,也赫然依旧。这两行字是:"立约人:冯钟辽、冯钟璞。只许她打他,不许他打她。"当时在场的人无不失笑。父亲说:"这是什么不平等条约!"那时哥哥已经去美国留学,那条约也因炉挡的启用擦去了,他没有再见到我们的不平等条约。

我已不大记得怎么会立下那不平等条约,却有些小事历历如在目前。清华园乙所的住宅中有一间储藏室,靠东墙冬天常摆着几盆米酒,夏天常摆着两排西瓜。中间有一个小桌,孩子们有时在那里做些父母不鼓励的事。记得一天中午,趁父母午睡,哥哥在那里做"实验",我在旁边看。他的实验是点一支蜡烛烧什么东西,实验目的我不明白。不久听见母亲说话,他急忙吹灭了蜡烛,烛泪溅在我身上。我还没有叫出来,他就捂住我的嘴,小声说:"带你去骑车。"于是我们从后门溜出。哥哥的自行车很小,前后轮都光秃秃的没有挡泥板,但却是一辆正式的车,我总是坐在大梁上左顾右盼游览校园。哥哥知道我喜欢坐大梁,便用这"游览"换得我不揭发。那天的"实验"也就混过去了。

后来我要自己骑车了。我想那时的年纪不会超过九岁,大概是八岁。因为九岁那年夏天开始抗战,我们离开了清华园。我学会骑自行车完全是哥哥的力量。那时在清华园内甲乙丙三所之间有一个网球场,我们好像从来没有打过网球,只在地上弹玻璃球。我在这场地上学骑自行车,用的是哥哥的那辆小车,我骑车,他在后面扶着座位跟着跑。头一天跑了几圈,第二天又跑了几圈。我忽然看见他不跟着车了,而是站在场地旁边笑。我本来骑得很平稳了,一见他没有扶,立刻觉得要摔倒,便大叫起来。哥哥跑过来扶住,我跳下了车,捏紧拳头照他身上乱捶。他只是笑,说:"你不是会骑了吗?"我想想也是。可是,下一次还是要他扶,他也就虚应故事地跟着跑。就这样我学会了骑自行车,我可以骑姐姐的成人的女车,在清华园里转悠。常从工字厅东边沿着小河过小桥,绕过大礼堂,经过图书馆前面,再经过当时的校医院——这座建筑还在吗——最后从工字厅西面回家。有时一直骑到西院,去看看那一片荒野。当时清华园内人很少,骑车很自由。后来,上个世纪六十年代,我常骑车从灯市口到建国门去上班。我从学车起到停止骑车从未摔过跤。

到昆明以后,哥哥上中学,我和小弟上小学。我们所上的南菁学校因为躲避日本飞机的空袭,迁到昆明郊外岗头村,我们都住校,家还在城里。后来家迁到东郊龙泉镇,我们又在城里住校。不记得是怎么回事了,总之有很长一段时间我们常在周末从乡下走进城,或从城里走到乡下,一次的距离大约是二十里左右。我们三个人一路走一路说话,讲故事,猜谜语,对小说的回目,对的主要是《红楼梦》和《水浒》的回目,《三国演义》我不熟。还有一项重要内容是讲自己编的故事,轮流主讲。大概也是编故事的需要,三个人每人有一个国家,哥哥的国家叫"晨光国",在北极;弟弟的国家叫"英武国",在海底;我的国家叫"逸坚国",在火星上。不知为什么,我从小便对火星有兴趣,到现在也觉得火星很亲切。我的兄、弟后来都是工程师,但他们在文艺方面的天赋绝不逊于我,故事编得很热闹,可惜我都不记得了。

家里孩子多,吃饭就成为一个有趣的局面。我小时有一个习惯,就是喜欢脱鞋。尤其是在吃饭的时候,觉得脱了鞋最舒服。这时,哥哥就会把鞋拿走藏起来,我便闹着要鞋,弟弟便会找鞋,常常是笑作一团。到后来还是哥哥把鞋拿出来,我又赖着不肯穿。直到母亲发话:"不要闹了。"才算安静下来。

后来我上了联大附中,一度在城里住校。那时联大附中没有宿舍,甚至没有校舍,不知是借的哪里的一个大房间,大家打地铺。一次我生病了,别人都去上课,我昏昏沉沉地躺在空荡荡的大房间里。"妹",是哥哥的声音,睁眼只见他蹲在我的"床"边。他送来一碗米线,碗里有一个鸡蛋。

哥哥于一九四二年考入西南联大机械系,他不用功,却热心演话剧。参加演出过曹禺的《家》,饰演觉新。我和小弟随父母去看演出那一晚,在高老太爷去世那一场,哥哥把觉新头上的孝布去掉了,为的是怕母亲看了不高兴。他还写小说,我还记得他有一篇小说的第一句是"不疾不徐的雨"。他的文字是很好的,字也写得好,还会刻图章。那时的男孩似乎都会刻图章。他大学二年级时志愿参加远征军,直接在反法西斯战争中做出贡献。有一次他从滇西回昆明度假,看见我的头发长了,要给我剪一剪。他说:"头发为什么要剪成那样齐?剪成波浪式的不好吗?"当时大家都认为他很荒谬,没想到几十年后头发真的不以"齐"为美了。抗战胜利后,哥哥获得美国总统自由勋章,获得此项勋章的翻译官共二十二人。我曾想就此写一篇文章,介绍这些好男儿,因为要用一些英文材料,我的眼睛已坏,不能阅读,便放弃了。文章虽然没有写,对那些投笔从戎的大哥哥们,无论得没得勋章,我都永远怀有敬意。

以后,哥哥到美国就读于宾夕法尼亚大学,继续读机械系,也继续开展他多方面的兴趣。他喜欢击剑,入选了校队,代表学校出去比赛;还学过几个月芭蕾舞。工作以后学会开飞机,曾开着飞机从所住城市到另一城市去看望朋友,乘客只有一人,就是我后来的嫂嫂李文沛。上世纪七十年代哥哥一家回来探亲,说到此事,父亲说:"敢开飞机倒不稀奇,难得的是有人敢坐。"大学毕业以后,他根据兴趣又读了数学、物理两个专业。至今他还在研究有关电的问题,前两年曾回国参加静电学会的活动,但是他的理论很少人支持。前些时,哥哥来电话,告诉我一个不幸的事件,他的钱包丢了。别的都没有关系,只是其中的飞机驾驶执照也丢了,他觉得是一大损失。我安慰道:"你反正也不开飞机了。"他沉默了片刻,说:"用不着了——也不可能再补发了。"

九十年代初,我出版了一本散文集,书名为《铁箫人语》。取这个名字是因为家里有一只铁箫。书出版后不久,南京的"洞箫博物馆"——也许是"乐器博物馆"——来人要求看一看铁箫。他们说他们藏有铜箫,还没有见过铁箫。我把箫拿给他们看,他们观看良久,又试吹过,承认它是一只箫。但我想大概不是很合格。然而它究竟是一只箫,而且是铁箫。我还为这只铁箫写了一小段题记:

> 我家有一只铁箫。
>
> 那是真正的铁箫。一段顽铁,凿有七孔,拿着十分沉重,吹着却易发声。声音较竹箫厚实,悠远,如同哀怨的呜咽,又如同低沉的歌唱。听的人大概很难想象这声音发自一段顽铁。
>
> 铁质硬于石,箫声柔如水;铁不能弯,箫声曲折。顽铁自有了比干七窍之心,便将美好的声音送往晴空和月下,在松阴与竹影中飘荡,透入人的躯壳,然后把躯壳抛开了。
>
> 哦,还有个吹箫人呢,那吹箫人,在哪里?

吹箫人可以吹出不同的曲调,而铁箫只有一个。

是谁制作了这只铁箫?制作了这只可以从箫声和箫的本身引出许多联想的铁箫?是我的哥哥——冯钟辽。

箫属于中国文化,可以引起许多中国式的联想,都是陈货,也就不必说了。依我的极为有限的见闻,在冯钟辽做这只箫以前,从没听说过铁箫。它既是乐器,又可以做武器。我常想,最好能有一位女侠,用的兵器是铁箫;抡圆了可以自卫救人,扫尽人间不平事;吹响了可以自娱娱人,此曲只应天上来。也许,我哪天真会写出一篇武侠小说来。

在昆明时生活很艰苦,最常用的乐器只是口琴。母亲吹箫,当时家中有两只玉屏箫,母亲时常吹奏的乐曲是《苏武牧羊》。哥哥制作铁箫便是受竹箫的启发,用一根现成的废铁管,根据一点点中学物理知识,钻几个洞,居然可以吹出曲调,大家都很高兴。我们就是这样因陋就简,使得生活充实而丰富。

哥哥制作铁箫,只不过是他众多兴趣中的一项。他现在最主要的兴趣还是在电学。八十八岁了,仍不断做实验。我说:"可别像苏东坡一样,为制墨,把房子烧了。"哥哥的科学知识当然比东坡强多了,房子是不会烧的。但是实验做起来也颇麻烦,哥哥却乐此不疲。在他自己的实验的过程中,就有了辉煌。

2012年2月3日

(原载《随笔》2012年第3期)

云在青天

二〇一二年九月九日,我离开了北京大学燕南园,迁往北京郊区。我在燕南园居住了六十年。六十年真的很长,我从满头黑发的青年人变成发苍苍而视茫茫的老妪。可是回想起来也只是一转眼的工夫。六十年中的三十八年,我有父母可依。还有二十二年,是我自己的日子。在这里,在燕南园,我送走了母亲(一九七七年)和父亲(一九九〇年),也送走了夫君蔡仲德(二〇〇四年)。最后八年,陪伴着我的是花草树木。

九月间玉簪花正在怒放,小院里两行晶莹的白。满院里都飘浮着香气。我们把玉簪花称为五十七号的院花,花开时我总要摘几朵养在瓶里,便是满屋的香气。我还想挖几棵带到新居,但又想,今年天气已渐冷,不是移植的时候了。它们在甬路边静静地看着我离开,那香气随着我走了很远。

院里的三棵松树现在只剩两棵,其中一棵还是后来补种的。原有的一棵总是那么枝繁叶茂,一层层枝干遮住屋檐的一角,我常觉得它保护着我们。这几年,只要我能走动,便在它周围走几步,抱一抱它。现在,我在它身边的时间越来越短,因为已不能久站。我离开的时候,特意走到它身旁拥抱它,向它告别。如果它开口讲话,我也不会奇怪。

北京大学哲学系主任王博和几位朋友来送我，我把房屋的钥匙交给王博。是他最早提出建立故居的想法。我再来时将是一个参观者。我看了一眼门前的竹子，摸了一下院门两旁小石狮子的头，上了车，向车窗外无目标地招手。

车开了，我没有回头。

决定搬家以后，我尽量找机会再去亲近一下燕园，最主要的当然是未名湖。湖北端的那条石鱼还在，在它的鳍背上缠绕着我儿时的梦。九岁那年，抗日战争爆发，我曾在燕园暂住，常来湖边玩耍，看望这条石鱼。七十多年过去了，我长大了，它还依旧。

现在湖北侧的四扇屏一带有几株腊梅，不过我很少看见它的花，以后也不会看见了。从这里向湖上望去，湖光塔影尽收眼底，对岸的花神庙和石桥也是绝妙的点缀。从几座红楼前向湖边走去时，先看见的是湖边低垂的杨柳和它后面明亮的水光。不由得想到"杨柳依依"这四个字。它柔软的枝条是这样婉转妩媚，真好像缠绕着无限的惜别之情。那"依依"两个字，真亏古人怎么想得出来！每次到这里，我总要让车子停住，看一会儿。

在燕园流连的时候，我总在想一件事，在我离开家的时候，正确地说是离开那座庭院的时候，我会不会哭。

车子驶出了燕南园，我没有回头，也没有哭。

有人奇怪，我怎么还会有搬家的兴致。也有朋友关心地一再劝说老年人不适合搬家。但这不是我能够考虑的问题。因为"三松堂"有它自己的道路。一九五二年院系调整，冯友兰先生从清华园乙所迁到北大燕南园五十四号。一九五七年开始住在五十七号。他在这里写出了他最后一部巨著《中国哲学史新编》。他在《自传》的《序言》中有几句话:"三松堂者,北京大学燕南园之一眷属宿舍也,余家寓此凡三十年矣。十年动乱殆将逐出,幸而得免。庭中有三松,抚而盘桓,较渊明犹多其二焉。"这是"三松堂"的得名由来。北京大学已经决定将"三松堂"建成冯友兰故居,以纪念这一段历史,并留下一个完整的古迹。这是十分恰当的,也是我求之不得的。我必须搬家,离开我住了六十年的地方。

搬家就需要整理东西,我眼看着凌乱的弃物,忽然觉得我很幸运,我在生前看到了死后的情景。"三松堂"内的书籍我已先后做了多次捐赠。父亲在世时,便将一套《百衲本二十四史》赠给家乡唐河县图书馆。父亲去世后,两三年间,我将藏书的大部分,包括《丛书集成》和《四部丛刊》等分批赠给清华大学思想文化研究所,他们设立了冯友兰文库,后转归历史系,两个大房间装满了一排排的书,能在里面徜徉必是一件乐事。现在做最后的清理,将父亲著作的各种版本和其他的书一千余册赠清华大学图书馆。我曾勉力翻检这批书,有些是我从未见过的,书名也没听说过。如有一本《佛国碧缘击节》,很大的一本书,装帧极好。我很想看一看内容,可是只能用手摸摸。清华大学图书馆很快建立了一间冯友兰纪念室,陈设这些书籍。河南南阳卧龙区档案馆行动较早,几年前便要去了书房、卧室的主要家具。唐河县冯友兰纪念馆建成后,我也赠予了少量家具和衣物等。还有父亲在世时为唐河县美学学会写的一幅字,可能这个组织后来没有成立,这幅字就留在家里。现在正好作为唐河县纪念馆的镇馆之宝。韩国檀国大学有教师在北大学习,知道要建冯友兰故居,便来联系,便也赠给他们几件什物和书籍。他们要在学校中辟出房间，专门摆放，以纪念冯友兰先生。

最主要的东西仍留在"三松堂"，包括照片、各种文稿（含少量手稿）、信件、字画、生活用品、摆件及书籍和家具，还有父亲写的几帧条幅。这里的东西有的并不只限于六十年，几个书柜是从上世纪三十年代便在清华园乙所摆放过的。多年不曾开过的抽屉里，有一沓信封，上印"昆明国立西南联合大学冯笺"，是父亲没有用完的信封。一个旧式的极朴素的座钟，每半小时敲打一次，夜里也负责任地报时。父亲不以为扰，如果哪天不响，反而会觉得少了什么。院中的石磨是母亲用来磨豆浆的，三年困难时期母亲想改善我们的生活，不知从哪里得来这个石磨，但实际没有磨出多少豆浆。这些东西，般般件件都有一个小故事。将来建成后的冯友兰故居，有他的内容在，有他的灵魂在。

我们还发现了一份完整的手稿《新理学答问》。纸已经变黄变脆，字迹却还可以看清。我决定将它送给国家图书馆。在那里已经有了《新世训》《新原人》的手稿，让它们一起迎接未来。

东西是一件一件陆续积累的，散去也不容易，我一批一批安排它们的去处。到现在已近一年，可以说才进入尾声。在这段时间里，一切都进行得很自然，我没有一点感伤。一切事物聚到头，终究要散去的，散往各方，犹如天上的白云。

最有影响的是冯友兰的著作。近来，许多报刊都刊载了韩国总统朴槿惠的话，她说，在她处于生命的最低谷时，是中国哲学家冯友兰的《中国哲学史》像灯塔一样照亮了她的生活。西南联大校友吴大昌写信来，说他看到了二〇一二年出版的一本书《冯友兰论人生》，其中一篇文章《论悲观》是为他写的。一九三九年在昆明，他向冯先生请教人生问题，冯先生为回答他的问题写了这篇文章,他得到了帮助。他说:"我是一个受益的学生。我钦佩他的博学深思,也感谢他热心助人。"这都是中国哲学的力量。学中国哲学是一种受用。近年来,有一百多家出版社出版了冯友兰的著作。海外关于冯著的出版也从未断绝。《中国哲学简史》一九四八年问世以来,一直行销不衰。"贞元六书"中的《新原道》于一九四六年经英国人 Hughs 译成英文,名为《中国哲学之精神》在伦敦出版。我一直以为这本书没有能够再版。最近得到消息,这本书在这几十年间,一直有英、美数家出版社出版,隔几年便出一次,最近的一次在二〇〇五年。我非常惊异这本书的生命力,和冯著其他书一样,"文章自有命,不仗史笔垂",它们勇敢地活着,把力量传播到四方,如同云在青天。

在这个世界上有很多不公道,但还是善良的人居多。对那些关心我、帮助我的人,我永远怀着感激之情。有些帮助是需要勇气的。从这里我看到人的高贵,一些小事也是历历在目。就燕园而言,北大校方对我时有照顾。还有那些不知名的人。地震期间,来帮助搭地震棚的学生和教师,他们走过这里便来帮忙。一次修房,需要把东西搬开,有一个班的学生来义务劳动,很是辛苦。就在我离开燕园的前几天,有人在信箱里放了一张复印件,那是一篇关于父亲的文章(《1948—1949 冯友兰再长清华》)。放的人大概怕我没有看到。一切的好意我都知晓、领受,不能忘记。

一次从外面回来,下车时,一位中年人过来搀扶,原来是一位参观者。还有一位参观者从四川来,很想向冯先生的照片礼拜一番。当时我的原则是,室内不开放,只能在园内参观。不料，这位先生在甬路上下跪，恭敬地三叩首，然后离去。一位北大校友来信说，他在学校五年，没有到过燕南园。现在要回学校来，目的之一是看看"三松堂"。隔些时就有人来看望"三松堂"，多年来一直是这样。这里仿佛有一个气场，在屋内的房间里，也在屋外的松竹间，充满着"蜡炬成灰泪始干"的执着和对文化的敬重，还有对生活的宽容和谅解。现在，这里将建为冯友兰故居，可以得到大家的亲近。希望这里能继续为来者提供少许的明白和润泽。

我离开了。我没有回头，也没有哭。

2013 年 2 月

（原载《文汇报》2013 年 6 月 10 日）

恨　书

写下这个题目,自己觉得有几分吓人。书之可宝可爱,尽人皆知,何以会惹得我恨?有时甚至是恨恨不已,恨声不绝,恨不得把它们都扔出去,剩下一间空荡荡的屋子。

显而易见,最先的问题是地盘问题。老父今年九十岁了,少说也积了七十年书。虽然屡经各种洗礼,所藏还是可观。原先集中摆放,一排一排,很有个小图书馆的模样。后来人口扩张,下一代不愿住不见阳光的小黑屋,见"图书馆"阳光明媚,便对书有些怀恨。"书都把人挤得没地方了。"这意见母亲在世时便有。听说有位老学者一直让书住正房,我这一代人可没有那修养了,以为人为万物之灵,书也是人写的,人比书更应该得到阳光空气和推窗得见的好景致。

后来便把书化整为零,分放在各个房间。于是我的斗室也摊上几架旧书,《列子》《抱朴子》《亢仓子》《淮南子》《燕丹子》……它们遥远又遥远,神秘又无用。还有《皇清经解》,想起来便觉得腐气冲天。而我的文稿札记只好塞在这些书缝中,可怜地露出一点纸边,几乎要遗失在悠久的历史的茫然里。

其次惹得人恨的是书柜。它们的年龄都已有半个世纪,有的古色古香,上面的大篆字至今没有确解。对这我倒并无恶感。

糟糕的是许多书柜没有拉手,当初可能没有这种"设备"(照说也不至于),以至很难开关,关时要对准榫头,关上后便再也开不开,每次都得起用改锥(那也得找半天)。可是有的柜门却太松,低头屈身,找下面柜中书时,上面的柜门会忽然掉下,啪的一声砸在头上,直把人打得发昏。这岂非关系人命的大事,怎不令人怀恨!有时晚饭后全家围坐笑语融融之际,或夜深梦酣之时,忽然一声巨响,使人心惊胆战,以为是地震或某种爆炸,惊走或披衣起来查看,原来是柜门掉了下来!

其实这些都不是解决不了的问题,只因我理家包括理书无方,才因循至此。可是因为书,我常觉惶惶然。这种惶惶然的感觉细想时可分为二。一是常感负疚,一是常觉遗憾。这确是无法解决的。

邓拓同志有句云:"闭户遍读家藏书。"谓是人生一乐。在家藏旧书中遇见一本想读的书,真令人又惊又喜。但看来我今生是不能有遍读之乐了,不要说读,连理也做不到。一因没有时间,忙里偷闲时也有比书更重要的人和事需要照管料理。二是没有精力,有时需要放下最重要的事坐着喘气儿。三是因有过敏疾病,不能接触久置积尘的书。于是大家推选外子为图书馆馆长。这些年我们在这座房子里搬来搬去,可怜他负书行的路大约也在百里以上了。在每次搬动之余,也处理一些没有保存价值的东西。一次我从外面回来,见我们的图书馆长正在门前处理旧书。我稍一拨弄,竟发现两本丛书集成中的花卉书。要知道丛书集成是四千多本一套的啊!但是我在怒火上升又下降之后,觉得他也太辛苦,哪能一本本都仔细看过?又怀疑是否扔去了珍贵的书,又责怪自己无能,没有担负起应尽的责任。如此怨天尤人,到后来觉得罪魁祸首都是书!

书还使我常觉遗憾。在我们磕头碰脑满眼旧书的居所中,常常发现有想读的或特别珍爱的书不见了。我曾遇一本英文的《杨子》,翻了一两页,竟很有诗意。想看,搁在一边,找不到了。又曾遇一本陆志韦关于唐诗的五篇英文演讲,想看,搁在一边,也找不到了。后来大图书馆中贴出这一书目,当然也不会特意去借。最令人痛惜的是四库全书中萧云从《离骚全图》的影印本,很大的本子,极讲究的锦面,醒目的大字,想细细把玩,可是,又找不到了!也许只在此山中,云深不知处?据图书馆长说已遍寻无着——总以为若是我自己找,可能会出现。但是总未能找,书也并未出现。

好遗憾啊!于是我想,还不如根本没有这些书,也不用负疚,也没有遗憾。

那该多么轻松。对无能如我者来说,这可能是上策。但我毕竟神经正常,不能真把书全请出门,只好仍时时恨恨,凑合着过日子。

是曰恨书。

1985 年 10 月 19 日

(原载《青海湖》1986 年第 3 期)

卖　书

几年前写过一篇短文《恨书》,恨了若干年,结果是卖掉。

这话说说容易,真到要做也颇费周折。

卖书的主要目的是扩大空间。因为侍奉老父,多年随居燕园,房子总算不小,但大部为书所占。四壁图书固然可爱,到了四壁容不下,横七竖八向房中伸出,书墙层叠,挡住去路时,则不免闷气。而且新书源源不绝,往往信手一塞,混入历史之中,再难寻觅。有一天忽然悟出,要有搁新书的地方,先得处理旧书。

其实处理零散的旧书,早在不断进行。现在的目标,是成套的大书。以为若卖了,既可腾出地盘,又可贴补家用,何乐而不为。依外子仲的意见,要请出的首先是《丛书集成》。而我认为这部书包罗万象,很有用,且因他曾险些错卖了几本,受我责备,不免有衔恨的嫌疑,不能卖。又讨论了百衲本的《二十四史》,因为放那书柜之处正好放饭桌。但这书恰是父亲心爱之物,虽然他现在视力极弱,不能再读,却愿留着。我们笑说这书有大后台,更不能卖。仲屡次败北后,目光转向《全唐文》。《全唐文》有一千卷,占据了全家最大书柜的最上一层。若要取阅,须得搬椅子,上椅子,开柜门,翻动叠压着的卷册,好不费事。作为唯一读者的仲屡次呼吁卖掉它,说是北大图书馆对许多书实行开架,查阅方便多了。又不知交何运道,经过"文革"洗礼,这书无损污,无缺册,心中暗自盘算一定卖得好价钱,够贴补几个月。经过讨论协商,顺利取得一致意见。书店很快来人估看,出价一千元。

这部书究竟价值几何,实在心中无数,可一千元也太少了!因向北京图书馆馆长请教。过几天馆长先生打电话来说,《全唐文》已有新版,这种线装书查阅不便,经过调查,价钱也就是这样了。

书店来取书的这天,一千卷《全唐文》堆放在客厅地上等待捆扎,这时我才拿起一本翻阅,只见纸色洁白,字大悦目。随手翻到一篇讲音乐的文章:"烈与悲者角之声,欢与壮者鼓之声;烈与悲似义,欢与壮似勇。"作者李磎。心想这形容很好,只是久不见悲壮的艺术了。又想知道这书的由来,特地找出第一卷,读到嘉庆皇帝的序文:"天地大文日月山川万古昭著者也。人受天地之中以生,经世载道,立言牖民。观乎人文以化成天下。文之时义大矣哉!"又知嘉庆十二年,皇帝得内府旧藏唐文善本一百六十册,认为体例未协,选择不精,命儒臣重加厘定,于十九年编成。古代开国皇帝大都从马上得天下,以后知道不能从马上治之,都要演习斯文,不敢轻渎知识的作用,似比某些现代人还多几分见识。我极厌烦近来流行的宫廷热,这时却对皇帝生出几分敬意,虽然他还说不出科学技术是生产力这样的话。

书店的人见我把玩不舍,安慰道,这价钱也就差不多。以前官宦人家讲究排场,都得有几部老书装门面,价钱自然上去。现在不讲这门面了,过几年说不定只能当废纸卖了。

为了避免一部大书变为废纸,遂请他们立刻拿走。还附带消灭了两套最惹人厌的《皇清经解》。《皇清经解》中夹有父亲当年写的纸签,倒是珍贵之物,我小心地把纸签依次序取下,放在一个信封内。可是一转眼,信封又不知放到何处去了。

虽然得了一大块地盘,许多旧英文书得以舒展,心中仍觉不安,似乎卖书总不是读书人的本分事。及至读到《书太多了》(《读书》杂志 1988 年 7 月号)这篇文章,不觉精神大振。吕叔湘先生在文中介绍一篇英国散文《毁书》,那作者因书太多无法处理,用麻袋装了大批初版诗集,午夜沉之于泰晤士河,书既然可毁,卖又何妨!比起毁书,卖书要强多了。若是得半夜里鬼鬼祟祟跑到昆明湖去摆脱这些书,我们这些庸人怕只能老老实实缩在墙角,永世也不得出来了。

最近在一次会上得见吕先生,因说及受到的启发。吕先生笑说:"那文章有点讽刺意味,不是说毁去的是初版诗集么!"

可不是!初版诗集的意思是说那些是不必再版,经不起时间考验的无病呻吟,也许它们本不应得到出版的机会。对大家无用的书可毁,对一家无用的书可卖,自是天经地义。至于卖不出好价钱,也不是我管得了的。

如此想过,心安理得。整理了两天书,自觉辛苦,等疲劳去后,大概又要打新主意。那时可能真是迫于生计,不只为图地盘了。

1989 年

(原载《散文》1989 年第 1 期)

乐　书

多年以前,读过一首《四时读书乐》,现在只记得四句:"读书之乐乐何如?绿满窗前草不除。""读书之乐乐无穷,瑶琴一曲来熏风。"这是春夏的情景,也是读书的乐境。"绿满窗前草不除"一句,是形容生机盎然的自由自在的情趣。"瑶琴一曲来熏风"一句,是形容炎炎夏日中书会给人一个清凉世界。这种乐境只有在读书时才会有。

作者写书总是把他这个人最有价值的一面放进书里,他在写书的时候,对自己已经进行了过滤。经常读书,接触的都是别人的精华。读书本身就是一件聪明的事,也是一件快乐的事。陶渊明说:"每有会意,便欣然忘食。"金圣叹读到《西厢记》"不瞅人待怎生"一句,感动得三日卧床不食不语。这都是读书的至高境界。这不只是书本身的力量,也需要读者的会心。

我不是一个做学问的读书人,读书缺少严谨的计划,常是兴之所至。虽然不够正规,也算和书打了几十年交道。我想,读书有一个"分—合—分"的过程。

"分"就是要把各种书区分开来,也就是要有一个选择的过程。现在书出得极多,有人形容,写书的比读书的还多,简直成了灾。我看见那些装帧精美的书,总想着又有几棵树冤枉地献身了。"开卷有益"可以说是一句完全过时的话,千万不要让那些假冒伪劣的"精神产品"侵蚀。即便是列入必读书目的,也要经过自己慎重选择。有些书评简直就是一种误导,名实不符者极多,名实相悖者也有。当然可读的书更多。总的说来,有的书可精读,有的书可泛读,有的书浏览一下即可。美国教授老温德告诉我,他常用一种"对角线读书法",即从一页的左上角一眼看到右下角。这种读书法对现在的横排本也很适用。不同的读法可以有不同的收获,最重要的是读好书,读那些经过时间圈点的书。

　　书经过区分,选好了,读时就要"合"。古人说"读书得间",就是要在字里行间得到弦外之音,象外之旨,得到言语传达不尽的意思。朱熹说读书要"涵泳玩索,久之当自有见",涵泳是在水中潜行,也就是说必须入水,与水相合,才能了解水,得到滋养润泽。王国维谈读书三境界,第三种境界是"蓦然回首,那人却在灯火阑珊处",这种豁然贯通,便是一种会心。在那一刻间,读者必觉作者是他的代言人,想到他所不能想的,说了他所不会说不敢说的,三万六千毛孔都张开来,好不畅快。

　　古时有人自外面回家,有了很大变化,人们便议论,说他不是遇见了奇人,就是遇见了奇书。书对人的影响是非常大的。不过要使书真的为自己所用,就要从"合"中跳出来,再有一次"分",把书中的理和自己掌握的理参照而行。虽然自己的理不断受书中的理影响,却总能用自己的理去衡量、判断、实践。用现在的话说就是活学活用,用文一点的话说,就叫作"六经注我"。读书到这般地步,不只有乐,而且有成矣。

　　其实,这些都是废话,每个人有自己的读书法,平常读书不一定都想得那么多,随意翻阅也是一种快乐。

我从小喜欢看书,所以得了一双高度近视眼。小时候家里人形容我一看书就要吃东西,一吃东西就要看书,可见不是个正襟危坐的学者,最多沾染了些书呆气,或美其名曰书卷气。因为从小在书堆中长大,磕头碰脑都是书,有一阵子很为其困扰,曾写了《恨书》《卖书》等文,颇引关注。

后来把这些朋友都安排到妥当或不甚妥当的去处,却又觉得很为想念,眼皮子底下少了这一箱那一柜或索性乱堆着的书,确实失去了很多。原来走到房屋的每一个角落,都可以接触到各种宏论,感受到各种情感,这里那里还不时会冒出一个个小故事。虽然足不出户,书把我的生活从时空上都拓展了。因为思念,曾想写一篇《忆书》,也只是想想而已。

近几年来眼疾发展,几乎不能视物,和书也久违了。幸好科学发达,经治疗后,忽然又看见了世界,也看见经过整顿后书柜里的书。我拿起几部特别喜爱的线装书抚摸着,一部《东坡乐府》,一部《李义山诗集》,一部《世说新语》。还有一部《温飞卿诗集》,字特别大,我随手翻到"捣麝成尘香不灭,拗莲作寸丝难绝",不觉一惊——现在哪里还有这样的真诚和执着呢?

寒暑交替,我们的忙总无变化,忙着做各种有意义和无意义的事。我和老伴现在最大的快乐就是每晚在一起读书,其实是他念给我听。朋友们称赞他的声音厚实有力,我通过这声音得到书的内容,更觉得丰富。书房中有一副对联:"把酒时看剑,焚香夜读书。"我们也焚香,不过不是龙涎香、鸡舌香,而是最普通的蚊香,以免蚊虫骚扰。古人焚香或也有这个用处?

四时读书乐,另两时记不得了。乃另诌了两句,曰:"读书之乐何处寻？秋水文章不染尘。""读书之乐乐融融,冰雪聪明一卷中。"聊充结尾。

1999年8月上旬时炎夏已渐去矣

(原载《人民日报(海外版)》1999年9月13日)

读 书 断 想

每当独坐时,常有一种幸运之感。因为我有眼睛可以读书,有耳朵可以听音乐。人类创造了这么多好东西,让人迫不及待地去亲近,而无暇寂寞。

书是我最好的朋友。一本本书打开一个又一个世界,符合古训择友条件之一"友多闻"。比较来说,书又不需特别设备和繁杂操作,一卷在手,便可领略,对于有些愚懒的人很合适。

有的书可以反复读,直至几个世纪;有的书一遍未终,便可弃置。这两种书像两条永不相交的平行线,永远不会彼此了解。有一位哲人说,前者是真实的书,是有灵魂的,活生生的;后者是表面的书,迷雾一片,唬人而已。真实的书读多么多也不嫌多,表面的书读多么少也不嫌少。

要读书,而且要读好书。

也是这位哲人说过,不读书是很不合算的事,因为书里集中了作者的经验和智慧——这当然是指那些真实的好书。一本好书的作者本人,有时并不一定讨人喜欢,而他的追求、心血,他的好的方面却都倾注在书里了。他的书是他的精华。读书,是取其精华,又何乐而不为呢。

一个人的存在,大体上可有两方面:一是这个人是什么,就是说,他是怎样的人,有怎样的人格,包括品德、学识、性情等。一是他有什么,包括地位财产等。社会愈向前发展,一个人是什么和有什么愈应一致。读书可以改变一个人的精神面貌和内在气质,可以改变他本人,而增加人格的力量。

"书中自有黄金屋,书中自有颜如玉"的时代已经过去了。但是读好书永远可以帮助你提高自己,发展自己。读到的知识属于你,获得的精神力量属于你。好书永远不会欺骗,永远是你可靠的朋友。

要读书,要读好书。

(原载《中国妇女》1990年8月号)

书当快意

"书当快意"后面本来有三个字"读易尽",说的是人生中的憾事。读书正读得高兴,却已经完了,令人若有所思。其实细想起来,书已尽算不得什么,可以重读、再读、反复读。一本书,经得起反复读,才算好书。

王国维在《静安文集续编·文学小言》中说:"三代以下之诗人,无过于屈子、渊明、子美、子瞻者。此四子,苟无文学之天才,其人格亦自足千古。故无高尚伟大之人格,而有高尚伟大之文学者,殆未之有也。"他提出必须"感自己之所感,言自己之所言",才能产生伟大的文学。又说:"宋以后之能感自己之感,言自己之言,其唯东坡乎!山谷可谓能言其言矣,未可谓能感所感也。"可见能言其言比能感所感要容易。言其言需要艺术的功力,感所感则需要人格的力量。在无法享有完整的人格时,是无法感自己所感的。

我自己近几年读得最有兴趣的书,是冯友兰著"哲学三史"。三史者,两卷本《中国哲学史》《中国哲学简史》及七卷本《中国哲学史新编》是也。

《中国哲学史》出版于三十年代,是我国第一部完整的用现代方法写作的哲学史。绪论中讲到,西方哲学史著述多用叙述,中国过去的哲学史多用选录。这部书则用叙述和选录相结合的方式。其叙述,经过潜心研究仔细梳理,把庞杂的历史讲得条理分明。譬如,"合同异""离坚白"这六个字,原来哲学史上并没有,是作者钻研总结出来,让人一看就头脑清醒。其选录,于讲解时配合节选原著主要篇章,使读者能看到本来面目。有人以引文多为此书病,殊不知这正是作者有意为之,俾使一书在手,整个中国哲学思想的来龙去脉全在眼前。

《中国哲学简史》原用英文写作,于一九四八年在美国出版。数十年来,已有约十种文字译本,中文有涂又光、赵复三两种译本。这是一本有趣味、省时间的书。全书不过二十万字,却不只勾画出中国哲学发展的轮廓,还使读者品味到中国哲学的真髓,可谓出神入化。我常想,这本书像是太上老君炼出来的仙丹,经过熔炼,把浩繁的史册浓缩得可以一口吞!我们怎能不感谢作者呢?北大哲学系博士生导师陈来教授最近在电视荐书时说:"冯先生用这样一个不大的篇幅,把几千年中国哲学的历史内容,深入浅出,讲得非常透彻、非常精彩。这样的著作,我在世界上还没有见过第二本。"想来我的欣赏不能算是外行。

《中国哲学史新编》约一百五十万字,写作用时十二年。各卷的内容是:先秦诸子、两汉经学、魏晋玄学、隋唐佛学、宋明道学、近代变法、现代革命。不只较两卷本详尽,且时有新意,实在是一部大文化史。作者在第四册自序中说,因为抓住了主题,对玄学和佛学的分析比以前加深了。第六册中提出大胆的看法:太平天国向西方学习的不是长处,而是中世纪神权政治。推而论之,对曾国藩的评价也一反时贤,认为他阻止了中国的倒退。作者曾说写此书愈到后来愈感自由。可谓"感自己之所感,言自己之所言"了。第七册中更有许多新论,惜乎此卷迄今尚未在中国大陆出版。

记得似乎是列宁说过,读书要有计划,不然不如不读。这和我们"开卷有益"的想法大不同,我想两者可以相互补充。也不必做太功利的打算,只要"书当快意",便是了。

1993年3月26日
(原载《书摘》1994年6月号)

一点希望

旧话有云,开卷有益。这话于现在似不适用了。现在的出版物多,相对地说,值得读的却不多。如不择卷而开,徒然浪费时间,也就是浪费生命。以前我们强调读书,现在则应特别强调读好书,对那些不值得读的书要存有戒心。综观人类历史,在文化发展中屡起高峰,硕果累累。我们放着大仙桃不吃,弄些小腻虫塞在嘴里,岂非吃亏!清华大学一位研究生定了一个书单,希望老学长们予以补充,供同学参考。我想这是聪明人办的好事。每个人可根据不同情况,慎重考虑,定出不同的书单,哪怕一年读一两本,也是好的。

我虽年纪不算太老,却因多病,两眼昏花,视力很弱,常看不见人(并非目中无人),读书更困难。人家说你应该换眼镜了,其实我该换的是眼睛,要做手术,眼镜不起作用了。等我有条件换了眼睛,也要定一个读书计划。

一九九五年,你打算读什么书?想一想,选一选吧。

1995 年 1 月 6 日

(原载《北京日报》1995 年 1 月 19 日)

"字典"的困惑

梁启超的《少年中国说》中有一句云:"老年人如字典,少年人如戏文。"我早已告别了"戏文",现在大概渐渐定型为"字典"了。字典是古板的、教条的;恐怕我也是免不了有这些框架。《群言》要讨论文学创作的问题,要我也说几句话,只好从框架探出头来说几句。

我近年目力很差,读书不多,就接触到的作品而言,有的令人欣喜,有的发人深思,还有一些令人困惑。何者使我困惑?(且不说人)那就是太多的、不必要的关于性的描写,有些颇有新意深意的作品也要写上几段,似乎少了这个便不成文。性是生物延续后代的本能,是生物所普遍共有的。我们看见植物亦分雄雌,各种果实的结成需要授粉,觉得自然界真是奇妙。但是其他生物是不自觉的,而人是有理性、有情感的,是自觉的。现在的许多描写把人的自觉的、感情的活动降低为生物的本能的活动,对此津津乐道,写个没完,这些描写的客观效果我想是和黄色电影、录像带等等差不多的。那些炮制录像带的人只知唯利是图,不顾其他,而我们的作者,甚至是很有才能的作者也这样做,实在是令人不可解。据说其中还有深奥的意义,大概就更非"字典"所能够了解的了。

"字典"应该是理智的,已经成了格局的,无动于衷的。可能修炼还不到家,我有时还会感到气愤。有一些描写实际上是把妇女作为玩物,完全是不平等的,作者的立场比封建时期的文人并没有半点进步。在作者的笔下,那些妇女生活中最大的要求好像就是供人消遣。《金瓶梅》当中有一个仆妇宋惠莲,她为西门庆所霸占,在西门庆害死了她的丈夫以后,宋惠莲也投缳自尽。宋惠莲在一种混乱的生活中还有一股刚烈之气,而现在我们的有些小说中的女性人物连这一点人气都没有了,有的只是生物的活动。张潮的譬喻常对妇女取玩赏态度;张岱《西湖梦寻》中有文写一雏妓,实在缺乏同情心。我曾批评他们不把妇女放在平等地位,但我以为他们如果是现代人,必也不赞同把妇女当作猫狗一样的宠物。现在看来,现代人的文明意识并不是生活在现代就能具有的,即使生活在现代,也不一定会有多么明白,还需要努力。

新春伊始,我只有一点小小的希望,希望我们的作品能干净些,正常些。那么,"字典"就该老实地待着,少些困惑。

(原载《群言》1996年第3期,题为《"辞典"的困惑》)

一封旧信

"一封旧信"实际上是一封旧信引起的思索。因我素不喜长题目,四个字也足够引起所该引起的了。

近在旧物中发现一封写给俞平伯先生的信,写信人的名字是养知,不知是哪位前辈。现将这封信全文抄录如下:

平伯先生:

朴社刊行之书多佳本,弟常罗致一二。独惜校雠不精,令人讽诵之际尤有痛扫落叶之感。顷读近刊《人间词话》,虽寥寥三十页,而仍不免有讹字。如页二二之"難似",页二三之"今人",揆诸文义,决当是"雖似",是"令人"。此等处显而易见,不待推勘矣。然因此二误,转疑全书尚不知有几许讹夺,若讹夺处为似是而非,不易察见,则误人不浅,而亦大悖左右重刊之旨也。近年来海上书贾竞相翻印旧籍,以牟厚利,亥豕鲁鱼,逐叶多有,贻害读者,诚非浅鲜。吾尝谓主持教育者能禁布劣本书,是亦一功德也。不谓朴社学者主政,亦复蹈斯恶习,殊为遗憾。谨致忠告,唯亮察。先生勿徒草草刊书,必也不惮校雠之劳。若意图以孤本索重值,急切成书,是又邻于书贾之见。先生或不出此,然讹夺之咎终须有人任之。先生如能收回此书(未售出者),排版另印行，固善。万一重视本钱，则亦置之可也。唯望此后刊书慎重慎重。

养知匆上
三月卅日

一九二六年八月朴社社长顾颉刚先生到南方去，委托冯友兰先生代理事务，想来因此俞先生将信拿来商量，就留在我家。此信写于一九二七年。近七十年间许多极贵重该保存的信件都遗失了，这封信不知何故能留到今日，来引发我的思索。

现在书籍中校对的错误，简直不是痛扫落叶，而是陷入地雷阵了。有时看了令人茫然不解，有时看了令人哈哈大笑。一篇文章里有"无字天书"四个字，错成了"天字无书""天字天书"。"王子就该有王子的谱"这样一句话，错成了"王子就该有五线谱"，实在是有字天书了。与"无字天书"相对的"有字人书"，错成了"有字丛书"，从一个人变成了两个人。我知道校对是很不容易的，有时候翻来覆去就是看不出来。如果用电脑排版不知是否会减少错误？我想将来总会有办法。这是技术问题，属于肌肤的范围。

比校对错误更高一级的是文章本身就有错，这属于筋骨问题，是更深层的。个别研究现代史的不知道胡适没有在清华工作过，研究当代问题的不知道冯友兰并未被打成右派。最近出版的《中国哲学简史》附有一篇作者小传，全文不过三百余字，错误竟达七八个之多。最可笑的是，白纸黑字写着冯友兰曾获美国普西敦大学名誉博士学位，这普西敦大学令人想起克莱登大学，其实应该是普林斯顿大学，那是习惯的译法。据责编说这一小传抄自上海辞书出版社《哲学大辞典》。我没有能力去查对，只是想，既然是辞典，人家都要以你为凭，为什么在撰写时不弄弄清楚呢？那并不是不可能的。

再高一级的错误属于心灵，那就更可怕了。因为要达到自己臆想的结论，不惜歪曲史实，瞎编乱造，甚至把写得明明白白的话改为完全相反的意思，敷演出大篇假冒伪劣的文字，真是给读者制造麻烦。

想想我们的后代要通过肌肤、筋骨和存心编造等方面的重重难关，在浩如烟海的书籍中分辨真伪，我真替他们叫苦不迭。

养知先生因《人间词话》有两个错字便要求将未发售的书收回，如果他老人家生在现世，可怎么活得下去？

附记：养知致俞平伯信，已交还俞先生的女儿俞欣。

（原载《文汇读书周报》1996年7月27日）

让老百姓有书读

读点书的人,一般都"坐"过图书馆。图书馆各式各样,我最关心的是基层图书馆,让老百姓看书的图书馆。

从小到大,我去的第一个图书馆是昆明绥靖路图书馆。那恰是一个基层图书馆,是属于一个区的,藏书不多,可以随便借阅。我家当时住昆明小东城角,暑假里安排的下午活动就是去图书馆。常常是跟着哥哥,有时姐姐也去。大家坐在一条长木凳上借书来读。我主要是读小说。记得读过的书中,有一本名为《兰花梦》,内容和《孟丽君》相似,只是写了女子不管得了怎样的高官厚禄,在家庭中还是受虐待,可谓新观点。《平山冷燕》似乎也是那时读的。前几年到昆明,小东城角大变样,那图书馆也找不到了。我相信已经有更好的图书馆。

河南唐河县图书馆,据说在同级图书馆中是名列前茅的。我们曾将《百衲本二十四史》赠它,馆长征求意见,我反复说的是希望书有人看,人有书读。

去过一些美国的社区图书馆。一九八二年去的是匹茨堡上克莱尔图书馆。借阅方便,而且有很多的唱片和音乐方面的书籍。人不多,非常安静,那都是附近的居民,在认真地读书。外借的手续也不烦琐。一九八九年曾去旧金山附近的快乐山图书馆，规模比上克莱尔的小一些，人显得多一些，但同样提供了足够舒适的条件。我在那里很快找到了要找的工具书。一九九五年曾去堪萨斯州中一个县的区图书馆，那里不仅书很多，全部开架，还可以出借各种录像带。可能是因为过了十几年，各种设施更完备了。这也许超出了图书馆的职责，但却充分满足了附近居民的需要。在这些图书馆中，看见柔和的光线照着琳琅满目的书籍，我总想起一个年轻人。

约在七十年代中期，大家刚刚可以在"红宝书"之外读一点书来丰富自己的思想和灵魂。有一天，一个瘦削矮小的年轻人来访，目的是谈一谈读书。我想我对他不会有什么启发，而他却给我很大的触动。他生活在不算偏僻的村子里，附近没有书。他就走一二十里路，到最近的图书馆去看（也许是洛阳，还是洛阳附近的县）。书不能外借，他只能天天去，连夜赶回。他当时特别想看狄德罗的《拉摩的侄儿》，我答应买到就寄给他，可是我没有做到。这使我感到歉疚，而且是不可弥补的了。在茫茫人海中，这年轻人不知流向了何方。根据这件事，我写了一篇童话，题目是《星之泪》，写一个年轻人为了读书，在夜路上奔波。我让星星照亮他的路，并且挂在他的窗棂上，陪伴他入睡。

让年轻人能有书读，不必奔波，最好的办法就是多办基层图书馆。这个瘦削矮小的年轻人应该有权利坐在舒适的图书馆中，或者借书回家，过一个愉快的夜晚。当然，最好很多人都有去图书馆的习惯，只要愿意读书，就有书读。

每个人都有自己的梦。我的梦很多，有的大，有的小，其中之一就是让老百姓有书读。

（原载《光明日报》1996 年 8 月 21 日）

有感于鲜花重放

《重放的鲜花》这书名,使人百感交集。

鲜花,本应盛开,开到如云似锦,喷火蒸霞,然后按照自然规律落入大地,化作春泥,更育来者。鲜花,而需要重放,这是多么沉痛的悲剧!为什么当时不能开个畅快呢?为什么被当作毒草刈去,还要备受折磨呢?为什么这种施之于鲜花的虐行能够通行无阻呢?无阻到后来,不要说鲜花,连一瓣小叶芽儿也要放在显微镜下检验毒性,只有落得个白茫茫大地真干净了。

每个花朵本身,完全可以宽宏地忘记一切不愉快,只记得重放的幸运。而从历史的角度看,难道不该把悲剧的原因仔细探讨,总结清楚,铭记心头,引为教训,以避免历史重演么?

因为有了重放的鲜花,不由人联想到是否还有应放未放的奇蕊,或还有应重放未重放的异葩。过去的总是过去了,总要攀住过去的不通达的人毕竟不多。最让人关心而且担心的是,将来还会不会有鲜花需要重放?若要让花朵盛开,必须有真正的创作自由,若要有创作自由,我想可能需要一种政治上的大度。这里且不说高度的民主,只说大度。要容忍那望之不似鲜花之物,还要容忍那望之竟似毒草之物。因为只有时间和人民,能够评定究竟何者为鲜花,何者为毒草,何者为渣滓——或什么也不是。这是老生常谈了。当然,我这里说的是艺术。一些诲盗诲淫根本算不得艺术的东西,不在此列。而在需要大度时,这种精神还是太少了。

政治上的大度来自以平等态度待人,来自从内心里承认人人平等,在真理面前人人平等,在艺术、学术面前人人平等,在国法党纪面前人人平等。可怜这一简单真理,我们讨论了几十年!我想,现在完全有理由希望把它付诸实现,不再需要几十年了。

我希望以后的鲜花都能及时盛开,不需重放。希望重放的鲜花永远成为中国当代文学史上稀有的奇迹。奇迹是不需要重复的,鲜花重放,一次足矣。

1985 年 9 月 12 日于风庐

(原载《丁香结》,百花文艺出版社 1987 年出版)

行走的人

——关于《关于罗丹——日记择抄》

曾对朋友说,若到巴黎去,一定得带上熊秉明著《关于罗丹——日记择抄》这本书(台湾雄狮图书公司出版),它能帮助理解罗丹,欣赏罗丹。

难道只是去巴黎时,看罗丹雕塑时,才需要这本书吗?其实不是的。在人生的行程中,若想活得明白,活得美些,都应读一读这本书。

许多书的归宿是废纸堆,略一浏览,便可弃去。部分书的归宿是书柜,其中知识,可以取用。有些书的归宿则在读者的灵魂中。这书便是那样,印在那里,化在那里,亮在那里。

书的封面上印着罗丹创作的铜像"行走的人",没有头,也没有双臂,却迈开大步,在行走。书中说,这是任何自然的阻力都抵挡不住的主体精神力量的显现。

那一个奋然迈步的豪壮的姿态,好像给"走路"一个定义,把"走路"提升到象征人生的层次去,提升到"天行健"的哲学层次去。

人果真有一个目标吗?怕并没有。不息地前去即是目的。全人类有一个目的吗？也许并没有。但全人类都亟亟地向前去，就是人类存在的意义。

这是作者一九四七年的日记。我没有见过那塑像，但已被这文字感染了，启发了。

书中有许多精辟的充满哲理的艺术见解，也讲到哲学和艺术的关系。"画一个苹果，若不能画出苹果以上的意义，那大可不必画。哲学不包含丰富的现实，也一样没有价值。"我注意到这一段话是在读小说后写的。那小说是德国黑塞的《纳齐思和戈德蒙》。

忽然记起有一位旅居海外的哲学家曾对我说，很羡慕你们写小说的人。何以呢？不明白。

一个有哲学头脑而又有艺术实践的人是有福的；一个沐浴在西方艺术之中而又曾为中国文化所"化"过的人更是有福的。书中谈到东西方艺术鉴赏的差别，谈到"人体的诗篇"、浪漫主义的主要观念等。深刻的睿智的见解仿佛很不经意地从笔端流出，让读者也觉得自己聪明了许多。

一九四九年和一九五〇年，作者两次记述了和朋友讨论回国问题。回不回去？他们处在人生的十字路口，各自做出抉择。一九五〇年初，他们曾有一次彻夜谈话，朋友们回国，作者因要继续学习，留在巴黎。在这一天日记后有一个"今注"，是一九八二年的注：

> 三十年来的生活就仿佛是这一夜谈话的延续——当时不可知的，预感着的，期冀着的，都或已实现，或已幻灭，或者已成定局，有了揭晓。醒来了，此刻。抚今追昔，感到怅然与肃然。

曾有人把回来的和不回来的,不出去和出去的同一代人比作申生与重耳。果然那回来的艺术家经过不断沉痛忏悔,竟以为自己的绘画是浪费了纸张,自觉地满街捡马粪纸,以赎前愆。作者对朋友的同情是深厚的,他知道生活的分量,不像有些人只知一味责备别人的检讨。不过在揭晓之后,还有揭晓,又会有新的不可知,新的预感和期冀。

若无隽永的文字传达这些妙赏和深情,就不成为现在的"日记择抄"了。那文字是绝妙的,咀嚼三日而有余味。不知道作者怎样获得这样的文字功夫,毫不着力的功夫。照说他该有数学的天赋。

熊秉明,现任巴黎第三大学教授,是数学家熊庆来先生之子,也曾是清华子弟。少年时在清华西院,那荷塘的一侧居住过,云南是他的家乡。《择抄》中记了他对中国人——昆明人的面貌的怀念。"那面型我熟悉极了,那上面的起伏,是我从小徜徉游乐其间的山丘平野,我简直可以闭着眼睛在那里奔驰跳跃,而不至于跌仆。"

扯不断的乡思,把他从巴黎拉近了。世界在变小,因为,人在行走。

走向前去。向前去!

(原载《人民日报》1989年1月26日)

雕刻盲的话

熊秉明兄与我同为清华子弟,是成志小学的先后同学,可谓从小相识。但我读了《关于罗丹——日记择抄》这本书,才开始真正认识他。书中通过介绍罗丹的雕塑,有许多深邃、精辟的艺术见解,使我这对雕刻艺术一无所知的人,忽然发现了另一个境界。只是因为原是"雕刻盲",而且盲得太深,书带来了一线光明,但还不能是大放光明。

后来便注意看雕塑展,但限于条件,看得不多。罗丹作品展出时,也赶去看了。记得有一个女头像(玛丽女王?)让我很感动。那不是普通的头像,而是砍下来的一颗头,似乎还温热。

秉明兄要在北京开个人雕塑展了。我现在看到的还只是图片,已感到一种精神,一种力量。我喜欢那铁条鹤。那是一只展翅起舞的鹤。鹤翅上扬,几乎有兰叶拂动的感觉。铁条能有这样生动、清丽的姿态,只能说是注入了作者的灵魂了。爱鹤的卫懿公如见到这尊雕塑,一定会把它摆在君王宝座之侧。那鹤则可能厌恶朝堂的纷扰,而振翅飞去。

还有那牛,仿佛可以感到那肌肉的强劲和温暖。跪牛在图片上不太清楚,我最喜欢回首牛。我觉得这牛一看便是中国牛,其实我也没怎么见过外国牛。回首牛的脸,让我想到秉明兄形容的马锅头,那么这牛不只是中国牛,且是云南牛了。

抗战期间,秉明兄在崇山密林之中,持戈卫国之时,所做的雕刻梦,终于圆了。回到故国展出一生成就,还有什么比这更快乐的事呢?我想这也是我国艺术界的一件盛事,对我国的雕塑艺术必然会起到推动发展的作用。

作为一个逐渐感到光明的雕刻盲,逢此盛事,我怎能不欢喜!我盼望亲眼见到那鹤、那牛。还有秉明兄创作的鲁迅像,陈列在北大图书馆中,已近一年。我以疏懒,尚未得见,这次一定也会见到了。我相信那塑像是凝聚着鲁迅精神的鲁迅。

1999 年 5 月

(原载《中国当代艺术选集·熊秉明》,中国美术馆 1999 年出版)

《幽梦影》情结

近见报章杂志上常出现这样那样的"情结"字样,所谓"情结",大约来自"俄狄浦斯情意综"一词,指在潜意识中无法化解的几乎是宿命的一种情感。《幽梦影》这本书对于我可算得是一种"情结"。

抗战时期,为了躲避轰炸,我家在昆明东郊龙头村,一住三载。当时最近的邻居有:一仓库看守,其人极胖大,称为余先生;一对犹太夫妇,称为米先生、米太太;还有北京大学文科研究所。

有一段时期,我和弟弟没有上学,获准在文科研究所去立读,随便翻阅各种书。我们常常在书架中流连徜徉,直到黄昏。我患近视便从那时始。翻阅的书不少,它们也算得我的邻居。对十来岁的孩童来说,那些书是太深奥了。给我留下深刻印象的一本书,是清初张潮所著《幽梦影》。

这是一本讲生活艺术的书,颇像有些书上的眉批,三五句十数句,对生活这本大书做出评点。书中一部分讲人生哲理,讲入世应如何,出世应如何;一部分讲对大自然的欣赏态度,讲如何赏花,如何玩月。轻松的言及居室布置,严肃的讲到音韵学。其序跋有云:"一行一句,非名言即韵语,皆从胸次体验而出,故能发人警省。片玉碎金,俱可宝贵。""三才之理,万物之情,古今人事之变,皆在是矣。"也许这些说法评价太高,但读过后,使人自觉减少了俗气,增添了韵致,便是作用了。

我愿意首先提到如何做人的一则:"立品须发乎宋人之道学,涉世须参以晋代之风流。"宋人道学以诚敬为本,若无这主心骨,不拘小节的风流便是恃才傲物,或竟是轻薄,令人生厌。近年来流行得大红大紫的"潇洒"二字,因为没有主心骨,有时已成为不负责任的代名词。张潮将立品与涉世并提,先有立品,才能涉世。只有心存诚敬,才能潇洒风流,自是高见。

又一则云:"少年人须有老年之识见,老年人须有少年之襟怀。"梁启超《少年中国说》一文喻老年人为字典,少年人为戏文。或可发挥云,少年是演戏的阶段,老年是看戏的阶段。少年应以字典为规范,便有老年之识见;老年应记得自己也是轰轰烈烈演过戏文的,看戏时便有少年之襟怀。若能做到点滴,代沟或可变浅,只是很不容易。

另一则云:"情必近于痴而始真,才必兼乎趣而始化。"情到极处自然成痴。现在情近于痴的人恐已如朱鹮、白象一样稀罕。"才兼乎趣"的"趣"字很难界说,是否可以说一方面要对生活有兴趣,生机勃勃如源头活水;另一方面则要有幽默感。十七世纪我们还没有"幽默"这个词,但当然有这种感,有些禅语机锋便是一种幽默。有了"趣","才"才是活的。

又言:"律己宜带秋气,处世宜带春气。"此乃律己严责人宽之古训以形象出之也。

又一则提出了值得钻研的美学问题。"貌有丑而可观者,有虽不丑而不足观者。文有不通而可爱者,有虽通而极可厌者。此未易与浅人道也。"张潮若生在现代,大可就此写一本书。丑而可观必有其特殊的力量,必定更曲折更深刻。不丑而不足观必平庸无奇。一篇文章句句合语法,并不算好文章。鲁迅文章有几篇峭峻难读,但使人如嚼橄榄,回味无穷。

张潮是大自然的知己。他热爱大自然,了解大自然。他说:"风流自赏,只容花鸟趋陪。真率谁知,合受烟霞供养。"独自和大自然相处,是他最得意的境界。他能看出每一景物最特殊的地方。他说:"天下万物皆可画,唯云不能画。"这实在是把云的千变万化揣摩透了。又一则云:"玩月之法,皎洁则宜仰视,朦胧则宜俯视。"曾在黄山,于晴夜观满月。见清光万里,觉得自己都化在月光之中。朦胧之月,则景物之朦胧更引人遐想。他又说,镜中之影是着色人物,是勾边画;月下之影是写意人物,是没骨画。传神地表达了月下的朦胧景色。

天时变化,草木虫禽在他眼中都是有生命的。不只有生命,且有伦理。"南山之乔,北山之梓,其父子也;荆之闻分而枯,闻不分而活,其兄弟也。"他还自告奋勇做红娘,提出梅聘梨花,海棠嫁杏。物如有知,当感谢他的关心了。

这书中对妇女的态度我不以为然,那不是对人的态度,而是对物的态度。拟之以花,以供观赏,而不问她们自己的意愿。这是古时中国文人对妇女的普遍态度。张岱《西湖梦寻》中有文讲一扬州名妓,年极幼,少言语,居张家数日,只说得一句话:"回家去。"这实在是极沉痛的一句话,十数日间供人玩乐,她又有什么话可说!好在人的思想逐渐开明进步,我们也能看出古人的局限了,无论张岱、张潮,若生在今天,一定和我们持同样看法。

张潮是安徽歙县人,生于一六五〇年,卒年不详。其弟称黄山为吾家山,可能因此他对云这样了解。他曾任翰林孔目一类的官职,编纂过一部传奇小说选集《虞初新志》,较有影响。

继《幽梦影》之后,有道光年间朱锡绶著《幽梦续影》,近人郑逸梅又作《幽梦新影》,俱亦可读。

几十年来,我虽记不得《幽梦影》中的文字,其中的精神却拂之不去。五十年代自我改造,在思想检查中还批判了《幽梦影》的影响,怎样批判记不得了。近年来,褪下了改造的紧箍儿,又很想看这本书。好容易从北京大学图书馆借得一本,湖北人民出版社出版,将三影合在一起,经钱行校注,并有前人序跋及林语堂英译此书时的介绍。这本书已经很旧了,可见看的人不少,我很感安慰。再读时渐渐明白,于我心头拂之不去的,是中国文化对人生的智慧的态度和与万物相知相亲的审美心理。我曾言自己多病,病最深者为"烟霞痼疾,泉石膏肓"。这已入膏肓的痼疾,便是中国文化赋予我的情结。

张潮文中有几则,我读后不觉技痒,这里也接着说两句。

张潮曰:"《水浒传》是一部怒书,《西游记》是一部悟书,《金瓶梅》是一部哀书。"

宗璞曰:《红楼梦》是一部痴书。

张潮曰:"……菊以渊明为知己,梅以和靖为知己……鹅以右军为知己,鼓以祢衡为知己,琵琶以明妃为知己……"

宗璞曰:夜莺以济慈为知己,二月兰以燕园众人为知己。

住在燕园的人,都爱那如火如荼的二月兰。今年不知为何,二月兰很是稀落,想是去年开得太盛。本想再写一则,曰最恨花有小年。但又想,花的生活也需要有张有弛。应该佩服花的聪明,而不必恨。

(原载《新剧本》1995年第4期)

枕边书问答

您有什么样的阅读习惯？会记笔记吗？喜欢快读还是慢读？

其实我已经没有谈书的资格，我早已不能阅读，只能听。听力又在下降，整天昏昏然，算得个准残疾人。但是说起书就来了兴致，不过我谈的不是枕边书，而是脑中书。因为不能看，一切都在脑中。我从小喜读书，反正家里书多，随手便读。但喜读书不求甚解，没有章法，没有计划，也不求读完，从来不做笔记。

让您感动落泪的书是什么？或开怀大笑或怒火中烧的书？

我很容易落泪，让我感动落泪的书不胜枚举，可以加"最"字，真正让人肠断的是陀思妥耶夫斯基的书，我在高中时读《罪与罚》《被侮辱与被损害的》，有时大哭不能继续读下去，只能下一次再读。《红楼梦》黛玉焚稿前后，我每次读都很伤心，但总能读下去。那又是另外一种伤心。

让人大笑的书是马克·吐温，尤其是他的短篇小说，非常幽默有趣，有的篇目简直让人笑不可抑。

让人怒火中烧的是《水浒》，其中人物写得最好的是林冲。金圣叹认为武松是天人。武松当然也好，不过林冲最好。我和蔡仲德、兄、弟还有一些朋友都喜欢林冲，林冲也是被侮辱和被损害的。他受到的迫害令人发指。无路可走要当强盗都受到阻碍。到后来梁山好汉要受招安，我说：谁都可以投降朝廷，只有林冲不可以。《水浒》是一部大悲剧。

您常常重温读过的书吗？反复重读的书有哪些？

因为自己不能看，真正反复阅读的书并不多。而想要重温的书不少。我想再看《世说新语》，可是搬家后就找不到了。再一想，找到也无法读。因为助读人不认识繁体字无法念，就算有简体字本也念不下来，这样一想，找不到书也不算什么。我很喜欢《世说新语》，我想读了这本书，对中国文化了解会更全面。还有一本《幽梦影》，清代张潮所作。讲的是中国文化的审美情趣。张潮还说："《水浒》是一部怒书，《西游记》是一部悟书。"

真正有时看看的是《古文观止》，我很怕混乱的语言环境影响我的笔墨，隔些时念一篇古文，算是打预防针吧。好在《古文观止》有简体字本。

生病的时候，有心情看书吗？哪些书帮助您渡过难关？

我喜欢读侦探小说和武侠小说。我常常住医院，英国克里斯蒂的侦探小说很解闷。但是，有人送来几本日本最流行的侦探小说，我试着读，却读不下去，可能是我太懒了。金庸的武侠小说好看。严家炎教授在北大召开金庸研讨会，我报名参加。中国的武侠小说传统到金庸可算一个顶峰。我想，人是要有一些侠气的。简言之也就是打抱不平。多说一点，就是做事只讲义不讲利。

假设您正在策划一场宴会,可以邀请在世或已故作家出席,您会邀请谁?

这是一个很有意思的题目,我最先想到要请的是陀思妥耶夫斯基。上世纪五十年代我很幼稚,因为幼稚居然敢写了一篇介绍陀思妥耶夫斯基的文章,登在《工人日报》上。其实,我连被称为世界第一小说的《卡拉马佐夫兄弟》都没有全懂。除了可以表现年轻人的狂妄外,也可见我对陀书的热情和推崇。后来想想,如果他真来了,可能坐在那里不讲话。于是决定不打搅他了,还是在书中请教吧。

我的邀请名单有四位中国人,苏东坡、李义山、司马迁、蔡文姬。三位外国人,英国托马斯·哈代、挪威易卜生、丹麦安徒生。

我从小敬爱东坡,读他的第一篇文字是《前赤壁赋》,是父亲要我读的。以后他便是我的良师益友。随着年龄增长,我发现中国读书人喜欢东坡的极多。东坡是中国文化的一部分,王国维在《静安文集续编·文学小言》中说:"三代以下之诗人,无过于屈子、渊明、子美、子瞻者。此四子,苟无文学之天才,其人格亦自足千古。故无高尚伟大之人格,而有高尚伟大之文学者,殆未之有也。"他提出必须"感自己之所感,言自己之所言",才能产生伟大的文学。又说:"宋以后之能感自己之感,言自己之言,其唯东坡乎!山谷可谓能言其言矣,未可谓能感所感也。"照静安先生的意思,感其所感要比言其所言要深一层。感其所感更需要人格的力量,在无法享有自己完整的人格时,是无法感自己所感的。东坡善于聊天,据说,上自玉皇大帝,下至卑田院乞儿,都能谈得来。我想能和他谈几分钟就是了不起的经验。

李义山是我极喜欢的诗人,为什么林黛玉不喜欢义山诗,只能接受一句"留得残荷听雨声"。这个问题我当然不会去问义山本人，我要请教的是关于《锦瑟》。《锦瑟》被认为难解，研究它的各种观点很多。我只是凭直觉说上几句，"一弦一柱思华年"，已经很清楚这首诗是"思华年"，是回忆。下面的四句用了四个典故描写人生四个阶段，青少年、中老年。"庄生晓梦迷蝴蝶"一句是描写正在寻求"我是谁？"的答案。下句"望帝春心托杜鹃"是写虽然经过努力，而豪情壮志只能化在杜鹃的啼声里。所以，便有第三句的"沧海月明珠有泪"，这是说的遗珠之憾。第四句"蓝田日暖玉生烟"，朱光潜以这句诗的温暖色调驳斥了对《锦瑟》的悼亡说。我可以加一个旁证，支持朱先生的解释。就是义山有子，名衮师，他有一首诗，首句"衮师我娇儿，美秀乃无匹"，第四句正是用"蓝田种玉"的典故描写时光已流到了下一代。我想再多就不必研究了。此所谓读书不求甚解，况且诗无达诂，过多的穿凿反而缩小了诗的意境。

我要声明，我没有读过《史记》，而且以后也不可能读。但是我很敬佩司马迁，他的身心都受到重创，却能写出这样一部大书。《史记》居然保存下来，也是值得庆幸的大事。请这位老爷子来坐一坐也是好的。

从汉朝的历史想到了蔡文姬，她的一生太悲惨了。我想请几位歌者为她演唱《胡笳十八拍》，如果她觉得那会惹她伤心，就免了。

估计哈代不是很健谈的人，也许我们可以谈一谈叔本华。我也许请他念一念他自己的诗。如果他礼貌地要我挑，我会挑《为时钟上发条的人》。

易卜生是中国人熟悉的名字，民国时便上演过他的《娜拉》和《人民公敌》。听说前几年国家大剧院上演《人民公敌》，台上台下呼应热烈。我要告诉他，上世纪八十年代《世界文学》杂志刊出了他的诗剧《培尔·金特》，我们特邀萧乾从英文翻译，我是责任编辑。我很喜欢这本诗剧，不知挪威文是怎样的。挪威作曲家格里格做了《培尔·金特组曲》，也是名作。其中，培尔·金特的母亲离世那一节慢板和《索尔维格之歌》非常好听。

丹麦安徒生在我的想象中也是不说话的，我想他可能会吃一点东西，如果我准备了的话。我曾写过一篇讲童话的文章，题目是《也是成年人的知己》。好的童话老少咸宜，不同年龄的读者，可以有不同的选择。对于同一作品，不同年龄也可以有不同的收获。读安徒生，年轻时可以读《丑小鸭》《卖火柴的小女孩》等，成人后会认为《海的女儿》和《皇帝的新装》最上乘。二百年后仍旧发人深省。

您收到过最难忘的读者来信是什么？

上世纪八十年代收到一位孔姓女工的来信，说她读了《鲁鲁》之后哭了很久，又卧床一日没有吃饭，她还为鲁鲁挨打抱不平。她真是一位慧心人。

我的散文集《铁箫人语》出版后。有一天三松堂来了一位陌生人，一定要见我一面。这是一位从长沙来的中年人。他说："曾在长沙的书店里，外面正下着小雨，读到我的散文集《铁箫人语》。他觉得心情马上安静下来，头脑也清爽。"所以不怕冒昧来打搅了。我感谢他。

民族学院附属高中一位女同学来信，说她极爱我的文字，认为我的文字可以称为宗璞体，她正在学习。读书读到这样程度，也算得慧心人。文学说到底是语言的艺术。

在写作《野葫芦引》的过程中，不断收到鼓励的信。不止一位说，他们读第一本书的时候在上中学或上大学，现在或上大学或做事了。

  大概是上海哪一所中学的同学,我猜他们都是男孩子。他们说喜欢读我的书,要我加油加油,打了许多惊叹号。这封信我在创作六十年研讨会上提到过。

  读者给我力量是巨大的,我衷心感谢,也衷心祝福。在人生的列车上,我已经快下车了。我还是愿意在需要的时候和你们一起加油!加油!!

(原载《中华读书报》2020 年 4 月 29 日,题为《宗璞谈枕边书》)

偶　感

在美国流行一个笑话。说是一个家庭有三个孩子,第四个即将出世,三个金发碧眼的孩子对同样金发碧眼的父母说,他们的小弟弟或小妹妹一定是中国人。父母问,怎么会呢?孩子们说,全世界每四个人中就有一个中国人,不是你们说的么!可见中国人口多,给人印象之深。

人口问题的另一方面——人的质量问题,似乎不是那么单一了,这是需要全社会关心的问题。人的质量提高,社会才能进步,也才能从根本上解决控制数量问题。努力的起点在于教育,这是老生常谈。但对教育的重视,我以为还远远不够,还需要天天讲,月月讲,年年讲,不厌其多。《学记》云:"君子如欲化民成俗,其必由学乎!玉不琢,不成器,人不学,不知道……虽有嘉肴,弗食,不知其旨也;虽有至道,弗学,不知其善也。"老祖宗在二千余年前就在呼吁重视教育,重视学习。近贤蔡元培一再说:"改良社会,首在教育。"但实在说,我们在重视教育、通过教育提高人口素质方面还做得很不够。为什么不以申办奥运的精神办教育?我百思不得其解。

文化事业关系到人的精神建树,当然也是国家民族的命脉。现在救救各种文化机构的呼声一片,甚至连我们的堂堂北京图书馆都要自谋出路开拓经济来源。看到孩子们热心地看《新白娘子传奇》这样的电视剧,我真感觉委屈得慌!人类创造了那样丰富崇高的精神,创造了那么多美好的东西,我们的后代只落得以这样的东西充作精神食粮。

近来北京广播电台成立音乐台,令我这个音乐爱好者十分高兴。不料节目单大都为流行音乐占据了,一点点古典音乐还要排在午夜,难道要在人们梦中给以美育!我怀念以前的北京调频台,每周都播出几部歌剧,听者颇不乏人。不知为什么要做现在这样的改革?普及不是迎合,应在提高的指导下;提高也不能脱离群众,要在普及的基础上。"在提高的指导下普及,在普及的基础上提高"这一原则,我想始终是正确的。

愿大家一起为提高民族素质而努力。

1993 年 8 月初

(原载《人民日报》1993 年 8 月 18 日,
编者改题为《教育·文化·人口素质》)

祈祷和平

世上有些事如过眼云烟，在记忆中想留也留不住。有些事如高山大川定在生命之中，想绕也绕不开。该忘记的事很多，不能忘记的事很少，至于永远不能忘记的，则少之又少了。可是它是那样巨大，那样浓重，人遇上了，便是一辈子的事。

八年抗日战争的苦和恨是渗透在我们全民族的血液中的。我没有直接参加过战争，战争的阴影覆盖了我的少年时代。我想，一个人经历过战争和没有经历过，是很不一样的。在成长时期经历和已是成人时经历，也很不一样。

八年抗战，七年在昆明。其中四年几乎天天要对付空袭。轰炸，是我少年时代的音乐；跑警报，是我少年时代的运动。

人已渐老，过去的朋友、同学稍有暇相聚。几个中学同学叙旧时，回忆起那段日子。一个说，最初听见警报响，腿都软了，明知该跟着大人走，就是迈不开步，后来渐渐习惯。看来人什么都能习惯。一个说，当时我们的高射炮火力太弱了，敌机低飞投弹，连驾驶员都可以清楚看见，我看见敌人在笑！真的，刽子手在笑！一个说，因为飞得低，他们用机枪扫射地上的无辜百姓，瞄准了扫射，肆无忌惮地扫射，笑着扫射！

我们相望着，我们怎能忘记！我们永远不能忘记！

当时后方各大城市无不遭受惨毒的轰炸,比较说来,昆明受到的轰炸还不算太凶狠。我想这和当时敌人的力量有关。如果日本帝国主义有能力,它会把炸弹从早到晚倾泻在美丽的昆明坝。昆明在轰炸中遇难的人数我不清楚。记得一九三九年有一次激烈的空袭,只那一次便有百人之多,西南联大有数名学生遇难。他们辗转逃难,前来求学,却化作他乡之鬼。设于西仓坡的清华大学办事处后园曾中弹,一名老校工当场死去。那园中有几株腊梅树,我不知是否把他葬在了腊梅树下。

那时轰炸目标不只是城市,连郊外田野也是目标。因为田野上有人,因为侵略者想杀人!南京大屠杀还不过瘾,对零星的人群也不放过。

我原籍河南唐河县。冯氏是大族,有许多认不得的本家。同曾祖的兄弟姐妹,男十六人,女十六人。我行九,人称九姐九妹九姑九姨。和我年龄相仿的八姐、十妹,便在一次轰炸中丧生。当时十二弟和她们在一起,正走过田野,要到树林中去躲藏,他摔了一跤,慢了几步。敌机忽然到头顶,追逐着人群,用机枪扫射!他亲眼见她们和别的乡民们一起倒下来,倒在血泊中,离他不过五十米;亲眼见族人们把她们抬到小河岸上,亲眼见她们的父亲(弄不清是几伯几叔)守着她们,直到天黑。

我从来没有见过她们,她们当时大概也只有十来岁。知道这一消息时,我忽然觉得前后都空落落的。我这个"九"还在人间,"八"和"十"都被杀死了,杀死在自己家门外的土地上!

我们怎能忘记!我们永远不能忘记!除了轰炸,八年中最大的威胁是疾病。那时患病当然不是"丫鬟扶着到阶下看秋海棠"的情景。疾病给人的折磨是残酷的,患病的日子是难熬的。生病而缺医少药,营养差,休息不够,便敌不过病魔,退却了;再要翻身,又需要更多的时日。俗话说"贫病交加",其状极惨。我们还不能说是到了这一步。我们不是孤立无援的,有父亲工作的学校,有同事,有朋友,有云南老百姓。我们还有一定要胜利的精神力量,为国家、为民族,也为了每一个自己,我们不能死!

我们活着,亲眼见到了抗日战争的胜利。

一九八一年我应邀访问澳大利亚,在墨尔本,正遇见二战老兵游行,纪念反法西斯战争的胜利,那一年并不是逢五逢十。他们和儿子、孙子一起,有的骑马,有的步行,精神抖擞。我又看见许多地方都立有纪念碑,写着"不要忘记"。回来后,我写一篇文章,题目是《不要忘记》。中国人已经忘记得太多了。

待到记忆之井全部干涸,是追悔无及的。我们有责任把我们的记忆留给后人。

每一年七八月间,我都有一个念头,举行一次烛光晚会,继之以游行,以悼念在抗日战争中英勇牺牲的抗日战士,悼念惨遭日本帝国主义杀戮和在苦难中丧生的我无辜同胞,以及全世界为和平献身的人们。

到时候我可能走不动了,便是坐轮椅,我也要去参加。

为了和平,为了未来。

写下以上的文字时,老实说,我心中充满了悲痛,仇恨占的地位不多。我愿意相信古代哲学家张载的话"仇必和而解",人民之间永远是友好的。我曾经在飞机上看见云雾堆拥的富士山,心想那里一定是极美的地方,住在那里的,一定是善良的、和我们相互了解的民族。在富士山下,有川端康成的小说,有东山魁夷的画……

六十年代初,日本女作家深尾须磨子来访,中国作家协会派我陪同。深尾二十七岁寡居，三十年过去了，她见到铁路员工的制服时，向我介绍，她的丈夫是在铁路做事的。她的深情令我感动。八十年代，近代史研究者后藤延子治学的认真态度，令我敬重。《三松堂自序》日译者吾妻重二汉学造诣很深，与老学者合影时，双手放在膝上，一种发自内心的恭敬态度为我国学子所不及。九十年代，一位退休的内藤佼子女士看到《花城》上刘心武的文章，其中写到我和我院中的丁香花，乃要求北大日本学专家张光珮带她来访。她手持这本杂志，要看看我和丁香花。我当然是随便看的，可惜当时早过了丁香开花的季节。她说见到人是最要紧的，没有花，看看树也是好的。

日本人民在战争中也遭受到苦难。最令人发指的是日本慰安妇。中国、韩国的慰安妇是被迫的，这笔血泪债一定要清算！而日本慰安妇有一部分是自愿的，其中有学生、教师、工人等。她们于服务后要向士兵说一句"拜托了"，拜托他们去侵略去屠杀！她们不只身体受蹂躏，灵魂受到戕害的程度更无以复加。我真要为此闭门痛哭！

日本人民和全世界人民的利益是一致的。我绝对拥护禁止原子弹。今年四月间中央电视台《焦点访谈》播放了反对原子弹的报道。一开始便是广岛上空的蘑菇云，却没有指出那两颗原子弹为什么投下。我要大声说，那是为了制止兽行，为了加速结束侵略战争，那是为正义而投下！是的，日本人民因此受到了苦难，我们当然同情，但应该对此负责的不是正义的一方，而是日本军国主义。日本人民应和我们一起向日本军国主义讨还丧失的一切！在咀嚼原子弹带来的灾祸时，想一想中国人民吧，想一想中国和亚洲老百姓那些年惨绝人寰的遭遇！

德国领导人主动否定侵略战争，瑞士领导人曾为在战争中拒绝犹太人入境而公开道歉,这说明历史向着和平与光明发展。但是六月六日的日本国会决议案却含糊其词,连道歉、悔过的字样都没有。这不能不让人感到战争的阴影还在,空袭的警报声、敌机声、轰炸声还如梦魇般压在我们身上。这些会唤起积淀在千百万中国人和亚洲人心中的愤慨,其力量大过蘑菇云!

我希望举行烛光晚会时,日本朋友也来参加。我们都爱和平,让我们一起祈祷和平。

为了和平,为了未来。

1995年6月

(原载《人民日报(海外版)》1995年7月10日)

小议十二生肖

牛年将尽,虎年在望。旧月历只剩下薄薄一张纸,下面已有大红封面的百虎图新历在等着了。

不知道世界上还有哪些国家有这种把每一年交给一种动物的习惯。似乎是有几个,其重视的程度我不清楚。在我们国家,十二生肖真是深入人心。谈到年龄,一般老百姓只说生年月日是不够的,必须说是属什么的,才算踏实。这些年国际往来多了,遇到外国朋友,议论到年龄时,也要替他算一算他是属鸡还是属猴,属猪还是属狗。到了自己所属生肖的那一年,称为本命年,在人们心目中,这一年对于属主是不吉利的,要弄点红腰带红衬衫什么的来禳一禳。我原来不明白,本命年是属于属主的,应该是好事,为什么会不吉利呢?后来琢磨出,可能是这样一种心理:你本来是一只羊或一只兔,到了本命年,就该回到自己的本来面目,不再作人形了。这实在很可怕。又因羊性驯良,据说属羊的命都不好,羊年的出生率大大低于其他各年。把自己这样和生肖密切联系起来,是否可以说明中国人的精神中有着一种和自然界密不可分的关系链,人本是自然界的一员,人和各种动物是兄弟的关系,用深奥一点的词,就是"万物与我合一"吧。

看一看十二生肖,一半是家畜,即《三字经》上说的马牛羊鸡犬猪。还有五位,鼠虎兔蛇猴,这不是家畜,也是常见的。只有一个虚拟的动物,就是龙。家畜是人所饲养的,是为人服务的,对人有帮助,和人有感情。那另外五种,和人的关系比较复杂。如虎,是伤人的,可是它在人们印象中,有威壮勇猛的一面。如"虎虎有生气""将门虎子"等等说法,说明它的形象相当美好。兔和猴虽然没有被列为家畜,但似乎也是人的朋友。只有鼠和蛇,是人们厌恶的生物,鼠是人的大敌,年年灭鼠灭不尽,"老鼠过街人人喊打",粮食不知被它偷去多少,衣服不知被它损坏多少。我就实在想不通,怎么会把鼠列入十二生肖?曾和友人讨论这一问题,据猜测说,是因鼠的生殖力强,为古人所羡慕,所以把它列为十二生肖之首。若真是这样,现在我们提倡节制生育,就大可不必羡慕它了。至于蛇,形象极不可观,人每称害人之心为蛇蝎之心,尽管在自然界生物链中,它也起着一定的作用。从远古来讲,人和蛇的关系似乎较密切,曾在澳大利亚一个岩洞里看见很久很久以前各种各样蛇的画,那一部落的人到现在还认为蛇是他们的祖先。其实龙的形象就是蛇图腾的一种表现,我们祖先发挥了想象力,才有了龙这种生物。人们使它脱离了爬行的可怜状况,飞上天空腾云驾雾,又赋予它极高贵的身份,可见人的本事多么大。但是蛇还免不了攀附,当人问你属什么,回答属龙时,就还要问一句,属大龙还是小龙。大龙是龙,小龙就是蛇。我想,鼠是人的敌人,蛇又已经有龙来代表,形象又不可爱,这两种动物可以从十二生肖中淘汰。

我有这样的想法已很久,也常常在发议论。自知已形成的习俗是难以改变的,但是有一句名言说,如果几何学触犯了人的利益,人也要改变它。那就姑且胆大包天说一说自己的设想:我建议用别的动物代替鼠和蛇。本来用猫代替鼠最为方便,也好为猫出一口恶气。但猫、虎同科,样子也像虎,有了虎,就不必再用猫了。现在想到的有这样几种,一是骆驼,它的好品质是人所共知的。一是鹤,十二生肖中禽类只有鸡,加一个来做伴,似无不可。但是鹤不常见,又曾被封为大夫,或有脱离群众之嫌。还有一个是鹿,近来接到的贺年片中,有一张是双鹿拉雪车,十分悦目。鹿本来浑身都是宝,也有被人饲养的历史。另外想到的还有大象等。好动物多得很,何必要鼠和蛇!

关于十二生肖,可研究的很多,如这种生肖制始于何时,中间有无变化,等等。我只是凭直觉提出这几种动物,它们是否可作为候选人进入十二生肖?用什么办法才能做到?是否可能有一次全民公决?我就不知道了。

1997 年 12 月 8 日写,31 日改定
(原载《新民晚报》1998 年 1 月 17 日)

谁是主人翁

中华锦绣江山谁是主人翁?
我们四万万同胞!
快一致永久抵抗将仇报!
家可破,国须保,
身可杀,志不挠,
一心一力团结牢,
努力杀敌誓不饶!

旗正飘飘,马正萧萧,
枪在肩,刀在腰,
热血!热血似狂潮!
旗正飘飘,马正萧萧,
好男儿,好男儿,
报国在今朝!

这两首抗日歌曲,前一首《抗敌歌》,后一首《旗正飘飘》,都是黄自作曲,黄自、韦瀚章作词。这是我在西南联大附中上学时,附中合唱团常唱的两首歌,也是我印象最深的两首歌。《抗敌歌》先由男低音发问:"中华锦绣江山谁是主人翁?"大家一起回答:"我们四万万同胞!"我们"家可破,国须保,身可杀,志不挠"。后两句音调很高,大家都用力地唱,用心地唱,像在发出一个大誓愿。《旗正飘飘》唱时真觉得枪在肩,刀在腰,要奔赴沙场,杀尽日寇,还我河山。"好男儿,报国在今朝!"这是每一个中华儿女的责任。这两首歌其实就是一首歌,唱的是一种浩然之气,一种正气。每次唱时,和着响遏行云的歌声,常见一个个年轻的脸庞上沾满泪痕。我们终于获得胜利,结束了东藏西躲、颠沛流离的生活,回到了北平。但是想一想,有多少在战争中死去的同胞,成为望乡之鬼,永远不能回到自己的家乡。他们是四万万同胞中的一分子,或军或民,或为国英勇牺牲,或无辜遭受屠杀,他们都是值得纪念的。

近年来,黄自的这两首歌很少唱了,连音乐学院的有些年轻人对它也很恍惚。我非常想再听到那雄壮的歌声,乃向朋友们建议组织一台抗战歌曲音乐会,每年唱一唱。不知能否做到。常唱的歌总会随时代而变化,它却是我心中永恒的记忆。

不管经过多少曲折,我们民族的那种正气,曾经凭借千百万仁人志士传递的,飘扬在歌声中的浩然之气,总会传下去。

"中华锦绣江山谁是主人翁?"现在我们的回答应该是:"我们十二亿同胞!"我们是吗?我们是主人翁吗?我们尽了多少义务,我们又有多少权利?铁马金戈中的歌声提醒我们,要做主人翁!要把这个答案做好。

(原载《北京日报》1999 年 1 月 14 日)

"大乐队"是否多余

六月中旬的一天,我携高个儿外甥女到国家大剧院,聆听海上昆曲名家演唱会,一路十分兴奋。我很喜爱昆曲,却是外行。外甥女更是从来没有听过昆曲。进得剧院,走过大厅,见两旁壁饰辉煌,头顶水纹荡漾,已是惊叹。到演出厅前,窗内华灯千盏,窗外一片碧波,灯光水色,交映出琉璃世界。心想,剧院已经美到这样地步,演出还不知怎样摄人心魄。

不料,我们陆续受到挫折。进音乐厅后,需下多个无扶手的台阶,才能到达座位。据说,无论到哪一排,都要从最高处下。这也许是根据什么声学原理,也许我们不会走。

坐定后,便想看节目单,外甥女跑了一圈,得到的回答都是"没有"。幸好旁边坐了一位年轻的昆曲行家,事先在网上抄了节目,让我们不至过于茫然。

昆曲行家是一位女士,穿一件淡绿色改良旗袍,是自己设计的。她做了预习,一个人下午便来到剧院附近,可谓粉丝了。

第一组节目,是青年演员演唱,都是《牡丹亭》片段。台上出现一个庞大的乐队,先奏了一通序曲,声震屋瓦。演员出来了,开始演唱。乐队并不退场,而是进行声势浩大、喧宾夺主的"伴奏"。他们把舞台占了一大半,只留给演员一个台口。因为原不指望看表演,也就无可挑剔。可是在庞杂的声音里,留给演员的空间也不多,而他们本该是主角。真觉不可思议。

"袅晴丝吹来闲庭院,摇漾春如线","可知我一生儿爱好是天然","良辰美景奈何天,赏心乐事谁家院"。美丽的词句和唱腔,迷失在乐器的轰鸣里,只觉一片混乱。也许是我们不会听。

我们听不清演唱,渐渐愤怒起来,几乎想喊口号:"请乐队下台!"但我们都是知书达理之人,只能耐心听下去。其实,那时就是喊口号,他们也听不见。

年轻的昆曲行家和我都想起《红楼梦》中贾母的议论。老太太说,只用一两支笛子,演员在水的另一边,细细唱来,借着水音才好听。贾母本是最讲究生活的,这真是深谙听曲三昧了。我联想到大剧院中的水波,是不是可以派上用场。

昆曲行家接着贾母的议论说:"看来昆曲只适合唱堂会。"我说:"一次小范围的演唱,可谓小众。有许多小众,不是就成了大众化?"

下一组节目是名演员表演,乐队总算下台。我期待计镇华先生唱"弹词"的"七转"或"九转",我最喜爱计先生的歌唱,尤其是高音,只是听得不多。那几句"半棵树是薄命的碑碣""我也不是擅场方响马仙期",真是余音绕梁,三日不绝。可是,他唱了"四转",而"四转"的音调很平。不过,总算听过真人唱了。

最后,作为压轴,乐队又上了台,我已经不记得演唱了什么曲目,只记得其声响雄壮有力,简直如军乐一般。也许是夹杂了什么别的音乐元素,而我们这些外行耳朵都不习惯。

外甥女记得她从医学院毕业那年,在中央音乐学院听过的那场音乐会,真是艺术享受。那已是二十年前的事了,我也记得她回来时兴奋的神色。这一次看演出后,却很不满足,有些发蔫,想是"军乐"震的。

我们想建议免除或减少昆曲的"交响乐"伴奏。具体情况一定很复杂,有些是我们不懂的。不过,既这样想,就这样写出来。

(原载《新民晚报》2008 年 9 月 17 日)

美芹三议

关于《三字经》

这些年来,《三字经》是一本流行读物,朋友带着上幼儿园或小学的孩子来访,总是要表演背诵,背诵的除了唐诗以外,就是《三字经》。孩子不懂其中意义,但都背得很流利,而且字正腔圆、清脆可听。听说,幼儿园千千万万的小朋友大都会背《三字经》。

我幼时没有读过《三字经》,那时它似乎不像现在这样流行。我认真读《三字经》还是"文革"以后的事。它实在很适合幼儿背诵,很上口。在不长的篇幅里,要求孩子要孝悌要勤学,而且把中国宋朝以前的历史和典籍说得很清楚。所以,近千年来传颂不衰。

最近我从家里找到一本《三字经训诂》,是宋儒王伯厚所作,翻印者特别标明"供批判用"。不知道是什么机缘,我家的书经过多次清理,这本《三字经》居然还留在我这里。翻印这本书的人,哪里想得到批判的对象如今有这等身份。但其中有几句话确实应该彻底批判,那就是"三纲者,君臣义,父子亲,夫妇顺"。这种一方统治一方的思想谁也不会赞成。我从翟志成教授的书里知道,在秦以前,儒门的思想其实是要求君仁臣忠,父慈子孝,夫义妇顺,是双方都有责任的;后来,变成了"君为臣纲,父为子纲,夫为妻纲"的一方绝对统治、一方绝对服从。《三字经》里这几句话必须删除扔进垃圾堆。因为小儿读者这样多,更必须早一些改掉。以免在我们可爱后代的小脑袋瓜里又装进一些糨糊。

删去"三纲者"那几句话,并不影响《三字经》文字的连贯。也可以在这个地方做个替换。我斗胆想了几个字来代替,改为"三求者,真善美,多思考,常在心";全书快结束时有一句"上致君,下泽民",可以改为"为祖国,为人民"。可能还有提到"三纲"的地方或有别的不当处,我就没有力气去研究了。

很多年前,我曾写过一篇小文,在《新民晚报》发表,讨论十二生肖的改动,建议把蛇和老鼠改为象和鹤。这个建议简直没有什么基础,因为十二生肖来自民间,已经成为一种传统习俗,也是一种文化。蛇和老鼠和人的关系都很密切,改不掉自有改不掉的道理。好在还没有人说我胆大妄为。对"三纲"的改动,确实太必要了,不改掉是没有道理。我希望有人印一版新《三字经》,将"三纲"那几句话去掉,也许有更好的词句代替,这可以讨论。我以为,真善美是我们应该多思考,常在心的。

关于《二十四孝图》

搬到这个小区已经两年多了,这里地面不大,有几座楼台亭榭,花木扶疏,风景怡人;还有一处长廊,壁上有浮雕,下面一泓池水,看去也很顺眼。但仔细看过浮雕内容,却让人烦恼。

浮雕刻的是"二十四孝图"。这是一个养老的小区,以孝为理念当然是很好的。"二十四孝图"似乎是我们习俗中孝的代表,其中有几幅表现的孝的行为却令人心寒,还生出一种恐惧感。最突出的就是"郭巨埋儿"。郭巨家贫,他的老母常常把自己的那一份食物分给孙儿,郭巨为了不让儿子和母亲争食,要把儿子活埋掉。图上的郭巨正在挖坑,不懂事的小儿子手里拿着拨浪鼓笑着在一旁看,不知道这坑是要埋他的。好在挖坑挖出黄金来,是上天赐给郭巨奖励他的孝心的。我觉得非常奇怪,这也叫孝心?他谋杀了亲生儿子,他的生身母亲失去孙儿,岂不要痛彻肝肠,一命呜呼?这不也是谋杀了母亲?我的想象可能太多,好在有上天赐了黄金,残忍的行为没有发生。不过影响也够大了。鲁迅说他小时读了"郭巨埋儿"这幅图以后,"怕看见我的白发的祖母,总觉得她是和我不两立,至少,也是一个和我的生命有些妨碍的人。后来这印象日见其淡了,但总有一些留遗,一直到她去世——这大概是送给二十四孝图的儒者所万料不到的罢"。(见《朝花夕拾·二十四孝图》)以鲁迅的尖锐犀利,对这幅图画的故事倒没有深责。仔细想来,这故事使得孙儿害怕祖母,甚至祖母死掉才安心,真没有别的话可说,只能说是大大的作孽。

我们这个小区里,常看见白发苍苍的爷爷奶奶,也许是外公外婆,推着里面坐着可爱小宝宝的童车散步。我真担心,再过两三年,这些孩儿看见长廊上的浮雕,会怎样想。

还有"曹娥投江",也是极不合理的。为寻父亲的尸首跳进江里,当然也淹死了。上天又发慈悲,让死后的她背负了父亲浮上来。这也是残忍、愚昧而又迷信的事。听说现在曹娥的故里在大力地宣传她,真是不可思议。"卧冰求鲤"说的是王祥因继母患病,想吃鲤鱼。虽然继母对他不好,他仍不计前嫌,赤身卧冰用自己的体温去融化坚冰,果然跳出两条鲤鱼来。不计前嫌当然是可以表扬的,但这种行为若说是孝,也是愚孝。上天帮助跳出鲤鱼是迷信,事实的结果可能就是得一场肺炎,还要父母求医取药。难道不知古训云:身体发肤,受之父母,不敢损伤?真是其愚不可及了。

古训又云:"百善孝为先,论心不论迹,论迹贫家无孝子。"孝很必要,但它是一种爱心,不必宣传"二十四孝图"上的行为,特别是那些乖张的行为。"二十四孝图"家喻户晓,都知道是行孝的代表,要想除掉恐怕是做不到的。从鲁迅就在反对它,到现在也没反对掉。可是,"郭巨埋儿""曹娥投江"等这几幅必须砍掉。"二十四孝"虽然流行,但实际上人们并不完全知道其内容。我们也许可以用偷梁换柱之法,换掉影响最坏的那几幅,如"郭巨埋儿"等。我想到两个人的事迹,可以做两幅图,一个是"木兰从军",一个是"班昭续书"。这两位女儿为父亲做了他不能接着做的事,可谓大孝。这里的说法都很粗略,需要有人认真地研究"二十四孝图",看看哪些该留哪些该续哪些可添。我实在没有力气了。

那长廊还在,那些浮雕还在,再过两三年,这些可爱的幼儿都成为小学生在这里游玩,看见"郭巨埋儿",有可能会恨起自己的祖母来。我也是做祖母的人,怎么办呢?

关于《打子》

《打子》是一出昆曲折子戏,我看到它纯属偶然。几年前,我的眼睛还算是眼睛,可以看见东西。因为喜欢昆曲《寄子》这一段唱,寻求到一张带表演的光盘,那真是非常好的艺术享受。

没想到《寄子》之后还有一出《打子》，便也兴致勃勃地看下去。却是越看越增烦恼，耐着性子看完，只有长叹。

《打子》这出戏，本出于元曲《绣襦记》，郑元和京试落第，回乡不敢回家。为了吃饭做了歌郎，大概是沿街卖唱之类。郑家老家人看见他，引他回家，不料郑父认为他做歌郎有辱门楣，将他活活打死，还发命令弃置山野不准买棺，舞台上表演了这一情节。接下去还有名妓李亚仙将郑救活，带到家中调养，希望他再试中第。郑贪恋美色，无心读书，李亚仙竟然刺瞎自己的一双美目，感动得郑元和发奋读书金榜题名，夫荣妻贵，得了大团圆结局。

这个故事讲的是父亲有权杀死儿子，究其根源，和"郭巨埋儿"一样，就是"君要臣死，臣不得不死，父要子亡，子不得不亡"的三纲思想。

我热爱中国文化，常庆幸自己身为中国人，才能在很细微处领略其深邃美妙。但是我们的文化虽然伟大辉煌，却不必没有缺点错误。在弘扬传统文化的同时，最应该注意的是怎样不把污水和婴儿一起保留下来。"三纲"的这一条线，无疑是要彻底清除的。

我的这些想法已经有很多年了，如骨鲠在喉不吐不快。现在病痛之中，奋力写出也是一件快事。我们需要的是对生命个体的尊重，人和人的平等，和"三纲"思想不能两立。愿真善美常在人间。

2014 年 12 月 6 日　断续成文

（原载《文汇报》2014 年 12 月 19 日）

冷却香炉

二〇一五年的春节过去了,农历乙未年的春天正在来临。春天,只想想这两个字就令人高兴;过春节,却有些令人不高兴的事。年三十,正式放假,各个家庭都在筹备自己的年夜饭,畅想怎样过好这个假期。人们关心的空气质量也很作美,是清亮亮的优。小时候,年三十这一晚,是要熬夜的。据说午夜时分,南天门会开。可多少年它也没有开过,这夜也就不熬了。有一段时间,全国人民在除夕夜都坚守一台电视节目,慢慢地,坚守的人越来越少了。生活的内容总是有变化的,可是有一种活动坚决不肯退位,就是放鞭炮。前些年我还能出行时,曾遇见放鞭炮的盛景,真如置身枪林弹雨之中,前前后后都是火光。似乎曾有几年禁止放鞭炮,不知怎么又复兴了。这几年据说是放得越来越少了,但年夜里那震耳欲聋的声音,总能把人吓一跳。度过这不平安的夜晚,早上起来,兴致勃勃地去看大年初一的青天,可窗外是灰蒙蒙一片,手机报出了空气质量严重污染,PM2.5值达到四百多。

放鞭炮除了污染空气,还真如战争一样制造伤残。大年夜,忙坏了医院的大夫。眼睛被炸伤的居多,还有的伤了手脚落下个残废,有的甚至毫无意义地丢了性命。

我仔细寻思,放鞭炮究竟有什么好处,让人做出这样的牺牲。似乎最初是为了驱鬼,类似在大门上贴门神。有鬼没鬼还要长期讨论,其实,不做亏心事鬼是不会来的。也有人说就算什么用也没有,至少要的是那热闹气氛。我想,可以每家预备一套锣鼓,逢年过节敲敲打打岂不也很热闹。还有烟花,不只热闹而且好看,但是污染也是显然的,可以由政府统一规划分片燃放,大家同乐。

从大年初一起,空气慢慢好起来。到了初五,商家开门,又是一通鞭炮。制造了满地纸屑垃圾,忙坏了环卫工人,空气顿时又是严重污染。放鞭炮有这样明显的恶劣影响,为什么不能改一改呢?如果一个人得了糖尿病,明知多吃糖会加重病情,却忍不住要吃,那是他个人的事,他自己负责。可空气是大家的,是每个人赖以生存的,为什么要做这种毁坏自己家园的事呢?放弃这种"快乐"那么难吗?

还有一件事,就是烧香。我不反对拜佛,但是反对拜佛烧香。我不理解何以要烧香,拜了佛,心到神知就可以了,烧香是为了贿赂佛吗?谁烧的香多,佛就会对谁多加保佑吗?记得一次在杭州灵隐寺看见烧香的盛景,香炉长方形,很大,人们排着队,每个人都要烧好几炷,真是香烟缭绕。空气也就难说了。那时还不懂环境污染问题,却也觉得这么烧香不妥。今年春节有报道说,峨眉山的香火太盛,需要给香炉浇水降温,冷却香炉。想一想,秀丽的峨眉山,被烟火熏成了什么模样!全世界宗教信仰有很多,没有听说有哪一家在宗教活动时要烧香的。宗教信仰是一种高尚的精神活动,不需要借助物质。拜佛烧香,也是一种特色吧。

如果有一个人读了这篇小文,能够想一想,并且与人讨论,我就很开心。有人对我说,你既老且病,好好待着吧,絮叨什么?谁听你的?——谁听我的?万一有一位两位的热心人听呢,从此不再放鞭炮或拜佛时减免了烧香,我就开心而又开心了。

(原载《新民晚报》2015 年 3 月 18 日)

五月的快事

五月间有两件事大快我心。

我删改的《三字经》就要出版了,删改用的版本是章太炎的校订本。近年来读《三字经》之风颇盛,我认为书可读,但其中三纲思想实为一大污染,早有志要删去这些文字。但以为这不是个人能做到的,乃向有关部门呼吁,没有回应,便索性自己下笔。又听说学术界关于三纲思想有论争,有拥护的,有反对的,辩论来辩论去,不分胜负。那我就加入反对的一派好了。有幸得到社科院哲学所中国哲学研究室原主任李存山作注,又有上海东方出版中心出版。经过几年,终于见到了节本《三字经》这本书。心中畅快可想而知。

又收到长春出版社寄来《中华优秀传统文化教育》高中二年级用书。全书分若干个单元,有一个单元是传统文化自省,第一篇就是鲁迅的《二十四孝图》,他十分严正地反对《二十四孝图》。《二十四孝图》中有几幅非常荒谬,数年前我在《文汇报》笔会副刊上发表过文章《美芹三议》,反对《二十四孝图》,并且打出了鲁迅这面大旗。但应者寥寥,只有资中筠明确支持。自国学热以来,《二十四孝图》大为行时,人们用它来宣传孝道。有为曹娥立庙的,有在美好的园林中将《二十四孝图》全部做成浮雕的,有人送来制作讲究的糕饼,附上一个纸贴,竟是《二十四孝图》。看了这些鲜血淋漓的自戕行为,谁还吃得下这些糕饼?这些图中最突出的"郭巨埋儿",为了不让小儿和老母争食,竟把儿子活活埋掉。我也是做祖母的人,设想一个祖母若知道欢蹦乱跳的小孙儿,已不再能闹着要吃要喝。她老人家还活不活?用这样的事例来宣传孝道,简直是伤天害理。俗话说"不孝有三,无后为大",郭巨杀害下一代,是行孝道吗?鲁迅先生否定传统文化,要把线装书统统烧掉,我想那不合适,也行不通;但是对于他反对"二十四孝",我举双手赞成。我希望野蛮迷信、不文明的《二十四孝图》能在文化前进的潮流中被淘汰。现在出版社编的学习《传统文化》的读本,已经刊载了鲁迅的文章,这表明有更多的人都反对这种"孝道"。而且,让青少年们也知道那是一种伪孝道。

另外,我还高兴的是这一单元里还有梁漱溟和冯友兰的文章,他们都是热爱中国文化的老学者。因为热爱中国文化,他们指出了传统文化的弊病。青少年应该知道这些,他们会有好办法使我们的文化更加辉煌。

五月还没有过完,会有第三件大快我心的事吗?

2017年5月

《红豆》忆谈

编辑同志要我写点关于《红豆》的创作情况,我实在不会写此类文字。但见人风尘仆仆来约稿,便想,若是我自己约不到稿,岂不失望,所以即使题目不合,也不能坚决拒绝。这种设身处地的想法,虽然合乎传统的忠恕之道,却是我的一大弱点。因为勉强写自己不会写的东西,难免片面,甚至荒唐。片面、荒唐之余,只有惶惑。但我还是不能森严壁垒,挂出免战牌,宣布哪一类文章一定不写,而是老老实实执笔苦思,希望早日交卷。

因为国家多难,近百年来稍有抱负的知识分子,无不走过坎坷的人生道路。就以五十岁左右的人来说,回顾过去生活的全部阶段,几乎可以说没有一段平静的日子,急风骤雨在头顶呼啸,很少有停息下来的时候。我们在抗日战争中度过童年,在解放战争和建国初期时满怀热忱地燃烧了青春,在以后大规模的思想改造和无尽无休的各式运动中,过早地花白了头发。在我们的人生道路上,不断地出现十字路口,需要无比慎重,无比勇敢,需要以斩断万种情丝的献身精神,一次次做出抉择。祖国、革命和爱情、家庭的取舍,新我和旧我的决裂,种种搏斗都是在自身的血肉之中进行,当然十分痛苦。但只要有信仰,任何痛苦都是可以忍受的。在信仰和理想中,痛苦甚至于可以变成欢乐。

到"文化大革命",我们都被押解着跪在一尊伪造的"神"前,这已经不是十字路口,而是一个死胡同。但在没有完全僵死的心中,仍然面临着抉择。凡是选择了"人"这个光辉字眼的人,都被处以极刑。你不是要做人么?让你只剩下一具尸首!但人的光辉终究不可磨灭,人们逐渐认识自己所处的黑夜之为黑夜,人们呼唤着黎明。在祖国的大地上,终于透出亮光了。

于是才可以说几句话。

《红豆》写的也是一次十字路口的搏斗。那主题还可以用另一个故事来表现。那故事是:男主人公下决心离开了一个动摇不定的女学生,奔向革命。也许以后我还会把那故事写出来。在抉择中,选择献身祖国革命、人类进步事业的人,那总是想"给予"的人,应该是英勇的胜利者。只想到自己,只斤斤于"取得"的人,应该是怯弱的失败者。选择通向人的尊严的道路,需要信心和勇气。勇气是跟随信心来的。二十世纪四十年代、五十年代能做出抉择的,到六十年代、七十年代未必再有这力量了。我想,使这种力量延续发扬,是一项大责任。

《红豆》还想写人的性格上的冲突。这种冲突不是环境使然,而是基于人的内心世界。封建制度下的父母之命产生的梁祝悲剧,那是环境使然,江玫和齐虹的政治立场不同,道路不同,只得分手。这牵涉到人的一部分内心。而在道路相同的人中,也还会由于性格冲突引起剧烈的痛苦。人的精神世界是极复杂的,如何揭示它,并使它影响人的灵魂,使之趋向更善、更美的境界,这真是艰巨的课题。

我们前进的道路上,还会遇到各种各样的十字路口。如果我的习作,对于在十字路口痛苦徘徊的人,多少能给一点点力量,或减少一点点抉择的痛苦,我也便心安。

1980 年 10 月 4 日

(原载《中国女作家小说选》,江苏人民出版社 1981 年出版)

也是成年人的知己

许多人有这样的记忆：幼年时听故事，听到小红帽敲外婆家的门时，小小的心悬在半空；识字后读蓝胡子，那凶恶曲折使人又害怕又不能释手；再长大些读到丑小鸭变成白天鹅，则忍不住欣喜振奋。这些记忆随着年龄增长，回想起来，更增加了魅力。随着年龄增长，若重读《丑小鸭》和《海的女儿》这些作品，会有记忆以外的完全新鲜的感受，会进入新的境界，领略新的意义。很少有孩子会注意到关于海的女儿怎样获得灵魂的描写，虽然安徒生还特别提出遇见好孩子可以帮助她快些得到人的灵魂；成年人则会在这灵魂问题上感到震撼，为之泪下。这种作品如同放在高处的珍品，幼年时也可见其瑰丽，却只能在人生的阶梯上登到一定的高度，才能打开那蕴藏奥秘的门。

童话是每个人童年的好伴侣。近年来更体会到，真正好的童话，也是成年人的知己。

读文学作品需要"神会"，需要一点傻劲。古时金圣叹读《西厢记》，读到"不瞅人待怎生"这一句，感动得卧床三日，不食不语，堪称解人。读童话除了傻劲，还需要一点童心、一点天真烂漫，把明明是幻想的世界当真。每个正常的成年人其实都该有一点未泯的童心，使生活更有趣更美好。用这点童心读童话，童话也可帮助这点童心不泯。

也许因为我有那么一点傻劲和天真,便很喜欢童话,爱读,也学着写。数量不多,质量也差,兴趣却浓,有机会便要谈论,虽然难免谬误。

第一个童话《寻月记》,是在一九五六年写的。写一个夜晚,月亮的精魂月亮珠被妖魔抢走,月亮碎成了千万片。两个孩子经历艰险,终于使月亮重新圆在天上。在寻找月亮的过程中,他们也克服了自己的缺点:一个动手不动脑,一个动脑不动手,而成为手脑并用的孩子。六十年代初写《湖底山村》,反映十三陵水库的建设;《鹿泉》反映解放前后内蒙古草原上人民的生活。《花的话》《露珠儿和蔷薇花》也是那时写的,近年来略加修改后发表。

那时我常想的是童话对小读者的教育作用,以及如何用童话反映社会主义建设。一九七八年重新提笔后,在写小说的同时,也常考虑如何继续写童话。当然仍应注意教育作用和反映"四化",但我写时,不再只想到孩子,童话不仅表现孩子的无拘无束的幻想,也应表现成年人对人生的体验,为成年人所爱读。如果说,小说是反映社会的一幅画卷,童话就是反映人生的一首歌。那曲调应是优美的,那歌词应是充满哲理的。

我自己远未做到这一点。一九七八年写《吊竹兰和蜡笔盒》。吊竹兰保持自己的"本色",拒绝蜡笔为之涂上颜色。说实在的,这些年,作为一个人,我们多么需要自己的本色!一九七八年写《书魂》。听朋友说,不少人说看不懂。其实意思也很简单,十个字可以说明:"文章自有命,不仗史笔垂。"我收到一位看懂了,而且感动了的不相识的朋友寄来的十多幅好看的图画,是为《书魂》作的插图。我很安慰。一九八○年写《贝叶》,

是写作童话的一种途径的试探。

《贝叶》取材于民间传说。我写童话除凭自己的编造外,常想尝试从民间传说取得营养。这和改编、整理不同,写得好了,并不留痕迹。安徒生的一些童话也来源于民间故事,但和格林兄弟的记录整理显然不同。小说反映的可歌可泣的生活并不只是作者一个人的,只是他一个人画出来而已;童话的幻想也可以集中许多人的想象,只不过是作者一个人唱出来罢了。当然唱不唱得出,还要看作者的本事,也许唱了半天,还是一个个破碎的乐句,那就得努力练功,并不是那些乐句本身不能用。从民间故事吸取营养,是写作童话的一个重要方面,当然不是唯一的途径。

童话的教育作用如果能侧重在美育,想来会免去一些不必要的麻烦。六十年代初我曾写过一篇《牛石》,不曾发表。那时要着重反映社会主义建设,写得太实,不像童话。如果多考虑给读者美的享受、美的熏陶,可能会好一些。

此次西来敦煌,朝拜我们祖先创造的艺术胜地,一直有一种不肖子孙的愧怍的心情。我不知道身临宝库时,会笑还是会哭;那里的艺术世界,那里的艺术精灵,会给我哪些灵感、哪些童话。许多原来属于幻想的事物,已经由科学实现了。如千里眼、顺风耳,如一个筋斗十万八千里。人类童年时期已经过去,童年时期的想象也已经过去,但幻想是不能穷竭的。古老的艺术和现在的生活一起滋养我们。只要有人类,就会继续有幻想,就会需要童话。因为它不只是孩子们的好伴侣,也是成年人的知己。

1981 年 7 月 24 日

(原载《飞天》1981 年第 10 期)

给克强、振刚同志的信

方克强、费振刚同志：

收到十一月九日信，很为我们七七级大学生的水平高兴，也为你们对作品的了解高兴。你们对我作品写的是什么和如何写的理解，大体来说是正确的。

一、我自一九七八年重新提笔以来，有意识地用两种手法写。一种是现实主义的（不过我的现实主义也总不大现实，有些浪漫色彩，我珍视这点想象），如《三生石》《弦上的梦》等；一种姑名之为超现实主义的，即透过现实的外壳去写本质，虽然荒诞不成比例，却求神似。不知以后是否会结合，但在相当长的时间内，我想使两者特点各自更加突出，不知你们以为如何。

我所说的现实主义和超现实主义并不同于文学史上在一定时期内的一定流派，只是笼统地借用名词。超现实主义顾名思义，是与现实主义不同的、不拘泥于现实世界的现象，但并非脱离现实，也非与现实相对立。西方超现实主义流派中有些作品的意识脱离现实，非我所取。对于我的这两种写法，也许以后会有更合适的名称。

二、《贝叶》并不是短篇小说，而是童话，应不在你们文章范围之内。发表时刊物未注明，也有人误认为是一种怪诞的小说。

严格地来说,《鲁鲁》属于前一类。你们的解释分析也可说是一种理解。

可以说,我的这一类写作受西方现代派手法的影响,但我未有意识地学哪一家。写时觉得这样表现方便准确,便这样写。我想,西方表现主义、超现实主义的作品并非全是呓语,而有可借鉴之处。只是必须使它化入自己的作品,成为中国的、我的,才行。这两年我常想到中国画。我们的画是不大讲究现实比例的,但它能创造一种意境,传达一种精神,这就是艺术的使命了。这方面的想法我以后在作品中还会表现出来。近来听得有人讲解德彪西的音乐,也说和中国画有相似之处。我国画论中有许多卓见,实可适用于各姊妹艺术。

你们的评论文章,可就你们所见比较分析。和西方现代的东西相较,拙作的思想内容是不同的,这点你们也说到的。

三、我以为艺术都应给人想象、思索的天地。应该"言有尽而意无穷",中国诗特别有此长处。我很注意作品的"余味"。你们讲的美学道理很好,你们对《熊掌》的理解,我很感谢。有些朋友以为这篇小说仅只描写了身边琐事。你们信中所说的,使我得知,我想要传达的,已经传达到了。

四、我没有很好地想过自己的创作道路。是否已形成了道路?好像不过几个脚印而已。至今我写的还是太少(太少了)。我在创作中遇到的问题大都是外在的。最苦恼的是没有充足的时间写出自己想写的(太多了)。至于风格的变化,读者和评论家会更清楚,是么?

不知这答卷是否有助于你们的评论。我们的文学事业需要理论家,我一直深有感焉。评论文章究竟表现的是评论者的看法,你们只管放手写罢。

题目中"创新"二字可删。

甚望指出不足,以资长进。

宗璞

1981 年 11 月 14 日

(原载《钟山》1982 年第 3 期)

小说和我

在《三生石》正文前,我写了这样一句话:"小说只不过是小说。"这话对小说本身并无贬义,只是希望读者把我的小书只当作小说,而不是当作历史或个人档案来读。前年香港的晚报上有一篇评论《三生石》的文章,开头引了这句话,说:"'小说只不过是小说'——但透过小说可以反映现实社会的种种现象,也可以塑造各色各样的人物。"这自然是对的。英国女小说家奥斯丁曾为小说抱不平,说甚至在小说里,小说自己也受到歧视。她为了反驳这歧视,有一段关于小说——尤指长篇小说——的名言:"小说家在作品里展现了最高的智慧;他用最恰当的语言,向世人表达他对人类最彻底的了解。把人性各式各样不同的方面,最巧妙地加以描绘,笔下闪耀着机智与幽默。"(引自杨绛译文)我们写小说的人,实应力争做到她对小说的要求,那是很不容易的。

小说常常没有做到那样完美,却也有很大影响,有时的影响大到不可思议。近人梁启超很看重小说的作用。他说,欲新一国之民,不可不先新一国之小说,欲新人心,欲新人格,必新小说。因为小说可以在不知不觉间改变人的精神面貌。他甚至把中国过去政治腐败的总根源归结于陈腐小说的影响,那些旧小说的主人公后来都当了状元宰相，宣扬升官发财思想；主人公无不得娇妻美妾，使人做无聊的才子佳人梦。他的看法，当然是本末倒置的，所持的根本观点不是存在决定意识，而是意识决定存在。但是他对小说的重视，对小说影响的估计是有道理的。比起历史、哲学或任何其他文字著作，小说更接近人的生活，也更能从根本处反映人生，因之能熏浸濡染，潜移默化。这是哲学家有时也会遗憾的。

有如此功能之小说，总应该写得好一点。窃以为小说若要有好影响，应具有社会性、可读性和启示性。

一九四九年新中国成立后，尤其是一九五七年以后，有一个流行说法，即文艺是社会动向的晴雨表。因为有这样的看法，当时的批判大都是文艺界首当其冲。其实这本是一句实话，说明文学艺术对社会生活的感受是最敏锐的。我想文学的价值也在此。如果它不是从生活里来，不反映生活中的晴雨，而只是图解政策，就没有任何力量。新时期以来我们的文学出现了繁荣局面，也是因为我们写了人民大众切身的经历和感受。人们在作品里倾吐自己多年压抑着的悲痛，抚一抚伤痕，是必要的。文学作品应该反映社会的真实情况。

我的有些作品不注重情节，也不用白描叙述的手法，有些费解，遂贻"曲高和寡"之讥。其实我以为小说之为小说的一个重要条件是：能够引人入胜，使人不能释手。也就是说小说应该让人看得下去，有其可读性。不过这里说的可读性不是躺在花园里或坐在火车上随便翻翻，而是要认真地读，小说要经得起认真读，也要吸引人去认真读。五十年代时我曾听我们的前辈作家老舍说，写东西要使人能感觉到。你描写冷，读者也打哆嗦；你描写热，能让人脱掉大衣棉袄。他去世后发表的《正红旗下》有一段文字写北京的风,读的时候真想擦擦桌子,真觉得到处都有黄土。伊丽莎白·波温的小说《心之死》里描写伦敦的雾,读时使人窒息。这段描写可算是一个历史记载,因为伦敦已经没有雾了。总之,小说应该能感染读者,使读者共鸣。

小说还要经得起思索,也就是要对读者有所启示。我们新时期的好小说在社会性、可读性上大体做到,但还少真正有启示性的作品。鲁迅的《阿Q正传》《狂人日记》给我们多少启示!简直是当头棒喝,让人不能不思索我们国民性中的弱点、我们历史传统中封建礼教的危害。中国古典小说《金瓶梅》和《红楼梦》一比较,便可以看出优劣,前者只是描写人情世态栩栩如生,反映当时社会情况,后者除也做到这些,还有理想的光辉,有一种诗意贯穿全书,因为它的作者对社会人生有他的看法,有他的向往、遗憾和悲痛。伟大的作品总有巨大的思想内容,对人有所启示。但这思想内容绝非作者在说教,而是通过作品本身给予读者。

我自己在写作时遵循两个字,一曰"诚",一曰"雅"。这是我国金代诗人元遗山的诗歌理论。郭绍虞先生将遗山论诗总结为"诚乃诗之本,雅为诗之品",我以为很简约恰当。没有真性情,写不出好文章。如果有真情,则普通人的一点感慨也常常很动人。如果心口不一,纵然洋洒千言,对人也如春风过耳,哪里谈得到感天地、泣鬼神!文学必须真实地反映人生才能获得自己的生命,这一点是新时期作家们普遍的认识。鲁迅所说的瞒和骗的文学是没有市场的。只是要做到诚,不瞒不骗,并不容易。要正视生活需要很多条件,如本身的理论水平、处世能力、勇气和毅力等等。能够认真地看清楚了,还要认真地写出来,就更是谈何容易!

"雅"可以说是文章的艺术性。要做到这点,只有一个苦拙的方法,就是改,不厌其烦地改。"文章是改出来的",这是一句尽人皆知的话,但这句话包含多大的耐心,恐怕也只有作者自己知道。

　　我的作品简单地说,可分为两大类。一类是现实主义的,照现实的样子写。有一位前辈曾谆谆教诲我这样写。我以为有道理。有一天忽然悟到,《红楼梦》里写了几百个年纪差不多的女孩儿,而能各有个性,并不重复,可能因为作家在现实生活中便接触了这样多,也许更多的女孩,把她们写下来,自然便不同,因为世界上没有哪两个人是一样的。我的这类作品有《红豆》《弦上的梦》《三生石》等,窃称之为外观手法。另一类我称之为内观手法。即透过现实的外壳去写本质,虽然荒诞不经,却求神似。中国画讲究"似与不似之间",讲究神似,对我很有启发。中国画论以山水画为最高,并主张不做自然皮相之模仿,而为诗人理想之实现。有的名画看上去似乎不成比例,却能创造意境,传达精神,给人许多画外的东西。绘画和文学是两种艺术,所凭借的手段不同,但也总有相通之处。我是在尝试这样写。

　　卡夫卡是文学上的一个怪杰。他的《变形记》《城堡》写的是现实中不可能发生的事,可是在精神上是那样准确。他使人惊异原来小说竟然能这样写!把表面现象剥去有时是很必要的,这点给我以启发。写作手法是为内容服务的,怎样写要依内容要求而定。

　　有的评论说我的两种写法有会合趋势。我主观上不打算会合,而想使之各自发挥,使各自特点更突出。不过我的外观写法有不少浪漫色彩,而用内观写法时,我主张在细节上要注意符合现实。就是说前者也有不似处,后者则特别注意其似。长远以后也许会会合,以后的事,现在难说。

读小说是件乐事,写小说可是件苦事。不过苦乐也难截然分开。没有人写,读什么呢?下辈子选择职业,我还是要干这一行。下辈子再下辈子,那时可能争夺读者的不只是电影电视,还有新发明的想象不出的什么新奇物品。不过我相信总还是有人爱读小说,也总还是需要有人写小说。

1984 年 2 月底

(原载《文学评论》1984 年第 3 期)

冷暖自知

近来常常奔走医院,在各种药物中,有两个中药方给我极深的印象。一个方子出自一位无名老中医之手,服药后颇觉轻快。另一个方子是位中年医生开的,服药后不大舒服。曾将后者给老人看,他笑笑说:"这方子意思是对的。"

于是联想到写文章。前者像一篇融会贯通、舒卷自如的文字,后者像一篇文法正确但是堆砌生硬的文字,效果就完全不同了。其实岂止写文章,读书、做学问,以至做人处世,各种事物间都要融会贯通,方臻上乘。只是要融会贯通,谈何容易!《神曲》中说:"我刚从天庭回来,那里有无数名贵美丽的珠宝,但没有人敢把它们带出,那美妙的歌声呵,若是自己没有双翼飞去倾听,只向来人探问消息,如同问着哑子。"

任何境界,都无法向来人探问消息,只好靠自己一点点去融会,一步步去贯通。真是如人饮水,冷暖自知了。

很想请老中医长期治疗,因他上"随意班",我没有时间精力去诊察,也就无缘得见。

希望明年始,多有些好缘分。

(原载《文艺报》1985 年 8 月 17 日)

关于《西湖漫笔》之漫笔

曾在广播中听过一位电大教师讲《废墟的召唤》,讲得很好。我自己是讲不出的。因为讲不出,所以最不喜欢写创作经验谈一类的东西。只是出于对几百万中学教师的敬意,觉得不能坚辞不写,便在这里苦思。其实写出来,可能都是废话。

写《西湖漫笔》是在一九六一年夏,陪同一位以色列女作家露丝·乌尔到南方访问之后。当时我在《世界文学》任编辑,只能早晚写作。我规定自己要"冬练三九,夏练三伏"。大概每个不肯虚度光阴的人都是这样做的。记得那年暑热闷重,清晨便挥汗不止。我约在晨六时到办公室,写到八时上班。这两千字约用了两个班前时间。写完了,站在窗前,看楼下来上班的人群,看头上万里晴空,真是一种喜悦,一种丰满的喜悦。这种丰满感,真是美好的回忆。

今年夏天,我壮心不已,也想夏练三伏,但是毫无成绩,时间大部分交给了医院。整个夏天,头脑未曾清醒,哪里还谈得上"练"?尝自嘲:"现在不能发奋了。"朋友安慰说:"你已经发过奋了。"但是过去从发奋得来的丰满感是过去的,现在已经瘪去。中学生正当发奋的好年纪,能够从每一个新的一天里,获得新的丰满感,多么好呢。

写《西湖漫笔》时,我没有想到读者会从中获得什么。写作时,若常考虑作品的效果。怕是写不出好文章的。社会效果的取得,依靠作者创造时自然而然达到的境界。我只是记得,当时心中有一种神圣感,在美好事物面前的神圣感。近年来,在一部分人中似乎很缺乏这种感情了,好像生活里没有什么神圣的东西,值得为之努力,为之献身。我这篇小文若能使读者感到一点祖国山河之美,祖国文化之美,还有祖国未来之美,又从这点美的倾慕中,得到一点神圣感,就太好了。教这篇文章,是否可以从这方面讲一讲?当然,若文章本身引不起这种感觉,怎样分析也是无用的。

中学,是一个人发展的重要阶段。上点年纪的人大都有这样的经验:在漫长的岁月中,很多事情记不起来了,但是谁会忘记中学时教师的容颜?说不定还给起了创造性的绰号。谁会忘掉中学时教师的教诲?它在我们精神颓丧的时刻,会亮亮地一闪,当然不是每一张面孔和每一句话,却总有一两样言或行,金子一般砸在心底,影响了一生。《西湖漫笔》能在语文教科书上和众多的年轻读者见面,我真是高兴。读过这一册书的同学很快就要高中毕业,祝愿他们都有丰满的、神圣的未来。我更要对创造这样的未来的中学教师同志,应还有小学教师同志,致最诚挚的敬礼!

1985 年 9 月 25 日

(原载《丁香结》,百花文艺出版社 1987 年出版)

致彭世强书

世强同志：

收到十一月二十日信。你们备课这样认真，令人生敬。

你对《西湖漫笔》一文的讲解完全正确。我写作时间很长，但数量不多，从来不作应景文章。西湖之变确是我的感觉。不知你和同事们年龄如何，像我这样五十年代初参加工作的人，在"文革"前，是常常因为祖国的变化而感动的。那时我们把一切都看得那么美好神圣。没有经过的人也许不易理解，但还是可以从文章中看出真伪的，你就看到了。至于写景文何以结尾来一番议论，只因我到西湖，感到了绿，也感到了变，便照自己所感写下了。

桨声应作"欸乃"，而非"款乃"，多谢指出。这是语文课本排错了。所据本《宗璞小说散文选》并没有错，请查对。又课本上写"选自《宗璞小说散文集》"，"集"应作"选"。

顺颂教祺

冯宗璞

1985年12月17日

（原载《语文学习》1989年第1期，编者改题为《我到西湖，感到了绿》）

写给《作家》

为了庆祝《作家》三十周年，编辑部同志要我写点什么。我确该写几句，因为我虽在《作家》发表的作品有限，却似乎有些不同寻常。我的一篇小说《我是谁？》写于一九七九年四月，辗转周折大半年，最后于《作家》前身《长春》十二月号上作为头题发表。我感谢编辑部的同志们。现在看来很容易做到的事，在一定历史条件下，并不是那么轻松的。

这些年情况很不同了。人们对各种各样的文学内容、样式、手法都已司空见惯，对各种各样没有出现过的事物也都有所准备，能以宽广的胸怀去接触、分析和扬弃。我以后几篇窃称之为"内观手法"的小说，命运就比较好，而且越来越好。文坛上更是光怪陆离，异彩纷呈。这是大家都为之高兴的。

以后又在《作家》发过童话《红菱梦迹》。也常想再投稿，总未如愿。几年来，因为病，因为多方面的职责——除了"我是谁"，还有"谁是我"的问题——也因为疏懒，虽然想写的很多，提笔却少。不能把心中世界呈现在小格子里，终是水月镜花，没有成绩。

但我还是高兴，因为有许多好作者，还有许多好刊物。

1986 年 7 月 15 日

（原载《作家》1986 年第 10 期）

致金梅书

金梅同志：

近两个月，我很少有时间坐在书桌旁，更不要说提笔，案上书纸，满布灰尘。接读者来信——实际是一篇评论文章——觉得有话要说，不得不"挣扎"着写几句：

写一部反映抗日战争时学校生活的长篇小说，这想法在五十年代就有了，所以并非受到哪一种观点的负面启发。你不作此猜测，是聪明的。也不像有些人说的，我立志要写一部史诗，那未免太伟大，不是我追求的。史，倒是有些，因为我要纪念那一段可歌可泣的生活，写的就是那段"史"，不过写出来的是小说；"诗"，则未必了。我很庆幸五十年代有的想法，贮存了三十年才动笔。确实，我这个人活到现在，才会写出现在的《南渡记》，若是五十年代，肯定是另外的样子。

我也曾考虑自己是否驾驭得了这样大的题材，想到是否以系列中篇出之。后来还是决定这样写，因为我以为这是我要表现的内容所需要的最好形式。形式服务内容，这是我一贯的原则。写不好，也只好认了。

不知你属于哪代人，大概不一定经过抗日战争吧？可你似乎很理解那种感情，那种席卷一切的感情。上下一心，同仇敌忾,那是全民族的灾难,也是全民族的觉醒(一定限度)和动员。那种巨大的力量,影响着不分年龄不分阶层的每一个人。原先只让想象和萤火虫一起飘舞的孩子们,受到现实的教育,热衷于打日本,甚至游戏中也忘不了打日本。这不是矫揉造作(有文章这样说),而是一种以儿童方式出之的至情。又据说这未免太"抗战化"。没有经过战争的人可能永远想不出战争怎样"化"进每个"凡俗"家庭,而影响着"凡俗"一切的一切!坦白地说,我自己便做过那样的游戏。

有些真事,在有些人看来很假,这种情况并不少见。对吕清非,你是肯定的。也有人认为他太单一平面,所以不美。我并不认为这个人物写得怎样成功,但他表现了一种民族精神。他生存的主要目的在于他的理想,而不在于他的"凡俗"。如果连吕清非这样平凡的人都觉得太拔高,又怎样理解舍生取义的文天祥,愿割去自己头颅的谭嗣同?在生死关头,"就死辞生"的中华儿女大有人在。

民族感情只要不囿于狭隘,实在是神圣的。它浸透了我们的祖辈、父辈的灵魂。所以在中华人民共和国成立初期,共产党一声"中国人民从此站起来了",赢得了亿万人的拥护,多少学贯中西的老知识分子自愿走上艰苦的改造道路。爱自己的祖国、民族和爱自己的家乡、居所,爱自己的亲人、邻舍一样,又都是十分美好和平凡的。便是到了世界大同,那时不还是有别的星球么?

关于人和自然的关系,你对家父的"境界说"有所体会。张载《西铭》开头说:"乾称父,坤称母;予兹藐焉,乃浑然中处。故天地之塞,吾其体;天地之帅,吾其性。民,吾民胞;物,吾与也。"有一次我侍家父往某处演讲,他一开始便讲"天""地"

"人"三个字。人不过是整个自然的一部分,不过这一部分是"万物之灵"。

我本还想讨论一下所谓平面、立体人物,写一个人物的突出一面是否可以并非平面。但实在没有时间了,现在得去厨房,然后去医院。

只再说一句。这样通信的方式好处是亲切自然,但因时刻想到要给作者看,是否会有拘束?这书显然有很多大大小小的缺点,譬如峨的叙述、几段标题的插入,诚如有人指出,打断了文气的贯穿。你未便写吧?

谢谢对《南渡记》的理解,还要谢谢你屡次引用那几首曲子,那是我的得意之作。

宗璞

1990年11月8日

(原载《文学自由谈》1991年第1期)

《世界文学》和我

《世界文学》,是鲁迅所办《译文》的延续。它即将满四十岁了,可谓正当壮年。四十年来编辑部人员进进出出,人数想来也颇可观。我是其中极平凡的一个。若就我自己的经历来说,简历上会有这么一条:一九六〇年至一九八一年,在《世界文学》工作。二十一年!占我工龄的大半。我和《世界文学》,也算关系不同寻常了。

一九六〇年十月,我从《文艺报》奉调到《世界文学》,任评论组组长。"文革"以后,在作品组帮着看稿。这二十一年间,除去十年动乱,又由于我自己的健康原因,实际工作时间打了大折扣。现在想来,评论和作品两方面,也还有些事可以略费几行笔墨。

六十年代初的《世界文学》正面临一个方向问题。为了革命的步伐,配合世界人民的斗争,刊登了许多亚非拉地区政治性极强的作品,也发表中国作家各种支援、声明等。当时作协党组提出一句话,"不要把《世界文学》办成《人民文学》",希望多介绍外国优秀作品,在评论方面,则要求介绍古典文艺理论。这可能和当时的大气候有关,也反映了文学界对标语口号的厌恶和求知愿望。

我们组到的第一篇稿子是朱光潜摘译的莱辛著《拉奥孔：论画和诗的界限》。那时朱先生住在燕东园，我骑车去请教。当时冯至先生也住在燕东园，我也曾去讨教。随着时间推移，先生们陆续下世，令人长思风范。而我是车久已不骑，燕东园也久已不去了。

我也常记起长期在《世界文学》工作，现已去世的朱海观、庄寿慈、罗书肆等同志，他们的名字和《世界文学》分不开。

拉奥孔是希腊神话传说中特洛伊国日神庙的祭司，他和两个独生子一起被海神遣来的大蛇绞死。约在公元前五十年，有雕刻表现这一题材，约三十年后，维吉尔把它写入诗篇。诗中表现拉奥孔的痛苦比雕刻表现的强烈得多。为什么这样？乃成为美学家们研讨的题目。莱辛认为雕刻家要表现美而避免丑，不能捕捉激烈的时刻；诗人用文字表现物体丑，因为不通过视觉，使人比较容易接受。以后陆续发表了文艺复兴时代卡斯特尔维屈罗等人的著述，莱辛的《汉堡剧评》等。这些美学见解，当时引起许多人的兴趣，也引起我自己的兴趣，曾对美丑的关系、崇高、滑稽(grotesque)等的内容想过很多。

我们在一九六一年第三期发表了雨果的《克伦威尔序言》。这是一篇文论史上极重要的文章，是浪漫主义运动的宣言。正在列入选题，安排翻译时，得知属于哲学社会科学部文学所的《古典文艺理论译丛》也要发表此文。严格说来，《世界文学》提供的窗口应该使读者看到当前的世界文坛，介绍古典文艺理论正是《译丛》的事。可是我当时非常想把重要的文论都登一遍，便征得领导同意，到文学所找《译丛》负责人蔡仪同志索取这篇稿子。照说这要求毫无道理，蔡仪同志竟宽厚地同意了。我打着得胜鼓回到编辑部，很得意了一阵子。

得意的日子并不久长。不久,大气候又有变化,评论工作转向批评。我因身体不好,经常住在北大家中,工作也不那么努力了。

一九七七年《世界文学》(内部发行)复刊,于一九七八年第三期刊登了萧乾摘译的《彼尔·金特》,我是这一稿件的责任编辑。那几年在作品组看的稿子不少,有时真是看得头晕眼花。在这一段工作中,我以为,最有意义的事就是使《彼尔·金特》先于四川人民出版社版本数年和读者见面了。

五十年代中,萧乾同志曾把《彼尔·金特》英译本送给潘家洵,希望潘先生翻译。七十年代初潘先生托我转回那几本书。看来,我和《彼尔·金特》早有此渊源了。

《彼尔·金特》是一个让人倾倒的剧本,充满了奇妙的想象,美丽的诗句,智慧的思想。具有人妖两重性的彼尔·金特本来的结局是在勺子里给铸造成一粒纽扣,还没有窟窿眼儿!那永远等候的索尔维格,和中国妇女的坚贞似有相通处。格里格那旋律优美的《索尔维格之歌》浇灌着多少干涸的心!萧乾同志以极流畅的白话传达出诗剧的神韵。我在经手这篇译作时,从作者、译者都学习到了很多很多。我还因此对北欧文学深感兴趣而有一阵子分管北欧。

记得在发稿过程中,和萧乾同志打过好几次电话。那时他家没有电话,我家的电话第二次被拆掉了,都用公用电话。有几次还没说到正题电话就断了,后来萧乾同志总是说:"我们赶快!"在以后的岁月中我常常姑息自己,懒得做事,不知不觉还会想起这四个字:"我们赶快!"

在《世界文学》这一段日子,没有什么功绩,对我自己来说是有收获的。如果不作为工作任务,我大概不会读那些理论文章。如果不是做编辑而是在研究所这么多年,书会读很多,大概很难从书堆里钻出来了。我常说希望自己有三个头,一个搞创作,一个搞研究,一个搞翻译。却从未想过还要一个头来编刊物。其实做一段编辑工作很有好处。何况除了获得知识以外,还有编辑部里里外外的众多故事呢。

那时我有巨大的财富——年轻。于编辑工作之余,还有精力创作。《西湖漫笔》这篇散文是一九六一年七月的几天间,每天清晨六时到八时在办公室写作的。桌上玻璃板下压着一张父亲为我写的墨迹:"莫以善小而不为,莫以恶小而为之。"我写着,看着窗外的天愈来愈亮,心中充满喜悦。一九八〇年写《废墟的召唤》时,已完全不是那种抖擞的状态了。我太累了。一九八一年,我离开了《世界文学》。

以后我并没有忘记《世界文学》,虽然看得少多了。从七十年代后期起,它就不是通向世界文坛的唯一窗口了。但它在许多介绍外国文学的刊物中保持了自己的特色,从未做趋时之举。这是全体编辑人员努力的结果,我想也和它属于外国文学研究所有关。

1993 年 3 月 18 日

(原载《世界文学》1993 年第 3 期)

我与人民文学出版社

一九七九年,人民文学出版社召开中、长篇小说座谈会,邀我参加。当时我正酝酿写"文化大革命"中一个癌症病人的故事。本来想写成短篇,又觉得写出来会太长,短篇容纳不下这样的内容。座谈会上,人文社要推动中、长篇的写作,大家谈了许多对中、长篇的想法,很有启发。会后我又考虑了许久,决定写一个中篇,便是后来的《三生石》。先在《十月》上发表,发表后,王笠耘同志要我在人文社出单行本。我那时虽已年过半百,却仍然"少不更事"。因已口头应允百花出版社,要重然诺,竟未与人文社合作。

我从五十年代就想写一部长篇小说,反映抗日战争时知识分子的生活。但总因各方面条件不成熟,没有落笔。那次会上,韦君宜同志、李曙光同志都认为我已经进入写长篇的阶段,向我约稿。我相信自己总是要写的,但一拖又是几年,仍旧没有落笔。

一九八四年人民文学出版社在烟台召开长篇小说座谈会,又邀我参加。大家讲了很好的意见。记得李曙光同志曾说,作者是出版社的衣食父母。好像还没有听哪家出版社这样说过,其实作者也很需要出版社的督促培养。

我在烟台会上没有发言,后来杨柳要我写一个书面发言。我写的是长篇小说要好看又要耐看。必须好看,才能耐看,也必须耐看,好看才有价值。我希望我能写出这样的作品,可是不知能否做到。

当时,我在外文所,还有研究任务。我写了论曼斯斐尔德和波温的文章,本来想接着写一本伍尔芙评传。有人认为研究伍尔芙我比较合适,我也有兴趣。可是一部长篇小说已在我心中逐渐形成,发了芽,长了枝叶,若再不把书中人物落在纸上,他们会窒息、干枯而死。研究和创作两方面的大题目同时并进,在我来讲是不可能的。且不说两种思维方式互相打架,只就精力而言也远远不够。我必须做出选择。我决定放弃科研专心写小说。因为我不做研究,还会有别人做,研究的毕竟是别人的东西,而小说是作者灵魂的投入,是把自己搅碎了,给小说以生命。而且我要表现的不只是我自己,是一个群体,一个时代。我不一定成功,但不试一试我是不甘心的。

一九八五年,我终于开始写长篇了。这部长篇分为四卷——南渡、东藏、西征、北归。总的题目想了很久都没有定下来,后来确定为《野葫芦引》,原有个题释:"葫芦里装的什么药,谁也不知道,更何况是野葫芦。"后自己觉得并不能释,故未印出。我在外文所"挂单",云游于"野葫芦"中。我曾考虑怎样来写这部长篇,如果用当时我正探索的内观手法,读者会看得太累,生活的巨大内容也难以表现,或表现了也难以和读者沟通。李曙光同志说,他记得在一次谈话中,我曾自问自答,我的书要怎样写,自答的结果是用现在的比较写实的手法。人文社很关心这部书。责编王小平常来了解进度,写成两章便先拿去,不只她一个人看,这本书是在人文社的热心关怀下写出来的。

一九八七年底书成,君宜同志已病。李曙光同志关心地安排这小说先在《海内外文学》杂志上发表,一九八八年九月即出书。

一九八八年秋,趁西南联大校友重返昆明之便(我在昆明上的是联大附中,也被扩大为联大校友),云南省文化局介绍我到保山,保山地区为我提供了交通工具,并派人陪伴。我从大理到保山,又到腾冲等抗日旧战场走了一遭。我到了国殇公园,在松山碉堡旧址看到一个残破的小碑,纪念抗日阵亡将士。我站在秋风中,不禁泪流满面。

一九八九年至一九九三年,我经历了父丧和重病。一九九三年下半年开始写《野葫芦引》第二卷《东藏记》。为了给自己的记忆之井中添些活水,觉得需要回昆明一趟。我向高贤均同志说了这个意思,人文社立即提供了来往旅费。在昆明我得到云南诸友的热情帮助,又感染了昆明的旧城气氛。一九九五年,《东藏记》的第一、二章先在《收获》第三期发表。

以后是漫长的等待,隔几个月便要生一次病,几乎成了规律。再加上莫名其妙的干扰,只能写写停停,停停写写。责编杨柳细心而耐心地守候着这部书。她从不催稿,但总能感到她的关心。今夏终于写成了《东藏记》,杨柳和我都舒了一口气。因为目疾,书成后我不能通读全稿,免不了许多遗憾。不过我已是尽力而为了。

人文社出版了"中华散文珍藏本"系列,其中有我一卷。散文浩如烟海,选择特别需要眼光。散文什么都可以写,在各种各样的题材中,我总觉得最好能有做大题目的、较有思想的散文,使我们散文创作的境界有所提高。

在当前众多的出版社中,人文版书籍的错误较少,虽然还免不了遗憾,但他们在校对方面是很认真的。

人文社的美术方面的工作似可改进,就我看到的有限的书来说,有些书的装帧封面和书的内容不甚相称。我一直有个想法,长篇小说需要好插图。现在的书有插图的很少,有好插图的更少。这种插图需要对文学有浓厚兴趣的美术家,可能这是可遇而不可求的。

随着社会的发展,出版社会遇到不同的难题,我想他们会以发展对付发展,走得更快更好。人民文学出版社不愧为我国第一家文学出版社,她的工作人员有见识、有才干、有为文学事业奋斗的热忱,我向他们敬礼。

2000 年 11 月 10 日

(原载《我与人民文学出版社》,人民文学出版社 2001 年出版)

一只小蚂蚁的敬礼

时间本来是无始无终的,是人划分了日、月、年、世纪。一会儿过节,一会儿过年,一会儿热热闹闹地要进入新世纪。"天不生仲尼,万古如长夜。"没有人,一切都是没有意义的。

人活着很不容易的。对我这样的老病号,更是如此。我很庆幸,自己过了七十余年还是个活人。我没有什么好的医疗条件,在和疾病斗争中,却曾得到一些医生的帮助,在关键时刻搭救我。我的感谢是深厚长远的。

我活着,就要写作。检点过去的材料,有这么多的亲友帮助我,在我的记忆之井中不断地添注活水。我无法一一列出他们的名字。有些人已经离开这个世界,书夹中业已发黄的纸上留着他们的话语;大多数人仍在辉煌地生活。我们是一个割不断的群体,我想他们能感受到我发自内心的谢忱。

还有读者,那是最有力量的支持者,从来不是很多,但从未断绝,总有延续。这延续对于作者来说是一种福分。

二十世纪,我写完了长篇小说《野葫芦引》的第一、二卷,《南渡记》与《东藏记》。书中人物在等候我写下去,他们也要生存,也要发展。我因目力不佳,写作极为艰苦,就像一只小蚂蚁,奋力搬运沙粒,衔一粒再衔一粒,堆成小丘。在未来的日子里,我只愿安静地当好一只蚂蚁,尽伦尽职,堆好沙丘。人说,你何不用蜜蜂做比喻,究竟有一个酿造的过程。我想,蜜蜂在花丛里嗡嗡地飞,那景象对于我来说是太美好了,蚂蚁的比喻也许更为合适。

一切创造生活的人,请接受一只小蚂蚁的敬礼。

(原载《人民日报》2000年12月30日,曾用题《新世界感言》)

衔一粒沙再衔一粒沙

——在《南渡记》《东藏记》研讨会上的发言

《野葫芦引》的开头是很久远的事了。从五十年代起,我就想写一部反映中国读书人在抗日战争时期的生活的小说。那个时候因为客观条件不允许,没有时间和精力来写这样大部头的书,主观上也不成熟。现在想想很庆幸那时没有写,而是放在八十年代。这个时候我可以用自己的眼光来看待事物,做出判断,才有了这几个不算太不像样的"野葫芦"。

应该说我很幸运,我写的其实是大家的生活,是很多人的生活。是我的许多亲戚朋友和熟人在我的记忆之井里添满了活水,然后我才有丰富的材料来写作。

他们从生活的那头走来帮助我。比如我的老朋友立雕同志记性很好,抗日战争时期我们有共同的经历,他给我讲了许多日军轰炸的细节;书中提到赶马帮是受到陈岱孙先生的启发;说要"把学校搬到地图上找不到的地方"是邓广铭先生告诉我的。我就像一只蚂蚁衔一粒沙再衔一粒沙,当然,这不只是堆积,而是要把它们调和塑造。这倒是用上了那句话,"再抟再炼再调和,我中有你,你中有我",真是费尽了心血。我要提醒的是,小说不过是小说,深究起来,七宝楼台也成碎片。当然,如果说是一座楼台的话,人们并不需要去研究一木一石,可是有这一木一石,才能塑造出艺术的世界。对于每一位在我的记忆之井的活水里加上一点一滴的朋友,我都怀着衷心的感谢,在大家的帮助下我才写出了这本书。

我也要感谢人民文学出版社,这部书二十年前就是人民文学出版社约稿,从老一代韦君宜等领导到现在的领导都很关心。八十年代初,君宜同志对我说:"你现在到了可以写长篇的阶段了。"现在想想,这真是一句不简单的话,对于一个作者,她可以看出你现在到了可以写长篇的阶段,一位出版家关心着作者的发展阶段,是何等的眼光和气度。

从《南渡记》出版到今年《东藏记》出版,已过去了十三年,十三年是一个很长的时间,一年级的小学生都考上了大学。在这样长的日子里,有时完全看不到交稿的希望,而人民文学出版社从来没中断和我的联系,他们耐心又细心,让我感到的只有关心而没有压力。我的眼睛不好,不能通读校样,稿子交给他们,我完全放心。

许多朋友都惦记着这部书,我要在大家的关怀下继续写下去。写到现在日本鬼子还没有打出去呢,若停了,可怎么甘心。希望我的身体争气,不要辜负这份关怀。

评论家和读者是作者的知音,要是没有这种知音,高山再高,流水再长也不会有效果。过去大家给了我很多鼓励,我要说的只有四个字:"谢谢大家!"这是我最想说的衷心的话。

2001年5月

(原载《文艺报》2001年11月6日)

在复旦大学宗璞长篇小说研讨会上的发言

今天我来参加这个会,非常高兴。一个大学中文系专门组织一次研讨会,讨论我的书,要我参加,在我来说还是第一次。这个第一次不在北方,不在我熟悉的大学,而是在南方,在复旦这所我闻名已久却从来没有到过的大学,我觉得很有趣也更可珍贵。又恰值复旦大学百年校庆这样一个喜庆的日子,更是让人高兴。会上听到许多宝贵的意见,虽然我耳朵不好,听得不全,也要好好地领会。作品是要有了读者的反应,才算真正地活起来。作品在读书人的读书过程中成长了、丰满了。何况今天到会的都是关注当代文学、研究当代文学的学者。我发现了很多慧心人,大家从不同的角度谈了我的小说,都很有见地,对我很有启发。

《东藏记》最初是在《收获》发表的,一九九五年发表了前三章,二〇〇〇年才发表了全部。一九九五年是反法西斯战争胜利五十周年,我写了一个题记:"谨以此书献给抗日战争中的阵亡将士和被日本军国主义杀戮的在战乱中丧生的无辜同胞。"我说我们不会忘记。一转眼已经到了反法西斯战争胜利六十周年,个人的记忆确实有些模糊,但是作为民族的集体记忆是永远鲜明的,我们有责任让这个记忆鲜明。另一方面,我们要超越战争。战争使人异化,而人应该还原为人。《东藏记》中就表达了这个意思。冯友兰先生在他的《中国现代哲学史》最后一章引用了张载的话:"有象斯有对,对必反其为;有反斯有仇,仇必和而解。"这是张载归纳的客观辩证法。冯先生指出,人类是聪明的,一定会照着"仇必和而解"的方向发展。我相信,从长远来讲,一定是这样的。在这个长远的过程里面,我们还要付出很大的努力。我的书是写那一段战争的,可我是为了人、为了和平而写。我深知自己的能力很有限,说出来的话怕做不到,总觉得自己像在说大话,但我是努力去做的。

感谢复旦大学中文系,感谢大家给我的帮助和鼓励。特别感谢王安忆。

2005年5月

宗璞文学创作六十年座谈会答谢词

看到这么多朋友光临这个会,听到大家十分温暖的讲话,我心里充满了感激。我的一首词中有两句"托破钵,随缘走",我觉得自己就像托破钵化缘的僧人。我的写作是生活给予的,是社会给予的。我在平常的生活里更是得到很多的、具体的帮助,在座的朋友们几乎没有不给过我帮助的。怎么能不感觉到温暖,怎么能不心怀感激呢?

说到创作六十年,我深感惭愧。从一九四七年,我发表第一篇作品《A. K. C.》起,那时是十九岁,今年我七十九岁,算是六十年了。《A. K. C.》发表在天津《大公报》,后来又接着写了几首短诗,再后来就停顿了。一九五七年发表《红豆》以后,和大家一样,有一段长时期的搁笔,算了一下,是十四年。我曾经有一首小诗,第一句就是"钝笔尘封十四年"。在以后的时间里,也是断断续续,要关心的事情太多,很少集中精力写作。所以说创作六十年,实在是非常惭愧,实际说起来,充其量也就是二十年吧,也许是十几年。我曾称自己为"四余居士",因为居士不出家,始终保持业余身份,业余的佛门弟子,那么我是业余作者,正好用"居士"这个称号。四余者,运动之余,工作之余,家务之余,和病魔做斗争之余。在这些"余"中,写了这些作品,也实在是很努力了。我的姑母冯沅君,有一部书,称为《四余诗稿》,也很惭愧,我从来没有见过这本书。我真想起姑母于地下,问一问她的"四余"是哪"四余"。据说老年人分几个层次,有年轻的老年人,真正的老年人。现在我已进入耄耋之年,成为真正的老年人。这一阶段可以说是人生的"余"了,我现在应该称为"五余居士"了。

我收到一封读者来信,是两个年轻人写的。他们说等着看《西征记》《北归记》等得不耐烦了,他们要我"加油!加油!!!",加油后面打了三个惊叹号。老实说,这油也剩得不多,不过我会努力写,以稍减惭愧之情。

元遗山论诗,有两句话:"诚乃诗之本,雅为诗之品。"这好像是郭绍虞先生总结出来的遗山的意思,不是原话。"诚""雅"两字,是我一贯的创作追求。许多朋友有很好的阐述。我想,诚,就是说真话,也可以说是思想性。从良知开始到具有思想性,有很长的路。雅,就是艺术性。这个雅并不和俗相对。说真话有好几层,一个是勇气,一个是认识,认识有高下。能认识了,要有勇气说出来。我非常喜欢英国作家哈代,他在《苔丝》第一版弁言中引了圣徒圣杰罗姆的话:"如果为了真理开罪于人,那么,宁可开罪于人,也强似埋没真理。"这很有勇气。可是勇气又分两个方面,一个是对外界来说,宁可开罪于人,也要坚持真理;一个是对自己来说,有的时候,没有勇气去看事物的深层;有的时候是看到了又不愿写,不忍写。读伟大作品时,有时有一种感觉,作者对自己很残忍。这是高尚的残忍。

王国维说,能够"感自己之所感,言自己之所言",才能写出伟大的文学。言自己之所言,就是宁愿开罪于人,而不可埋没真理;感自己之所感,就是对事物、对生活,要有自己的看法,独立的见识,这是人格的力量。静安认为宋代以下,有些人能够做到"言自己之所言",而也能做到"感自己之所感"的只有东坡一人。又说屈子、渊明、子美、子瞻都因为有极高的人格,才有极高的作品。如果他们没有文学天才,就人格而说也"自足千古"。没有相应的人格,写不出好作品,这是永远不会改变的。对于文学高峰,我只能心向往之,以为榜样,要想靠近是不自量了。

创作的道路很长,攀登不易,人生的路却常嫌其短,很容易便到了野百合花的尽头。我只能"托破钵,随缘走"。我的破钵常常是满满的,装的是大家的关心和爱护。我再次感谢大家。感谢人民文学出版社、外文所举办,现代文学馆、作家出版社协办的这次盛会。

我的大学毕业论文写的是哈代的诗。几年前,清华大学图书馆一位馆员热心地找到了我的论文,保存得那么好,它让我又想起哈代的诗。最后我来念一首,题目是《路》,卞之琳翻译。

>   我的面前是平原,
>   平原上是路。
>   看,多辽阔的田野,
>   多辽远的路!
>
>   经过了一个山头,
>   又来一个,路
>   爬前去,想再没有
>   山头来挡路?
>
>   经过了第二个,啊!
>   又是一个,路

还得要向前方爬——
　　细的白的路?

再爬青天不准许,
　　又拦不住,路
又从山背转下去,
　　看,永远是路!

　　　　　　　　　　2007年11月2日

道　路

一九八一年十一月,两位七七级大学生方克强、费振刚来信,问及我的创作道路。我当时说:"我哪里有什么创作道路,不过几个脚印而已。"现在回头一看,从一九四七年在天津《大公报》发表《A.K.C.》这篇小说起,应该说确实有一条道路,这是一条崎岖的,令人思、令人感的道路,这里不必详谈。

一转眼四十年过去了,作为作家,我有一个特点,从一九四七年直到现在,一直是业余写作。一九六四年我有幸随《世界文学》杂志编辑部进入社科院外文所,得到一个业余创作的岗位,就是说,在基本的编辑工作以外,我是可以写作的。各个方面对我都很理解,没有不安心本职工作的批评。我以为,这个岗位给了我创作的条件,而写还是不写,由我自己决定。我绝不写我没有认识到的,我写出的就是我认识到的。认识可以改变,而以上的原则不能改变。这其实也就是一个"诚"字,"诚乃诗之本,雅乃诗之品"是我的座右铭。

我的"业"不只是工作,还有对家庭的责任。我很难有完整的时间沉浸在自己的艺术天地之中,不要说"三年不窥园,绝庆吊之礼",就是一天两天也不容易。

一九八八年我从外文所退休,可以说在外国文学研究方面我是有遗憾的。虽然退休了,我的业余写作的地位并没有改变。我的家庭责任更加沉重,再加上自己身体日差,要奋斗的事很多。可是人只有一个头,只能在一个头脑能及的范围内活动,由他去吧。

我的写作有四种文学样式:小说、散文、童话、诗歌。前三种都略有成绩,诗歌则还停留在草稿阶段。我的诗歌创作也分四种:词、曲、旧体诗、新诗。前三种似乎尚可,新诗就有些疑惑,总想怎么能写得更好一点。敝帚自珍,等哪天鼓足了勇气,也让它们到纸上走一趟。

我在一九四三年作为西南联大附中学生参加童子军活动,到滇池露营,见月色甚美。回来写了一篇散文,投寄昆明一个杂志,很快发表。只记得刊物的纸张很粗糙、发黄,但它究竟是我的第一篇创作。我在多处写过这件事。这样算起来,我的写作之路已有八十年了。不可思议。

编者要求提供几篇我喜欢的宗璞作品的评论文章。评论我的文章不算很多,但对我都有所教益,我深怀感谢。这里只能转载五篇:

1. 孙犁《人的呼喊》
2. 陈平原《宗璞的过去式》
3. 陈建功《永不沦陷的精神家园》
4. 孙郁《读解宗璞》
5. 阎纯德《宗璞小传》

(原载《女作家学刊》第三辑,作家出版社 2022 年出版)

广收博采,推陈出新

许多年来,我们关于作品的讨论往往只注重思想内容。譬如思想是否健康,有无腐蚀作用,情调是否感伤,还要追查一下感情的细流里有无毒素。艺术问题常常只在文章最后点缀几句。今天能专门谈艺术创新问题,很是难得。

怎样使文艺形式更好地适合所要表现的内容,这个问题很重要。现代的生活复杂,节奏快,文艺形式也要现代化。我们传统的写法是以讲故事为主,手法是白描的,叙述是单一的。如果要交代另一件事还得说上一句"花开两朵,各表一枝"。"五四"以来,前辈们吸收了不少外国文学的技巧。这些年我们唯我独革,舍我之外尽皆"帝修反"。提起意识流,便感到支离破碎,朦胧一片,必为腐朽文化之产物。我一度也这样看,没想到有一天我们有些作品也要运用这种手法。我从去年春天想到艺术探索的问题,写了《我是谁?》,可能不够成功。我看了王蒙的《风筝飘带》,忽然有所醒悟。《风筝飘带》人物、故事都不复杂,读来却意趣盎然,而且很美。这和写法有关。西方战后文学,许多人运用了意识流的手法。通过人物心理活动,把过去和现在(有的还有未来)掺杂在一起。作品表现的不是单一的旋律,而如两手弹琴,或多声部合奏,有和声配合,有交响作用。又如画面上有后景衬托,层层丘壑,便有立体感,耐人琢磨,而不是一览无余。在写作过程中,用意识流手法也有方便处。如写人和事,总要交代家门,弄清头绪,费了笔墨来叙述,真要描写精彩场面反觉啰嗦。如果能很好地从"心理时间"出发,可以从人物意识的流动选择场景,突出要突出的,略去该略去的。这样完全可以更好地为内容服务。艺术总是要广收博采,推陈出新,西方的意识流手法完全可以为我所用。有些人说我们拾人牙慧,其实意识流手法在西方并非已经陈旧,而是用者颇不乏人,各种倾向的作家都有不同的用法。作为意识流的创作流派是消失了,正因为它已渗入许多创作流派之中。应该说,这是一种经过实践证实有用的方法。我们已经和世界取得联系,可以吸收借鉴的当远不止这一种方法,而且也会有些走极端的形式,为我们不取。我们总得有探索创新的精神,才能使作品在艺术上更臻完美。

前几天遇到一位研究中国文学的美国朋友,她说一般认为中国作品不重视技巧,只有生活;美国作品技艺甚高,没有生活。我想如果二者相较,也许还是前者为好。但我们何不做到又有生活又有技巧呢?凭我们文学队伍的聪明才智,完全可以做到的。

当然,在广收博采的同时,永不能忘记对自己民族传统的继承。我们中国文化太伟大太宝贵了,简直是子孙后代取之不尽用之不竭的大宝库。我们要创作出世界文学中第一流的,而又富有中国味的作品。我相信,在中国文化与世界文化的会合中,我们不是两手空空的,而是会有自己丰富而独特的贡献。

最后再说一点对理论工作的想法。许多年来我都在想,文艺界需要一个勃兰兑斯。勃兰兑斯在北欧的出现,影响到一大批作家的成长。我们也应该有大评论家、大理论家。这也许不是一个人,而是一批人,一个或几个中心,可以形成几个流派,各自团结一批作家。只有作品没有理论是不行的。理论工作也不等于只是批评这部作品阴暗,那篇东西亮色不够,最好能有系统的见解。是不是可以说,我们的新阶段也向理论队伍提出了任务呢?

(原载《文艺报》1980年第9期)

浅谈雅俗共赏

——在人民文学出版社烟台笔会上的发言

从未写过长篇小说,未识其中甘苦,只能从普通读者和写过几篇东西的一般作者的角度,来想这方面的问题。作为读者,希望读怎样的长篇小说?我想了,回答是两点要求:一是好看,二是耐看。

小说应该吸引人,这似乎是天经地义。长篇小说尤应如此。若读小说如同读哲学著作一样,未免有失小说的特点,在浩如烟海的出版物中,又何必读小说!小说最好能使人不能释手,废寝忘食。在那且听下回分解之时,让人真想读下去。这就要求它"好看"。

当然,只是好看还不行,还得耐看。若看了一遍,故事已知,悬念已解,再看就索然无味。这充其量不过是一部可以流行一阵的通俗小说。耐看的作品则可以读而又读,每遍都可以获得新意。书中人物常在身边,书中情绪常在心间。十年、百年还经得起看,这就是了不起的好书。

作为一般作者,对写长篇有什么要求?我想了,回答只有一个,即要做到雅俗共赏。也可以说,那供俗赏的是好看,供雅赏的是耐看。

窃以为古往今来之小说，在做到雅俗共赏这一点上，未有超过《红楼梦》者。读《红楼梦》可以有三个不同的高度。最大众化的读法是把它当作言情小说。市井街坊之间，为宝哥哥林妹妹所洒的同情之泪，为江河湖泊所难收。第二个高度是把它作为社会小说，它对封建社会有认识作用。从乌进孝交租的经济情况、宝玉受笞所表现的伦理道德，又到当时日常服饰肴馔，它几乎是一部百科全书（不过若真把做茄鲞的描写当成菜谱，也未免忒胶柱鼓瑟了）。最上一层的高度是以之为哲理小说。虽然有人说其中对佛道二教的道理讲得很肤浅，但我想只要于人生道理表现得深透，足矣。

说这些好看、耐看、雅俗共赏的大原则，自知都是空话、废话。究竟应该怎样达到这些要求？我想最要紧、最起码的一个办法，就是写，一个字一个字地写。而连这一点，我还远未做到呢。

（原载《当代》1984年第6期）

说 节 制

——介绍《曼斯菲尔德短篇小说选》

蒲松龄纪念馆来人请父亲写几个字。父亲拟了一副对联:"鬼怪精灵书中人物;嬉笑怒骂笔底文章。"拟就后和我商量。我当时想,是否可再加几个字,在"书中人物""笔底文章"之后来一番形容。于是想了"灿如锦""利于刀""呈异彩""放奇光"等几种。但是文字一长,反而觉得内容少了。原来可以让读者自己去补充的都给限制住了——且不说这几个拟得都不好,估计想出好的也是一样。

蒲松龄的《聊斋志异》是短篇小说的高峰。他能以极精练的笔墨给读者一个蕴藏丰富的艺术世界。在他的纪念馆中留字,怎敢啰嗦。《文心雕龙·熔裁篇》中说:"规范本体谓之熔,剪截浮词谓之裁。裁则芜秽不生,熔则纲领昭畅,譬绳墨之审分,斧斤之斫削矣。"一般作文如此,短篇小说更需如此,文字到了诗,则应是精练之至,而短篇小说应是和诗相通的。对联也是诗,能十六个字打住就不要二十二个字。这就需要节制。

节制是一种美德。英国女小说家曼斯菲尔德在这方面很有功夫。

凯塞琳·曼斯菲尔德(1889—1932)是英籍新西兰人。她在短促的一生中写了八十八篇短篇小说,使得她的名字留在英国文学史上。在短篇小说发展中,她有特殊的贡献。另一位英国女小说家伊丽莎白·波温说:"如果她(曼斯菲尔德)没有写东西,没有像她写过的那样写,则一种艺术形式还停留在襁褓之中。"第一次世界大战以后,价值的传统观念破坏了,意识形态需要革新。这时如果不是曼得到普列汉诺夫在《论个人在历史上的作用问题》里所说的那把宝剑(只在短篇小说领域里),也会有别人来做社会趋势需要人做的事。曼的幸运,是和她自己的努力、才具等分不开的。在短篇小说内容方面,她把看来微不足道的琐事写进小说,成为艺术品。在形式方面,"难道不是她第一个看出来短篇小说是反映一天的理想形式?"

关于曼的小说,拙文《试论曼斯菲尔德的小说艺术》有较详讨论。这里只就"节制"这一点说几句,以介绍"二十世纪外国文学丛书"中方平同志主编的《曼斯菲尔德短篇小说选》。

苏东坡说作文章要行其所当行,止其所当止。这是显而易见的道理,只是不易做到。怎能知何时当行,何处当止?有"感觉小说派"之称的曼斯菲尔德、波温等女士,说她们写短篇小说的过程是从"看见"开始的。每篇都有它自己的形式,小说随着形式出现,当行当止,天然浑成。这种"看见"的本事,实际是在不自觉中做了取舍熔裁。在不自觉中适当"节制",可谓"从心所欲不逾矩"了。

曼斯菲尔德的节制功夫首先表现在内容的取舍熔裁上。她的作品中写到阶级压迫,就这一点,我以为她确比弗吉尼亚·伍尔芙和波温高一筹。可能因为她常为衣食愁,生活不安定,知道一点人间疾苦,便具有深厚的同情心。但她写得很有分寸,不随缰跑马跑到她不熟悉的领域中去。著名的《花园茶会》中萝拉明确提到讨厌阶级差别，写的也只是一个富家少女的感受和同情心，不去更多发挥。《一杯茶》《罗莎蓓儿惊梦记》《女主人的贴身女仆》都写了两种阶级贫富悬殊的生活。富家少妇罗丝玛利和贫穷少女史密斯、梦中和现实中的罗莎蓓儿、女主人和她的贴身女仆，都形成鲜明的对比。作者只是把这对比给人看，而自己不做评论，也不让书中人做评论。那贴身女仆还真心实意伺候主人，受害而不自知，更引人同情。《莫斯小姐的一天》（在《试论曼斯菲尔德的小说艺术》一文里译为《影坛》）写的是女低音歌唱演员求职无着，在饥饿线上挣扎，沦为妓女。这样惨痛的事，在曼笔下，仍然带有抒情调子，平静而有节制。等到读完最后一句，再一思索，才明白了这位歌唱演员的沦落，令人不寒而栗。

曼的节制功夫的另一方面，表现在结尾的处理。因为短篇小说要求结构谨严完整，结尾十分重要。欧·亨利善于用出人意料的结尾，形成了"欧·亨利式"，如一个嗓音优美的青年讲他的一段经历，似乎颇为缠绵，结果原来是在推销喉症药品。著名的《麦琪的礼物》结尾也是出人意料。曼斯菲尔德的结尾则常在意料中，整个篇章都在烘托酝酿这结尾，可结尾大都不用确切的文字，大都是不定式。《花园茶会》结尾，萝拉说："人生是不是——"究竟是怎样，她和劳利都没有说，当然这确实很难说。她总是点到即止，让读者自己去完成那没有完成的部分。《陌生人》的结尾表面上是确定的："须知他们永远不会再有只是两个人相聚的日子了。"可是那陌生人的死何以有这样的作用？死，在生之中的地位如何？全要读者自己去玩味。

我国有些讲文章作法的文章说，文章有豹尾和狗尾之分。如果认真学习文章作法便可以写小说，则小说家可以有大学毕业生的数字。不过豹尾狗尾的说法似有些意思,因为写东西要从头到尾都精彩很不容易。近见有文章论及我国长篇小说大都后半不如前半。我想这是才力、体力不够用之故。短篇小说照说可以一气呵成,从头到尾的完整是不可少的。可是能有满意的结尾也不容易,欲得豹尾实得狗尾者不鲜见。曼斯菲尔德身体不好,和肺病奋斗多年,以她的精神、体力,她应该在结尾显示出弱点。但是没有,她的小说几乎篇篇都是那样完整,而且还有一个曼式的独具风格的结尾。这当然是她呕尽心血,努力的结果。她在写完《在海湾》(这篇较长,本书未选)之后,自己说有好几个月都恢复不过来。人们常为她的才情和早逝惋惜,惋惜那永远没有出现的长篇巨著。其实她如果活得长,作品的量会有增加,质却不见得会有多大变化。她已经完成了她的使命。

  曼的第三个在节制方面的特点是细节的选择。这是一句老生常谈了,曼的小说于此很突出。因为要在有限的章节中最恰当地表现出想表现的众多的东西,就必须选择最恰当有力的细节。她很少多费笔墨去形容人的外貌,只是点出几件衣饰,便把人物风神传达出来。如《花园茶会》中萝拉的那顶"缀有金色雏菊的黑帽子";《幸福》中贝莎"穿一身白衣服,配上一串翡翠珠子,绿鞋绿袜";在《莫斯小姐的一天》中莫斯小姐便全是一副谋求职业的打扮,"手戴一副白手套,脚蹬一双白帮鞋"。这些简单的描写,有力地烘托出人物的身份。

  《莳萝泡菜》里有两个细节,对男主角的性格起了画龙点睛的作用。一个是六年前他和她在邱园,"他像个疯子似的对付着黄蜂——赶它们走,用他的草帽拍它们,认真和愤怒到了与那场合不相称的地步"。另一个是结尾,他和她不期而遇之后,她走了。他对侍者说:"那奶油没动过,请不要叫我付钱。"他知道自己心里"没有一个能容纳别人的角落",他的行动也不能容纳别人。女主角的痛苦,便得到了根据。

曼小说中最有力量、最有启示性的一个细节,是《洋娃娃的房子》内的那盏灯。这是一盏照亮曼的全部创作的灯。女孩凯吉亚特别喜欢玩具房子里餐桌上的灯,可是她的姐姐并不注意。倒是穷人家的孩子小艾尔丝看见那盏灯后,"难得地笑了一笑"。曼斯菲尔德知道小艾尔丝和凯吉亚一样有看见这盏灯的能力。而小艾尔丝为了看这盏灯,受到种种不公平待遇,这就十分有力地揭示了社会的不合理。正因为有这盏灯,又有能看见灯的人,人生才是有希望的。

曼在节制方面的第四个特点是在文字上。她的文字十分简洁,读来如溪水琤琮,有透明之感。据说她写作时经常朗读,要听起来顺耳才行。可见她在文字上下的功夫。如果一句话能表达,她绝不用两句。如果短一点的字能表达,她绝不用长的字。如果易识的字能表达,她绝不用艰僻的字。因为我们介绍的是已经变成方块字的曼的小说,就不必多讲她的原文。但是可以说,方平同志主持译选的本书译文上有很多妙笔,那实在是不容易做到的。

书后有方平撰写的谈曼斯菲尔德写作艺术的文章,对读曼的小说很有帮助。近见"企鹅丛书"新出版的文学名著除一篇详尽的序外,都附有作家年表,觉得很好。不知"二十世纪外国文学丛书"是否也可取此法。年表比小传明白易读。

曼斯菲尔德逝世五十年来,人们对她的兴趣始终不衰。今年《泰晤士报》一月十三日文学增刊有文章介绍曼斯菲尔德短篇小说的两种选本,一是由她的丈夫约翰·米德顿·莫瑞编选,一是克莱尔·托马林编选。还有莫瑞编的曼斯菲尔德日记。文章说:"读一九二七年版莫瑞编辑的曼斯菲尔德日记,再读'人人丛书'新出的托马林选的曼的小说,简直是做成和破除文学神话的一课。许多年来,莫瑞的凯塞琳是一个娇弱的天才,因意识到死亡的逼近,而加紧对真理的追求。托马林的凯塞琳则是一个顽强的、冒险的、幽默的、敏锐的殖民地女郎,对别人和自己一样严刻。这两种形象间横着半个世纪的选本、评论、传记、回忆和无休止的争论。"我一向不赞成西方评论界对作家本人的过于琐细的研究,有时他们对作家本人的兴趣似乎超过了对他作品的兴趣。对弗吉尼亚·伍尔芙的研究便有这种倾向,对曼斯菲尔德有时也不免如此。曼的艺术气息极浓的生活和她作品的抒情的纯净的风格似乎不甚统一。但我想作家若离开作品,便不存在。应该多从作品看作家,少从作家看作品,一切要以作品为主。一部作品的流传,在于它自己的艺术价值,艺术价值的形成有各种各样的因素。我以为,节制的功夫是曼斯菲尔德小说艺术风格的一个重要形成因素。

近来常想到长篇小说的一些问题,以为长篇和短篇有根本不同处。郑板桥认为文章以沉着痛快为最,一味讲文章不可说破不宜道尽是不对的,但"若绝句诗、小令词则必以意外言外取胜矣",沉着痛快是长篇"掀天揭地之文,呵神骂鬼之谈"的要求。意外言外是短篇可以使自己更丰富的办法;长篇的沉着痛快绝非冗长拖沓,还是要行其所当行,止其所当止。可以说,有其内在的节制,不过表现可能不同罢了。我国文化素来主张节制,讲究中和,哀而不伤,乐而不淫,有的似乎已成为一种限制,应该突破。但在小说艺术——也许是在一切艺术,我还是说,节制是一种美德。

《曼斯菲尔德短篇小说选》值得一读的原因,当然不仅在这一个方面。读过后,也许每个人的收获是不一样的。

1984年7月上旬

(原载《读书》1984年第10期)

说 虚 构

一九四七年,我写的第一篇小说,刊登在天津《大公报》上,内容是编造的爱情故事。现在这篇小说找不到了,它的价值不大,并不让人太遗憾。有趣的是这篇小说的题目,可以提一提。这题目用的是法文,《A.K.C.》。当时我正在上大学,法文是我的第二外国语。

"A.K.C."是法文 a casser 的谐音,意思是打碎它。小说中男主角送给女主角一件瓷器,上面刻着"A.K.C.",但是女主角舍不得打碎它,就没有得到藏在其中吐露真情的信。两人错过了,成为终身之恨。

如果我编短篇小说集,列出目录,第一行出现的会是法文。

小说给读者带来的艺术世界是无可比拟的,不可替代的。电影电视的艺术世界是由视觉、听觉固定了的,不像文学作品,通过文字,为读者鼓起想象的翅膀。譬如中国最伟大的小说《红楼梦》中的人物,每个读者心中都有一个版本,若固定在一个演员身上,是很难让人觉得像自己心中那一个的。小说永远会有人读,写小说的人永远会有事干,不至于失业。

不过似乎存在这样的现实:小说愈来愈难写了。读者的要求愈来愈高。许多人觉得与其看那些胡编乱造的小说,不如看纪实的文学,还可以多得些东西。小说得有虚构,创造出不同于现实世界的艺术世界。便是这虚构,实在很难。

一位英国评论家说小说是蒸馏过的人生,形象地说明了小说从生活里来,而又不是原样照搬,是经过艺术加工得出的人生的精髓。我们大概都有这样的经验,即写纪实的文学比写小说容易(当然写纪实文学需要的本事我很佩服,如采访)。虚构不是凭空乱编,而是很难很难的创造。写五千字的纪实文学,可能要五万字的材料,经过取舍剪裁得出。写五千字的小说,就不止需要五万字,便是五十万字也不行的。它需要用一个人毕生的经验、知识、见解把要写的一点东西搅拌、熬煎、锤炼,再抟再炼再调和,然后虚构出五千字来。虚构需要基础,要有生活的源泉,有这源泉,才能蒸馏。《红楼梦》里贾宝玉看见一间屋子里挂着这样的对联:"世事洞明皆学问;人情练达即文章。"连说这屋子住不得,以为世事洞明人情练达是俗不可耐的事。我一直以为若写小说,倒是很需要这两句话,这是对社会对人生的了解。对社会对人生有深刻的了解,才有生活的源泉。虚构的第一要义,其来源,恰恰不是虚构,而是现实人生。

无论哪个国家的小说,都是从简单的形式逐渐发展的。中国小说最初离不开神话。汉代有神仙传之类的作品,六朝有志怪小说,记叙鬼神奇闻异事,都很简短,不过把听到的事记下来罢了。唐代兴起传奇,则开始有意识地作小说,也就是不只记录,而有作者的虚构。宋元话本,深入街巷,影响很大。在这基础上,明清人情世态小说发展起来,蔚为大观,创造出虚构的艺术世界。如果没有以前小说的变迁和发展,就不会有后来小说的世界。曾有一个笑话,说一个人吃馒头,吃了一个不饱,又吃了一个还不饱,吃了第三个,觉得饱了,就后悔说,早知道吃第三个能饱,前两个就不吃了。文化是一条源远流长的河,是不能割断的。我们现在写小说,也必须从世界文化——特别是自己祖国的文化取得滋养。只有生活是不够的。现实生活是无字天书,文化修养是有字人书,缺一不可。

虚构从有字人书中得到什么?我想所得可分为实和虚两方面。就实的方面说,读书得到知识。人不可能有那么多的直接经验,从书本可得间接经验。书本知识不可能成为创作的材料(我信奉生活是创作的唯一源泉这句话),却能够激发联想。唐人李公佐著小说《李汤》,写淮涡水神无支祈是一猴状怪兽,鲁迅认为孙悟空是从无支祈而来。可以想象《西游记》作者知道有这一猿猴形象,受到启发,然后赋予它唐僧大徒弟——人的性格,齐天大圣——神的本领。无支祈就是那前面的两个馒头。就虚的方面说,读书能帮助作者提高蒸馏人生的技术。各种写法可以借鉴,这和从零开始是不一样的。

五十年代始,我们很害怕前面的馒头,总是拿了放大镜要找出它们的毒素。到后来就把世界文化统统批倒,特别是和我们自己的文化分了家,使我们的文学受害最大。我们本有几千年文明,思想宝库,人物画廊,取之不尽,用之不竭,可是硬使自己变得两手空空,成为一无所有、缺少根基的流浪汉。想只吃第三个馒头就饱是不可能的,于是只好处于饥饿状态。

现在年轻的作者们大概没有人再拒绝文化的滋养了。有字人书和无字天书这两本大书,应该两手抓,两手都要硬!

这些关于虚构的要求,也是文学创作的一般条件,老生常谈。虚构需要的另一条件,那是一只打火匣。安徒生有一个童话,说一个兵得到一只打火匣,一擦火,可以得到想要的一切。每一个作者都天生带着这打火匣,其中最主要的是丰富的想象力。有想象力,才能虚构,才能创造。如果作者本人没有想象力,无支祈也引发不出孙悟空。小说的世界是虚构的世界,也可以说是想象的世界。在想象活动中,需要能够设身处地。作者愈是能设身处地,悲书中人之悲,喜书中人之喜,则其描绘愈能动人。小说通过人物活动、事件发生等给我们描绘的世界看来是已知,实际更重要的是未知,又用作者自己那个独特的打火匣照亮人生未知中的可知。过去写小说有人提出八个字的要求:"情理之中,意料之外。"意料之外说的是不落俗套,情理之中说的是依照生活的规律。从已知到未知而揭示可知,必然落实到生活的基础上。

小说的虚构可以写一本书,不过我觉得说怎样虚构比做更难。我情愿具体地蒸馏人生,而把论说怎样蒸馏留给更聪明的人。

1994 年 4 月中旬

(原载《读书》1994 年第 10 期,编者改题为《虚构,实在很难》)

传统与外来影响

传统与外来影响是文学创作中的重要问题。文学的唯一来源是生活,然而这源泉怎样能变成绚烂多彩的艺术世界,是离不开传统和外来影响的。就传统而言,有深厚的文化传统才能产生深刻的作品,作品是被文化抬举着的,就像船在水上,水涨船高。就外来影响而言,其影响可分间接直接两方面。外来影响撞击本土文化,使得本来的文化传统因外来刺激而发展,作者间接受到发展了的传统的影响,也可直接受到外来影响,如阅读书籍、互相访问等,这在现代社会中是容易做到的。

中国文化在几次大撞击中产生飞跃。黄河流域的中原文化(史文化)和长江流域的楚文化(巫文化)撞击汇合,产生了灿烂的汉文化。隋唐时期佛教的传入,产生辉煌的唐宋文化。近代史上,随着和西方的接触,有了五四新文化运动,提出科学、民主和现代化的口号。应该说,这一运动,现在正在延续。

任何民族的文化,都只有不割断历史,同时很好地汲取外来影响,互相补充,互相渗透,才能活泼地、充满生机地向前发展。

小说的发展也不例外。

纵观中国小说的历史,主要是现实主义的脉络,写人情世态惟妙惟肖。古典小说作者很善用白描手法,朴素地几笔勾勒,便使人物跃然纸上。如《红楼梦》中的凤姐受到妖法陷害,拿着刀见鸡杀鸡,见狗杀狗,见了人"瞪着眼就要杀人",这几个字就写出凤姐神态,尤其是中了妖法的凤姐神态。古典小说家不做大篇心理描写,只用一两句话,写来却意味无穷。如宝黛口角以后,只写他们心里想着同一句话,即贾母说的"不是冤家不聚头",极有感染力地表现了他们相知相爱之深。

中国传统小说大都从人物的行动来写性格,选择最典型的事例,绝不浪费一点笔墨。如《红楼梦》写迎春惜春的篇幅不多。对迎春只写了一件事:她管不了跋扈嚣张的仆人,丢了首饰也不查问,只管捧着一本道家的书看。这样一个场景,充分显出了迎春的懦弱性格。写惜春也从未写她想什么,只写她的一段言谈以及和尼姑下棋,个性一下子就出来了。

《红楼梦》和别的小说有很大不同,即在现实描写中加入了木石前缘的故事,使得全书稍带有浪漫色彩。有人说这样就减弱了全书的力量,本来很真实,变得虚幻了。其实有这段虚无缥缈的描写,使得全书更耐人寻味。因为木石前缘不是庸俗的因果报应,而是冥冥中的一种力量。

我向美国朋友竭诚推荐《红楼梦》,这确实是一本奇书,非常值得一读。

我们也有《聊斋志异》这样的写鬼怪的非常美妙的小说,但是总的说来,我们的小说中浪漫主义较弱。鲁迅分析是因为生活太苦和容易忘却的缘故。

我喜欢浪漫主义。我在美国作家中,找到了霍桑。

霍桑的作品在我少年时已有中译本,我曾读过《红字》和《海德格医生的实验》,留下深刻的印象。后来我们长期与外界隔绝,接触外国作品很少。一九七九年,我国专门介绍外国文学的刊物《世界文学》(那时我是一名编辑)复刊时,我提出介绍霍桑,于是和朋友们一起选了《教长的黑纱》和《拉帕其尼的女儿》两篇,我自己翻译了后者。这次阅读使我更为霍桑的气魄所感动,总想编译一本霍桑短篇小说集,但因为我忙于创作,这一工作已经由别人完成了。

文学是需要想象力的。霍桑的一个重要的、使我倾慕的特点,便是想象力的丰富。批评家们说,他的创作一半是寓言,一半是现实。他自己说,他一生致力于寻找"一个现实和想象的汇合点"。我想,这一汇合点,是富有浪漫主义气质的作家都在寻找的。

霍桑的代表作 *Young Goodman Brown*(《年轻的古德曼·布朗》)写一个小伙子去参加魔鬼的集会,一路受到良心的谴责,到了以后竟发现许多名声很好的高贵人士和那些无耻无行的人都在集会中,连他自己纯洁的新婚妻子也在那里。这个短篇小说突出地表现了作者几方面的特点:他的原罪意识,他对人的内心世界的剖析和使用超乎人类经验的想象力,这一切,在那魔鬼集会的燃烧的岩石上,巧妙地汇合在一起。那强烈又神秘的气氛、深刻的思想打动了每一个读者。

一九七九年,我写了我的第一篇内观手法的小说《我是谁?》。评论家称它为象征的或表现主义的,有人说它开了中国现代派之先河,也有人说它根本算不上。现代派是一个不清楚的词,这里不去说它。我称自己的这一类小说为"内观手法",以区别于我另一类小说,偏重于现实描写的"外观手法"。内观手法挖掘人物内心。《我是谁?》中,人被践踏到非人的地位,从心里觉得自己只能是一条虫,外表上便也改变了。这种变化有卡夫卡的《变形记》在先,但我写的这条虫是只有在中国"文化大革命"之中才能变出来的中国虫。后来又写了《蜗居》,这是一篇寓言小说,我自己很喜欢。后来又写了《谁是我？》和《泥沼中的头颅》,后者的译文即将发表在美国的一个文学杂志 *Article Review*(《文学评论》)上。

《蜗居》写一个人在幻觉中到了地狱,遇见中国汉代名臣——惨遭杀戮的范滂,在罗马鲜花广场看见正受火刑的布鲁诺。最后看见一个长长的队伍,手持着自己金光闪闪的头颅照亮黑暗。但他舍不得离开保护自己的"蜗居",在壳中腐烂了。写这篇东西时,我感觉到想象是从现实出发,却又是自由的,不受束缚的。我努力寻找那现实和想象的汇合点。

作品一写出来,就有它自己的灵性,读者可以得到许多作者未想到的东西。如经作者解释,就太实在了、僵硬了。似乎也是霍桑说过,重要的是那块饼,而不是烘饼的过程。

我不再饶舌。只再说一句,在我写作过程中,搅拌着生活的泉水时,我感到中国伟大深厚的文化传统的支持,也感到远方光辉的照射。常觉得十分幸运。

(原载《当代文坛》1988年第4期)

独创性作家的魅力

身为外国文学研究所的工作人员,若不为自己单位办的刊物写点什么,似是大逆不道。为避这嫌疑,虽然我总没有想好我和外国文学的关系究竟如何,也只好搜索枯肠,找出几句话来,交代一下。

就记忆所及,我读的第一本外国小说是林琴南译的《块肉余生述》,即《大卫·科波菲尔》,时年八岁。那文字当然是不大懂的,但现在还记得"大野沉沉如墨""落英缤纷"等句子。后来在高中英语课本上读到大卫在去学校途中吃饭的一段,知道一点原文是什么样子。记得因为我们倒英文老师的台,那一课是我们的校长黄钰生先生亲自教的。后来又读全书,很喜欢书中的艾尼司,那善良的、总是为别人着想的女孩。再后来知道评论家认为这个人物很虚假,便为她抱不平。细想来,艾尼司有点中国妇女的味道,恬静、安详,内心却有坚韧的力量,把温柔的光辉洒向人间。这样的女性绝非虚假,只是太少了。狄更斯在这书的序中说,大卫·科波菲尔是他心灵深处得宠的孩子。这本书也是我的一个特殊的朋友。八岁时看不懂的,如书中描写的童工生活,负债而进监狱的情况,后来则深为其人道主义精神所感。人道主义精神是西方优秀文学中最根本的东西,源于普遍的同情心,大悲大悯。若无这同情心,只斤斤于一部分人的利益,当然也感动不了广大读者。

狄更斯以极大的同情心真实地写出了他所处的社会,有幻想,却没有粉饰。这样的书总有点讨人嫌。曾听一位英国朋友说,六十年代初他听到一位中国青年说,伦敦街上躺着无家可归的人,说是狄更斯小说这样描写的。这位朋友很不悦,说现在的英国已不是狄更斯笔下的英国了。提起英国文学,应该有另一个代表人物来代替狄更斯,但是想了半天也没有想出来。

青年时代我最爱两位作家,陀思妥耶夫斯基和哈代。关于哈代,我在《他的心在荒原》这篇散文里说了许多。关于陀思妥耶夫斯基只写过一篇极简单的小文,还是五十年代在文委宗教事务处工作时,似乎是国际上纪念陀氏,不知怎么写了一点,发表在《工人日报》上。我从初中到大学期间,不断读陀氏作品,《罪与罚》《被侮辱与被损害的》《白痴》《卡拉马佐夫兄弟》,真是令人肝肠寸断!有很长时间,我们的评论认为陀氏是反动的,喜欢他的作品也至少是在感情的细流里有某种不健康因素,在一次次的思想改造中应该挖挖思想根源。记得起先是把一些"不健康"的思想感情归于小资产阶级,后来的说法是小资产阶级就是资产阶级,何必要那"小"字,应该统统打倒!我们的十字架造得那样多,发给读者和作者一同背负。鲁迅有一句话论及陀氏,原文记不清了,大意是陀氏在拷问人生的罪孽,一直拷问出罪孽底下灵魂深处的洁白来。真是深刻极了。现在的专家们仍可指出陀氏的短处,但那拷问的精神是何等伟大!他把自己的灵魂和人生的罪孽一起放在炼狱中经受拷问。他书中的人物忍受侮辱和损害,忍受无穷的苦难,但他们的精神是丰富的,内心仍是倔强的。他们无法抵抗,但他们不是顺民!

据说贝娄同时也是陀氏专家,在大学讲授这一课,讲得十分精彩,我一直想看他的讲演文集,但像许多事想做却总做不成一样,不知何时能看到。

六十年代中期,"文革"以前,批判经典著作风行一时,卡夫卡批判是一课题。当时,以卞之琳先生为首成立了一个小组,我是其中一员。卞先生指导我们读作品,并讨论过几次。提纲尚未拟出,"文化大革命"开始了,一切付诸东流。但是卡夫卡作品在我面前打开了文学的另一世界,使我大吃一惊!

有人说,卡夫卡始终是一个谜,一个禅宗的公案。其作品本身给予文学创作如后来的某些派别的具体影响且不必说,我从他那里得到的是一种抽象的,或说是原则性的影响。我吃惊于小说原来可以这样,更明白文学是创造。何谓创造?即创造出前所未有的世界,文字从你笔下开始,而其荒唐变幻,又是绝对的真实。在"文革"中,许多人不是一觉醒来,就变成牛鬼蛇神了吗?

卡夫卡在一篇日记中说,他本想写狄更斯式的长篇小说,"只是用我取自时代的更强的烛照和我自身的微光来丰富它"。幸亏他"缺乏魄力和由于模仿所受到的教训",才避免了。他说"每个人都是独特的","我从不知道常规是什么样的"。他尊重独特,强调独特,由此而常陷于绝望。

如果我们不能尊重、强调独特,至少应该承认它吧。尤其是文学作品,如果不是独特的,又有什么存在的必要?

小说以外,我还喜欢泰戈尔、济慈、狄金森的诗,莎士比亚的《麦克白》,易卜生的《培尔·金特》,还喜欢潘彼得和快乐王子,我还热爱安徒生童话。

奇怪的是,今年七月间我在洛杉矶迪斯尼乐园的童话世界中,没有见到一个安徒生笔下的人物。是否没有像中文译本这样的英文译本之故？我很难想象。曾到处扬言要致函迪斯尼乐园,建议为海的女儿辟一块地方,布置起来一定比白雪公主、睡美人和爱丽丝的领地更吸引人,他们还可以多赚些钱。

可我总没有写这封信。

1989年11月29日

（原载《外国文学研究》1990年第1期）

有生命的文学

——读《外国文学》当代澳大利亚文学专号

一九八一年我去澳大利亚访问时,还在《世界文学》编辑部工作。也许出于职业习惯,乃有小小雄心,想在回来后编一期澳大利亚文学专辑。终因自己疏懒,未能如愿。今天看见《外国文学》杂志出版了当代澳大利亚文学专号,不禁雀跃者再。

这已经是《外国文学》编出的第二期澳大利亚文学专号了。听说他们编辑部人很少,还是兼职,从成绩来看,效率是很高的。我们介绍澳洲文学,不只因中澳两国人民的友谊,也因为它本身是有特色、有生命力、有前途的文学。亨利·劳森笔下的伙伴情谊一直打动人们的心。现在的作品已完全不同于开创时期,也吸引人们注意。现实生活在变化,作品基于生活,当然也在变化,澳洲作家中有怀特这样年过七旬仍在孜孜不倦写作的大作家。久住意大利的莫里斯·魏斯特去年已回悉尼定居。正在盛年的基民利创作力如汨汨泉水,不断出书。较年轻的穆尔豪斯在努力采用各种新手法。有作家方能有作品,各种不同的作家保证了作品的丰富多彩。

这一期专号着重介绍六十年代前后成长的一批作家。穆尔豪斯是其中佼佼者。他和女诗人道伯森去年曾访问我国。记得谈话间他曾说用新手法写作是他的方向,还说他写了一个人物,出现在好几个短篇中,每篇写一个方面。我看过他几个短篇,印象不一致。

专号中还有别的不同风格的作品,有的我喜欢看,有的不大喜欢,却觉得该这样选。我想一个国家内的文学创作有各种流派,是应该的;各国之间对文学情况互相有所了解,且不说了如指掌,是必要的;彼此的影响、借鉴也是不可避免的。工作中取舍作品,绝不凭个人好恶。编辑生涯二十余年来,对此深有感受。如今已离开编辑部,也仍时时以此自戒。

这期译文也有特色。短篇小说列在第一篇的《男人的世界》,译者是陆文夫,只译文就有滋味,这是作家翻译的不一般处。越来越多的作家不只重视读外国文学,也注意其文学的表现手段——语言了。身在外国文学界的作者如我,常自觉太不成器,应该努力学习。《鸡鸣》一诗译文很有趣。译者朱次榴别出心裁,每句都是十个字,按三、三、四断读。

　　欲自在　图逍遥　夜独出走
　　留灯明　弃家室　登上城路
　　至桥边　却迟疑　停住脚步
　　转回身　沿来路　步履踌躇

原文未见,不识其"信"如何。然而译诗最难传达章节韵味,这译文已创造出一些了。

顺便说一句,这一期专号的负责人胡文仲(想来很多人认识他,"跟我学"主持人中不戴眼镜的那一位便是)编选了一本原文《澳大利亚短篇小说选》,不仅选材精当,且有注释,通过文学作品学语言,本是好办法。

不知不觉间,北京已是初夏。我们的一切都在渐入佳境。澳洲此刻正值深秋,想那色彩绚丽的秋色,更胜当年了吧。

1984年6月

(原载《人民日报》1984年6月25日)

耳读《朱自清日记》

前两年写过一篇文章《乐书》,即读书之乐。其实我现在是读不了书的,只能听书,是曰耳读。耳读感受不到字形的美,偶然用放大镜看到几句文章真觉舒畅极了,只是这机会越来越少。因为同音字多,听力也不是很好,便要常常追问到底是什么字,费时费力,也只能大体知道个意思。但我幸亏还有这点听的本事,能有耳读之乐。

那大概已是前年的事了,仲为我读《朱自清日记》,从头到尾。日记从一九二四年七月二十八日开始,到一九四八年八月二日为止。记叙简略,一般是记下了书信、人际往来,自己做了什么事,读了什么书,间或也有感想。文字极平淡,读后掩卷之余,我们似乎觉得朱先生就在面前。

这是一本真正的日记——照日记本来的意思,都是为自己看的,不必给别人看。现在有些日记,在写时尤其在整理时都是想到有个读者在,若以为日记所记都是真实的,就未免太老实了(我本想说那就是大傻瓜)。《朱自清日记》是真正的日记。朱先生怕别人看,有一部分用英文和日文杂写,他绝没有想要通过日记来炫耀什么,或掩饰什么。而我们就从这些文字中看到了一个真正的人,和一段真正的历史。

我曾有过这样的问题：朱先生这样怕别人看他的日记，事先还做了防备，现在出版他的日记是否违反本人的意愿。但我又想，能够提供一段珍贵的史料，朱先生可能是会同意的。

我们在日记中看到的是一个平凡的普通人。他常常借钱借米，他自谦得有时甚至有些自卑，总觉得自己的学术地位不如人。但是他勤奋、宽容，常常为别人着想。最使我感动的是闻一多先生殉难后，朱先生在成都讲演募捐，做了很多工作。那是需要勇气的，有些人避之唯恐不及。他本不是一个热心斗争的人，但是出于最普通的同情心，他要做他所能做的事情。一直到胃病很严重的时候，他仍勉力编撰《闻一多全集》。闻朱之交可能不像有些人以为的那样深，但是却达到了一种高致。我并不否认朱先生的觉悟、认识、热情，但总以为他的本性不是英雄人物。正是他作为一个平常人的朴素的感情，使得他的人格发出光辉。这种光辉也许不是很强烈，却能沁透人心。

日记多次记述了和冯友兰先生的交往，一九三三年二月十一日记载："晚赴王了一宴……多一时俊彦。芝生述张荫麟所举柏拉图派主仆故事，谓共相不足恃，渠亦将举学童解'吾日三省吾身'之'吾'字故事以证共相之作用。又述辜鸿铭论'改良'及'法律'二词及陈独秀与梁漱溟照相事。又绍虞误认杨今甫为白崇禧事。皆隽永可喜。归金宅，转述芝生笑谈，殊无反应。殆环境既异，才能亦差也。"又一则日记，一九三五年二月二十八日："对霍士休进行考试的口试委员会今天下午开会。进展颇顺利。冯友兰先生指出唐代以后大量传奇故事的渊源。唐代的传奇故事是霍的研究题目，而这正是他论文中的大弱点，但我们却没有发现。"

日记还记下了在某家遇好饭食，一口气吃了七个馒头。也曾告诫别人冯家的炸酱面虽好,切不可多吃,不然胀得难受。读来觉得朱先生真可爱。他的胃病持续了很多年。抗战中没有好的医疗条件,复员以后,似乎也没有认真地医治,也没有认真地休息。从最后几天日记中可以看到,他仍在读书写作,料理公事。日记忽然中断了。他再也不能写了。十天以后,他离去了。记得他去世前数日,父母到医院看望,也带着我。我站在母亲身后,朱先生低声问了一句:"你还写诗么?"我嗫嚅着,不敢大声说话。他躺在那里,比平时更加瘦小,脸色几乎透明。那时我对死亡没有什么概念,只觉得父母亲的脸色都很严肃。五十多年过去了,我还记得那个院子和病榻上朱先生几乎透明的脸色。

一九四八年我到清华上学,那时常写一点小诗,都是偶感之类,不合潮流。一次曾随几个同学到朱先生家,同学们拿出自己的诗作请朱先生看,我也拿出一首凑热闹。朱先生认真看了,还说了几句话,可惜不记得说的什么了。

我上中学时,课本里有朱先生的文章,几十年以后的中学课本里还是有朱先生的文章。大家都记得《背影》《匆匆》,而且都会背:"燕子去了,有再来的时候;杨柳枯了,有再青的时候;桃花谢了,有再开的时候。但是,聪明的,你告诉我,我们的日子为什么一去不复返呢?"真的,我们的日子为什么一去不复返呢?这是我和我的同龄人常常发出的概叹。一天,一位老友打电话,说他极想再读一读《匆匆》这篇文章,想着我这里总会有的,能否查一查。那时我查书比较方便,只需要和我的图书馆长仲说一声。文章找到了,我先在电话里念给老友听,念完了,我们都沉默了半晌。

时光如河水般地流去了,在荷塘月色中漫步的朱先生已化成一座塑像伫立在荷塘月色之中。老实说,现在经过修整的这座荷塘远不如旧时,那时颇有些荒凉的荷塘要自然得多,美得多。不过,朱先生的文字中凝聚着的美,那是朱先生的精魂,是不会改变的。

这部日记是朱先生之子乔森在化疗期间骑自行车送来的。读完全书,他已又住进医院。我说我要写一点感想,真写下来时,乔森已然作古。这一道门槛,是每个人都要跨越的。

朱先生并不需要我来为他添加什么,现在也不是某种纪念日。只因读过他的书和日记,我在心底升起一种情感,便写出来。

时间继续流逝,"去的尽管去了,来的尽管来着;去来的中间,又怎样地匆匆呢?"在这去来之间,在时间的匆匆里,有了多少变化,不能预防,不可改变。人,只有忍受。

聪明的,你告诉我,日子为什么一去不复返呢?

2002 年 5 月稿

2002 年 12 月改

2004 年 9 月重读

(原载《人民日报》2004 年 9 月 9 日,题为《耳读偶记》)

耳读《苏东坡传》

平生最爱东坡文字。十来岁时,在昆明乡下,初读前后《赤壁赋》,那是父亲要求我们背的。文中情景"白露横江,水光接天。纵一苇之所如,凌万顷之茫然",使人如置身其中;议论虽不太懂,却也易读易背,好文章总是容易记得。后来又迷上了东坡诗词,也深慕东坡为人。一首《江城子》:"十年生死两茫茫,不思量,自难忘。"我玩味了几十年,到现在才真的体会了那分量。苏东坡除留给我们宝贵的文学遗产外,还留下了造福百姓的各种工程,我觉得他真是了不起。其实我的了解很不全面,今年初始,读了林语堂著《苏东坡传》,才了解到他伟大人格的精髓。

写古人的传记,很难。我们没有见过传主,不认识他,只能凭借文字材料,这就要用得准确。最怕的是,望文生义,断章取义,连编带造,幻想丰富,写出来的是传记作者想象的人物,和传主相距何止十万八千里。这本《苏东坡传》也是凭材料写的,但它把握了材料的真意(好在那时还不需要现在这样深奥的"辨伪学"),一幅幅历史画面都是真实可信的。一部好的传记需要驾驭材料的本领,从中也可以看出作者的见识,甚至显示出他自己的人格。

林语堂的名字也是大家熟悉的。惭愧得很,我以前以为,他只是写点中国文化给西方人看,小说也不见得是上乘。可是这本《苏东坡传》,给了我们一个真实的苏东坡。不只是他坎坷的遭遇,也写出了他的精神,他的性格。没有对中国文化的深刻理解,是写不出的。读完这本书,我对书的作者深生敬意。

苏东坡关心人,关心民间疾苦,这是他一生的底色。书中举出他的三件事情,说它们是人道主义的表现。他被贬谪黄州时,对当地百姓因贫穷而杀死婴儿的情况深为惊骇,写信给太守,呼吁制止杀婴。他在信中叙述了杀婴的情况,并做出建议:"公更使令佐各以至意,诱谕地主豪户。若实贫甚不能举子者,薄有以赒之。人非木石,亦必乐从。但得初生数日不杀,后虽劝之使杀,亦不肯矣。自今以往,缘公而得活者,岂可胜计哉!"

元祐七年,南方连日大雨,洪水成灾,百姓无衣食,在雨中奔走。而因为青苗法的关系,他们还背负了很重的债务,债主是朝廷。东坡亲眼看到这种情景,夜不能寐,接连七次上表太皇太后,请求宽免贫民的债务。这七次表章可以看作一个文件。

他被贬海南,遇赦回到北方时,知道章惇获罪流放,他给章惇之子的复信说:"某与丞相定交四十余年,虽中间出处稍异,交情固无所增损也。闻其高年寄迹海隅,此怀可知。但已往者更说何益?唯论其未然者而已。主上至仁至信,草木豚鱼所知。建中靖国之意可恃以安。……所云穆卜反复究绎,必是误听。纷纷见及已多矣,得安此行为幸。见今病状,死生未可必。自半月来日食米不半合,见食却饱。今且速归毗陵,聊自憩我里。庶几少休,不即死。书至此,困惫放笔,太息而已。六月十四日(1101年)。"要知道,章惇迫害元祐党人最厉害,把苏东坡一直放逐到海角天涯的琼州。旅途中,多次刁难,不准坐船,经过恩请才能坐一段,还要限定时间。到达目的地,又不准住官舍,东坡不得不结茅而居。连最初允许东坡暂住官舍的太守也被革职。现在,章惇获罪,也被放逐。东坡对他的态度是何等的宽容,充满了同情关心。"闻其高年寄迹海隅,此怀可知……得安此行为幸",关切之情,跃然纸上。

林公说,这三个文件是人道精神的三个文献。东坡的人道精神还有多方面表现。诸如修水利,建医院,舍药方,赈灾等。几乎贯穿了他为官和被贬的全部生活。

书中还着重指出了东坡的民主精神。他在给门人张耒的一封信里说:"文字之衰,未有如今日者也,其源实出于王氏,王氏之文,未必不善也,而患在好使人同己。自孔子不能使人同,颜渊之仁,子路之勇,不能以相移。而王氏欲以其学同天下。地之美者同于生物,不同于所生。唯荒瘠斥卤之地,弥望皆黄茅白苇。此则王氏之同也。"又在给太皇太后的上书中说:"人虽能言,上下隔绝,不能自诉,无异于马。"他主张每个人都应该能表达自己的意见,如果说出来,有关方面听不到,人不如马。如果根本没有说话的权利,岂非更不如马?

东坡和司马光的意见不同,但都不要求别人"从己"。能自由发表意见,不算民主;自己能自由发表意见,又能尊重别人发表意见的权利,才是民主。有一位年轻人问我:"西南联大的时期,三校合作无间。那些人都是学富五车、才高八斗的人物,怎么能彼此合作?"我高中毕业那年,正值复员,西南联大解散。我只是联大附中的学生,但因父兄辈在世者渐少,便也常被问及当时情况。我想,先生们大多对中西文化都有了解,有很高的素养,知道民主的真谛在于不只发展自己,也要尊重别人。也就是现在常说的不仅要做到少数服从多数,还要做到多数承认少数的存在。如果多数要消灭少数，就算不得民主。这种精神，千年前的东坡已经具有，是何等的可钦可敬。

东坡的乐观态度给后人精神的净化和鼓舞，在这本书中也得到很好的表现。无论是在黄州的穷乡僻壤或是在惠州瘴疠之地，甚至在大海的那一边的琼州，居无屋，食无米，却还兴致勃勃地和人谈神说鬼。在惠州，曾建议修建公共水利；在琼州，自己造墨，几乎把房子烧了。

东坡在黄州住了四年，还被调来调去。被任命为登州（今蓬莱）太守，只做了五天，就应召进京。这样短的时间里，他还向朝廷建议更改盐税。可惜出自何处，现在我记不得，也无力查，此传未提此事。这在东坡的诸多功绩中，也许不足道，但这也是一件为百姓造福的事，所以当地居民一直怀念他，编出了九朵莲花的传说。说是八仙过海的时候，来了九朵莲花，其中一朵是为东坡准备的，可是他没有去。看来，大家都觉得东坡是应该飘飘然坐在莲花上的。

从书中记述看到，东坡有多位女性知己。他得到几位皇后的关注，尤其是英宗的皇后，也是神宗的皇太后，又是哲宗的太皇太后的高氏，极欣赏东坡的才华，东坡的政绩大多得到她的支持。东坡的原配和继配，两位王夫人都很贤德，侍妾朝云，虽然没有得到夫人的名分，在东坡生活中却有极重要的地位。以前我以为她是杭州名妓。此传中说，她是苏夫人在杭州买的小丫鬟，进府时只有十二岁。曾见东坡一篇文字，说朝云入府时并不识字，大概是丫鬟较确切。不管她的出身如何，朝云极美且有慧根，是无疑的。秦观说朝云"美如春园，目似晨曦"。《红楼梦》第二回，贾雨村论到异气凝聚，从而产生一些不平凡的人物，也提到朝云，把她和薛涛、崔莺、卓文君并论。朝云随侍东坡，远涉蛮荒,身染疟疾而亡,惠州现有朝云墓,上有一亭,名为六如亭。我曾想为朝云写一小说,题目就叫作"六如亭",也曾想写一篇"五日太守",讲登州事。像我的许多胡思乱想一样,只在脑中驰骋,永远不得出世。

林公写到东坡停止呼吸,便停了笔,没有写他葬在何处。我偶然得知,东坡和子由葬在河南郏县,今属平顶山市。不知什么缘分,他们长眠在那里。我很想去瞻仰,不过看来是无望了。我现在只能在室中行走,以几步路当作万里之行。

环顾陋室,斑驳如抽象画的北墙,悬有东坡手书(拓片)"海山葱昽气佳哉"那首诗;尚称平展的南墙挂着高尔泰兄书写的《卜算子》:"缺月挂疏桐,漏断人初静"——词是我点的;案上摊着《黄州寒食帖》:"自我来黄州,已过三寒食……空庖煮寒菜,破灶烧湿苇……君门深九重,坟墓在万里。也拟哭途穷,死灰吹不起";手里再拿着这样好的《苏东坡传》,我还有什么不知足呢。

本书原著是英文,林公的英文当然是十分漂亮的,可惜我不能读了,这是永远的遗憾。

2005 年 3 月上旬

(原载《文汇报》2005 年 8 月 22 日)

耳读王蒙旧体诗

人皆知王蒙的文章好,较少人注意他的诗,其实王蒙不只能诗,旧体诗也写得好。他的写作几乎涉及了文学的全部体裁,各种体裁中都显示出自己的特色,旧体诗也是如此。

王蒙旧体诗数量不多,估计有百首,但却给人一个相当完整的诗的世界,有历史、有地理、有感、有论,最主要的是有一个直抒胸臆的王蒙。开卷第一首《题画马》:"千里追风孰可匹,长途跋涉不觉劳。只因伯乐无从觅,化作神龙上九霄。"这时作者十岁,便有一个天马行空的架势。这种气势统领全书。以后的诗按年代排下来,反映了我们的各个时代。接下来便有这样的诗句:"脱胎换骨知匪戏,决心改造八千年!"记录了那时大家要改造的决心。记得那时大家常说小托尔斯泰的一句话,知识分子的改造是"在清水里泡三次,在血水里浴三次,在碱水里煮三次"。照我们的经验,就这样还是不能脱胎换骨,这是苦难的历程。有时我想起哪吒,挖肉剔骨和本阶级划清界限,从如来佛(马克思)那里讨得新生命。这种改造实在是人力很难达到的,所以需要"八千年"! 在新疆,作者有诗云:"家家列队歌航海,户户磨镰迎夏熟。"把政治运动和一片丰收景象连在一起,使人想得很多。而那两句"如麻往事何堪忆,化作伤心万里云",告诉我们很多没有写出的东西。

一九七九年以后,作者足迹遍及全世界。在诗中表现了各种山水的风貌,以及大自然的性灵。写天柱山的古风非常自然灵动,"天堕石为鼓,谁来擂拍节?跃跃石如蛙,何处跳天阶?"好像各种大石都有了仙气。"惊恐迷知性,不知己何在。大雾已弥天,不知山何在,不知柱何在,不知路何在,在在如匪在,不知如不在。"读到这里已经感到禅意,后面直接点出了"或谓多禅意,万象皆心界",再看到注解,知道这座山和禅宗的关系。全诗一气呵成,如展开一幅长卷,各种画得出和画不出的怪石都在其中,又有很强的音乐性,读来气势磅礴,又不失一点神秘。想来天柱山也会同意作者的话,应一声:知我者,王子也。

他在诗中的地图领我们到了瑞士。指给我们看卓别林像:"悲情绞肺肝,妙趣喷鱼豆。铅泪动湖波,辛酸伫立瘦。"读此诗后我们常笑用喷鱼豆代替喷饭。又忽然想起陈寅恪在易卜生墓前的一句诗:"大锤碑下对斜阳。"易卜生墓碑上刻有大锤,是为了锤炼这个社会,还是为了铸造培尔·金特的那颗纽扣?后人哀前人,又不断增添着文化的色彩。

这本书中有十五页极有趣的文字,那便是《锦瑟重组三首》和《锦瑟的野狐禅》。我从少年时起,就极爱李商隐诗。因为从来读书不求甚解,没有研究它们为什么这样美,这样迷人,只是喜欢读,喜欢背,却总是不懂。而就在这不懂中,化开了浓郁的诗意,让人有时不知身在何处。我因家中磕头碰脑都是书,对书既尊重爱惜又不怎么爱惜,甚至有些烦,因为书是要人伺候的,所以除家中图书馆外我自己的书很少,却有一部《李义山诗集笺注》总在陪伴我,虽然现在看不见,还时常翻一翻。编者姚培谦在凡例中说:"先释其辞,次释其意,欲疏通作者之隐奥不得。""至如锦瑟药转及无题诸什未知本意云何,前贤亦疑不能明。愚者取而解之,一时与会,所至不自量尔。"对《锦瑟》《药转》等诗的讨论也像对《红楼梦》的讨论一样从未停止过,以后也还会继续下去。这种讨论给人抬杠的机会,引发思考和想象,只要不钻进牛角尖爬不出来,总都是有益的。

在《锦瑟》凄迷的诗意里,果然有两个词最打中读者,"曰'无端',曰'惘然'"。以这两个词为诗眼,在众多讨论中最切近原意。几个重组中,七言、长短句都好,对联差一些,因为原诗中没有相当的数字。我现在也要淘气一番,补充一个自度曲的形式,不知是何模样:

  沧海月明,无端珠泪悬。玉生烟,蓝田日暖。庄生梦迷,望帝心托,是蝴蝶还是杜鹃? 惘然。一弦一柱,追忆锦瑟华年。可待是五十弦。

本书中由《锦瑟》生发的关于诗的语言的一些议论也是很有趣的。

《山居杂咏》中有诗句从《锦瑟》化出:"君憾珠无泪,我悲句有烟。"其实整个诗集都可以看出文化传承的痕迹,不只表现了才高,也表现了丰富的学养。这一组很现实的似乎是只关于日常生活的诗,显出了作者的关心不只限于日常生活。如"方思痛定痛,更盼诚中诚","文心宜淡淡,法眼莫匆匆"等句,都有深厚的意味。

人说旧体诗老而不死,但不管怎样,它毕竟是老了,固定的字数,一定的体裁,多少限制着写诗人。但旧诗老了,王蒙却不老,诗中的汪洋恣肆,毫不拘束,还是天马行空的架势。人说东坡词是曲子缚不住者,王蒙旧诗也是旧诗的体裁缚不住的。这里的比喻是用的抽象比喻法,不以具体的诗相比。

　　这本书还有一个特点是配了许多幅极有童趣的画,我拿着放大镜看了几幅。封面上有"王诗谢画"的印章。作画人谢春彦并为序,说自己对王诗的爱好很真切。其实文化就是爱好者传下来的,他们是有功之人。画亦多抽象,一幅题为"潮涌心为海,风闲身作舟"的画,几条波浪上漂着一个葫芦,上坐一个小人,看了猛然一惊:是了,人可不是就坐在一个闷葫芦上。

2003 年 7 月下旬

(原载《解放日报》2003 年 10 月 21 日,
题为《天马行空——耳读王蒙旧体诗》)

无尽意趣在"石头"

——为王蒙《〈红楼梦〉启示录》写

王蒙在一次电话中以他一贯的调侃自嘲口吻说:请注意了,一颗红学新星正在冉冉升起。原来他自己正在研究《红楼梦》,已写成好几篇文章了。

随即在《读书》杂志上看到两篇:《蘑菇、甄宝玉与"我"的探求》《时间是多重的吗?》。展读之余,真有炎炎日午而瑶琴一曲来熏风之感。这的确是新星,不是因撰文者新涉足这一领域,而是因文章确有新意,是以前研究者没有写出,读者没有想到,或可说雪芹也没有意识到的。王蒙挖掘出来,给予细致的分析,并注入新的内容。其思想和笔调一样,汪洋恣肆,奔腾纸上。

笼统地说别人都未见识到,未免大胆。我是红学门外汉,极少阅读研究著作,和人谈论的机会也不多,不该妄言,还是只说自己为好。我从幼时读有护花主人评的《石头记》,常和兄弟比赛对回目、背诗词,当有人来借《红楼梦》时,却答以没有,因不知这一部书有两个名字。后来知道了,便发议论说,还是《石头记》这名字好,它点出了主人公的本来面目,包括降生在"花柳繁华地温柔富贵乡"以前的履历,"此系身前身后事",而且这部书本身就是记在石头上的。也许有人要考证,高十二丈、见方二十四丈的大石头能记下多少文字,那就请便吧。王蒙也认为《石头记》的书名好,可谓虽不英雄而所见略同。从石头主人公,引出了一株草,引出了木石前盟的故事,使得宝黛的爱情更深挚更刻骨铭心。因为它是从前生带来的,是今生装不下的。套用"反面乌托邦"的说法,它是"反面宿命"的。深情与生俱来,却没有带月下老人的红线。石头有玉的一面,家族与社会都承认这一面。玉是要金来配的,与草木无缘。木和石乃情之结,石和玉表现了自我的矛盾和挣扎,玉和金又是理之必然,纠缠错结,形成红楼大悲剧。曾见一些评论,斥木石金玉等奇说为败笔,谓破坏了现实主义,实在不能同意。

关于绛珠仙草的想象,真是美妙极了。王蒙也是这样看的。它生长三生石畔,餐饭都不离"情",到人世的唯一目的便是还泪。脂砚斋有批云:"细思'绛珠'二字,岂非血泪乎?"从来多以花喻女子,用草喻女子的,除了这一株,一时还想不出别的来。花可见其色,即容颜,是外在的;草则见其态,即神韵,是内在的。这些比喻、想象和无稽之谈大大丰富了小说之所以为小说的道理。

我曾把幻境部分挑出来读,觉得特别有趣。只第一百一十六回"得通灵幻境悟仙缘"中的描写稍感凌乱。宝玉从此知道了众姊妹的寿夭穷通,渐渐醒悟。使我联想到有特异功能的不幸者,每日里见人的五脏六腑,未免煞风景。宝玉的参悟是生活使然。关于形而上的描写,应是若有若无,朦胧不清,若真像得了求签的结果似的,就索然无味了。

一切无稽之谈都来自无稽崖下的一块石头。有这块石头在读者心中坐镇,知道它从来处来,往去处去,人世间万种风光,不过转瞬即逝;和没有这块石头坐镇,只有现实的描写,给读者的印象必然大不相同。前者从已知看未知,便有种种遗憾,种种怅惘,种种无可奈何;后者从未知看未知,可能会减少这种气氛。当然书的成功在全部,不在这一局部,而石头之作用不可忽视。我很重视它,为它争"名",却从未想到它关系到一个至深的哲理问题:"我是谁?"

雪芹当时真想到这问题吗?那真是"太抽象太超前了"。但小说的具体内容给了人发掘的依据,高兴的是有人发掘了它。

《红楼梦》中的时间,是个老问题,不少人指出过了。各人年纪只有个大概,姐妹兄弟四个字不过乱叫罢了。事件的顺序也只有个大概,是"一个散开的平面",不只是一条线或多条线。我一直以为雪芹不肯费心思排一排年代。排出年、月、日并不增加真实性,反不利于穿插其中的种种扑朔迷离的描写,反见其"板"。及读王氏"哨位"说,大觉畅快。可不是!那哨位是在大荒山无稽崖青埂峰下,大观园中的悲欢传递到那儿不知要经过多少亿万光年。几天,几月,几年,几十年,又算得了什么!

书中还有许多问题,若从茫茫大荒彼岸的石头来看,可能都不值一提。贾府的排行很怪,姑娘们是两府一起排,哥儿们则不仅各府归各府,还各房排各房的。宝二爷上面有贾珠,琏二爷呢?那大爷何在?没有交代。贾赦袭了爵,正房却由贾政住着。荣国府的婚姻联结了史薛王成为四大豪门。宁国府在婚姻上好像很不动脑筋。秦可卿是一个小官从育婴堂抱来的。尤氏娘家也很不像样。作为警幻仙子之妹的秦可卿,其来历可能不好安排,所以就给她一个无来历,也未可知。别的一些是疏漏是不必顾及还是另有深意?

也许王著另外几篇会涉及一些具体问题,它们不像"我是谁"和时间多重那样富有哲理性,却也定有好论。《红楼梦》是一部挖掘不尽的书,随着时代的变迁,读者的更换,会产生新的内容,新的活力。它本身是无价之宝,又起着聚宝盆的作用,把种种睿思,各色深情都聚在周围,发出耀目的光辉。

近十年来,作家们写得很不少,够辛苦了。停下来做些研究或双管齐下,"作家学者化",是大好事。因为有独特的创作体验,读他人之作,可能总会有独特的感受见解。若不写下来,就太可惜了。

1990 年 1 月中旬

(原载《读书》1990 年第 4 期)

感谢高鹗

初读《红楼梦》是在清华园乙所。应是在我九岁以前,因为九岁时抗战爆发,我们离开了清华园。以后在昆明,在那木香花的芬芳中又多次阅读,但都是断断续续。大概是在上大学时,读了增评补图《红楼梦》,有大某山民和护花主人等评点,那是最初的完整的阅读。五十年代,读到人民文学出版社出版的由何其芳作序的《红楼梦》,这是一次完整的阅读,似乎比较懂了,不过还是在"楼外"行走,不是"痴"也没有"魇",我甚至没有读过脂批,也弄不清程甲本、程乙本及各种手抄本的复杂性。读小说还是要读小说本身,研究小说是另外一回事,叫作做学问。我对所有的研究者都怀有敬意,他们对《红楼梦》感情深厚,各有贡献。各种研究作为《红楼梦》的辅助读物也很有趣,它们互相启发参照,可以使读得的天地更广阔。我只是一个普通读者,有些读后感,便想说出来。

要说的主要是续书问题。近百年来,《红楼梦》后四十回一直是批判对象,说狗尾续貂是很客气的,甚至有人说它把一部伟大的作品毁坏了。全世界都在读这一百二十回《红楼梦》,亿万人为它哭坏了眼睛,高鹗却总在被批判,被否定,被讥讽嘲笑。这个现象很奇怪。续书究竟是好是坏,功过如何,值得探讨。

先说续书的功。

首先在于它给了我们一个完整的故事。设想一部《红楼梦》到八十回就没有了，是何等光景？难道会有现在这样的影响么？我想是不会的。只因有了后四十回，《红楼梦》才成为一部伟大的小说；有了一百二十回，才有了《红楼梦》研究的大平台。我们说全部《红楼梦》的故事是完整的，因为它是忠实地沿着宝黛悲剧的线索发展开来的。《红楼梦》曲中"终身误""枉凝眉"两曲，已把钗黛和宝玉的关系交代得十分清楚。"一个是阆苑仙葩，一个是美玉无瑕。"宝黛是木石姻缘，终成虚话。"空对着，山中高士晶莹雪；终不忘，世外仙姝寂寞林。"宝玉娶了宝钗而不能忘情黛玉，所以宝钗是误了自己终身。木石姻缘与金玉姻缘相对。书中从开始写木石感情节节发展，从来就在金玉威胁之下。"梦兆绛芸轩"一回写宝玉在梦中大喊不要金玉姻缘，只要木石姻缘时，宝钗就坐在床边。宝玉要回归木石本色，却逃不出金玉枷锁。续书给了宝钗坐在宝玉床边的地位，没有弄出四角、五角的多边关系，是十分忠实于雪芹的设计的。紧扣住这一根本设计从不偏离，是续书的最大成功处。应该说这就是雪芹要说的故事。

其次，续书给我们的不只是一个故事梗概，而是有高度艺术感染力的文字。宝玉说："我有一个心早已交给林妹妹了，她来时带了来，好歹装在我的肚子里。"照园中大众看，这是痴话，痴话表现的正是海枯石烂的一种至情。王国维在《红楼梦评论》中引了一段文字，是九十六回宝玉与黛玉最后相见那一节，并评论说"如此之文，此书中随处有之。其动吾人之感情何如，凡稍有审美的嗜好者，无人不经验之也"。九十六回到九十八回，关于黛玉死的描写，都是十分动人的文字。"竹梢风动，月影移墙,好不凄凉冷淡。"这样的描写,我在七八岁时读到,现在已过了七十年,它还是那么新鲜。俞平伯老先生竟说描写黛玉死的一段文字"一味肉麻而已",林语堂则说俞老先生是"恶人之所好,好人之所恶"。照我看,俞老先生有这样一句话,也就很难让人相信他的俗、浊等等批评了。

黛玉死,二宝成婚,实为全书高潮。紫鹃试宝玉一段,宝玉的痴情已显露无遗,怎能让他接受他人?宝玉病到半昏迷状态,在这种状态中还是念念不忘黛玉,就只有移花接木一法了,这样的写法实在是不得已。不知作者怎样呕心沥血,才成就了这文学上的千古大悲剧。

宝玉的结局,也是让人永不能忘的。白雪中一个穿大红袈裟的僧人,似悲似喜并不言语,然后飘然作歌而去。我想这比做乞丐、采药、卖字都要来得干净。多有人批评宝玉出家前拜别父母是败笔,我却以为这是最近人情处。宝玉虽是封建礼教的逆子,却不是野人。他是大情种,这情不应限于男女之情,亲情也是重要的。拜别父母的描写是合理的,中举人也无不可,算是给父母的一个交代。他这交代是按照父母的标准,而不是按照他自己的标准。只是遗有一子不妥,"终身误"中已言"空对",宝钗应该只是宝玉名分上的妻子,而且宝玉本是一块石头,何必有儿子。

书中次要人物的性格发展大都符合前文。最好的是对紫鹃的描写。她没有册子可循,写来不只符合人物性格,而且更突出了这个人物。紫鹃坚守在黛玉临终的病榻旁,不肯趋炎附势,令人于悲痛中感到一点安慰,很好地表现了紫鹃这样一个平凡丫头的可敬人格。儿时所读《红楼梦》版本,附有护花主人评,依稀记得有这样的评语:紫鹃于黛玉,在臣为羁旅,在子为螟蛉,而不渝其忠,其忠则更可贵。近来海选《红楼梦》演员,谈话间不免戏言谁该演谁。一位音乐学院研究生郑重地说,我要演就演紫鹃。写紫鹃所以写黛玉,黛玉若是一味地尖酸刻薄,耍小性儿,哪里会有这样的侍女。《水浒》中林冲娘子坚贞不屈,金圣叹批曰:"写娘子所以写林冲。"娘子被逼死,益增林冲悲剧之惨烈深刻。

妙玉的命运完全照册子安排,甚至有些呆板。她的断语明书"可怜金玉质,终陷浊泥中";《红楼梦》曲子"世难容"中又明说她是"到头来,依旧是风尘肮脏违心愿"。妙玉是书中最矫情的人物。续书照着雪芹指出的方向走,却没有写出这矫情人物的丰富性。

第三,续书也反映了当时的社会。如:庄头送东西来,路上车子被官府截去,经人说情才发还,和乌进孝送年货遥遥呼应。若是现代人来编写,肯定写不出这样的情节文字。这些是续书的成功之处。

我曾设想,后四十回也是雪芹所作。后四十回的才气功力等等不及前八十回,也许是因为那时雪芹的精神才气都已用尽。写东西后面不如前面是常见的,何况这样大的长篇。有人指出,林黛玉吃五香大头菜加些麻油醋,简直不像黛玉的生活。我想那时雪芹举家食粥,吃多了咸菜,也可能写进书里。作者的生活很可能影响书中的人物。

可是很快我就推翻了这种想法,后四十回为他人所续是显然的,可指出的例证很多。最大的问题是有些人物的结局不符合原意,而那结局在判词中已交代明白。如探春的判词中已说明她如断线的风筝,"千里东风一梦遥",不会再回故土,续书中却写了回家的一段,还说她出挑得更好了。对她的远嫁描写很简单,也没有回应"日边红杏倚云栽"的签文。年未及笄即能管理偌大家事的探春、给了王善宝家的一记响脆巴掌的探春,结局似太草率,应有一段花团锦簇的文字才好。又如香菱的判词中写明"无端两地生枯木,至使芳魂返故乡",比较清楚地说明了她是受夏金桂虐待致死。香菱是全书第一个出现的薄命司中人,她原名英莲,照谐音讲该是"应怜",她又姓甄,更是真应怜了。也就是说薄命司中的人都是那么可怜。而香菱的容貌又有些像"东府里小蓉奶奶"(秦可卿,警幻之妹)。所以香菱的命应该是薄而又薄,才有代表性,写她被扶正生子不合原意。这都是老生常谈了。这样明显地违反判词,可以证明后四十回为他人所作。

  从文字上讲,有些篇章固然很好,但是败笔也不少。最大的败笔是宝玉重游太虚幻境,第一次游让人感到扑朔迷离,有仙气,重游的一段就似乎有妖气了。宝玉看得清楚,记得清楚,知道各姐妹的命运,岂不像练了气功,有了特异功能,能看见人的五脏六腑一样,多么别扭。又如有几句形容黛玉过生日时的打扮,全是套话。前八十回对人物的描写或浓或淡或粗或细,绝少用套话。"丹凤眼,柳叶眉"本来是极一般的形容,但"一双丹凤三角眼,两片柳叶吊梢眉"就活灵活现地画出一位厉害人物。若要挑毛病,还有许多。也有人揣测高鹗得到雪芹残稿,编辑补缀成书。这也是一种说法。我们可以把精彩片断交还雪芹,平庸文字派给高鹗。不过,补缀整理也是一个大功夫。

  其实,前八十回也有不合理处,指出的人很多。近见对小红的谈论,说她在后四十回没有得到发展塑造,成了一个毫不出色的普通丫头。在前八十回,小红出身的安排就不够妥当。小红是大管家林之孝的女儿,在贾府中应属于"干部子弟"。书中写她被秋纹等欺压，不大合理。她可以不必是林之孝的女儿，安排她是个家生女儿即可，更符合现在书中表现出来的她的地位、性格。又如贾赦索要鸳鸯，贾母迁怒于王夫人，书上写迎春、惜春提醒贾母"小婶怎知大伯的事"，照迎、惜的性格不见得会出头管事。电视剧改为探春来说这句话，倒是合适。

现在专门来谈史湘云。对史湘云命运的安排有许多种，有一种是她与宝玉最后结为夫妇，以应"因麒麟伏白首双星"的回目。我想这是最不真实的故事。"白首双星"是一个谜，却是可以解释的。"白首双星"出现在回目中，本来就不够合理，因为它不符合薄命。我想这是在小说的长期写作中应改而没有来得及改的地方。据张爱玲《红楼梦魇》说，早本有个时期写宝玉、湘云同偕白首，后来结局改了，于是第三十一回回目改为"撕扇子公子追欢笑，拾麒麟侍儿论阴阳"（全抄本），但是不惬意，结果还是把原来的一副回目保留了下来。后回添写射圃一节，拾麒麟的预兆指向卫若兰，而忽略了若兰、湘云并未白头到老，仍旧与"白首双星"回目不合。"脂批讳言改写，对早本向不认账，此处并且一再代为掩饰。"这一段话讲了两件事，一是"白首双星"曾被改过，留下是失误；一是卫若兰射圃与金麒麟有关。二者都较可信。

林语堂在《平心论高鹗》一文中戏言，程伟元应悬赏征求两篇文字，一是小红在狱神庙，一是卫若兰射圃，每篇一千美金。（我建议再加一题：探春远嫁。多花一千美金。）有卫若兰射圃一段情节，似已为人接受。一九八七版电视剧《红楼梦》里也安排了这一场面，但剧中人都变了哑巴，想来是台词难写。卫若兰就是湘云的夫婿，就是那才貌仙郎。怎样把卫若兰、金麒麟、史湘云联系起来，倒要动一番脑筋。

《红楼梦》曲子"乐中悲"说湘云"从未将儿女私情略萦心上",最后"云散高唐,水涸湘江"。若是我们尊重前八十回,应该知道,湘云和宝玉虽然自幼常在一起,早于黛玉,但并无"情",而宝黛的木石前盟是大书特书的,怎能将湘云顶替黛玉?宝玉的人间知己只有黛玉一人。所以他说"林姑娘说过这些混账话么,若说过这些混账话,我和她早生分了"。他还对湘云说:"姑娘请别的屋子坐坐吧。"宝玉在清虚观中将一个金麒麟饰物揣起,不过是好玩而已,也使得情节发展摇曳有致。在宝玉心上,湘云和黛玉的分量是不可同日而语的。又"云散高唐"一句指丈夫早死,"水涸湘江"一句指湘云的生命结束。判词也云:"富贵又何为,襁褓之间父母违。展眼吊斜晖,湘江水逝楚云飞。"水逝云飞人何在?所以她不见得能活过宝钗。宝玉一娶宝钗已是违了初心,怎能再娶湘云。这样安排,把宝黛间海枯石烂、生死不渝的爱情降为普通的感情了。而书中已经说明木石姻缘是一种前盟,黛死钗嫁、宝玉出家,这是最符合雪芹原意的安排。就这一安排,我们也应该感谢高鹗。

总之,后四十回虽不及前书,但它成就了全书。后书与前书血肉相连,功是根本的、主要的。有人要把后四十回割下来扔进字纸篓,那还有《红楼梦》存么?我们可以提出更好的设想,甚至写出精彩的片断,但要写出超过高鹗文稿的《红楼梦》后半部,是不可能的。

我要说一句:感谢高鹗! 这是胡适、顾颉刚说过的话,我想也是很多人心里要说而没有说出来的话。

全部《红楼梦》深刻表现了人生的悲凉,"乱哄哄,你方唱罢,我登场,反认他乡是故乡"。人总归是要回去的,回到那大荒山青埂峰下。功名利禄,不必挂心,是非功过也只在他人谈笑

中。仿宝玉偈,编了几句,以为文尾:

> 你证我证,心证意证。
>
> 各有己证,是为立证。
>
> 各无己证,是为大证。
>
> 问何所证,红楼一梦。

2005年2月初稿

2006年10月改稿

(原载《随笔》2007年第1期)

漫说《红楼梦》

《红楼梦》是个永远的话题。我自七八岁起读《石头记》,抗战期间在昆明,和兄弟上学路上,我们一路走一路对回目,你说上联,我说下联。喜欢《红楼梦》的人,一辈子都喜欢。

那时我读的《红楼梦》,与现在的人民文学出版社一九八二年版不同,但忘记是什么本子了。人文版第三回"林黛玉抛父进京都",我读的本子,"抛父"作"别父"。"别父"是她不得不离开,"抛父"好像是她主动的,显得无情。第八回"比通灵金莺微露意,探宝钗黛玉半含酸",我读的本子是"贾宝玉奇缘识金锁,薛宝钗巧合认通灵",正式推出了金玉相会,我觉得这样比较好。第二十七回"滴翠亭杨妃戏彩蝶,埋香冢飞燕泣残红","杨妃""飞燕"的说法不好,"宝钗借扇机带双敲"一回中描写,宝玉把"杨妃"的比喻告诉宝钗,宝钗大怒。现在作者在回目里这样写,岂不要把宝姐姐气煞。玉环飞燕虽都是美人,却有不洁的传说,用来比喻闺阁女儿,太唐突了。我读的本子是"宝钗扑彩蝶""黛玉泣残红"。第五十六回的"时宝钗小惠全大体",我读的本子是"贤宝钗"。第四十二回的"潇湘子雅谑补余香","香"大概是错字,应是"补余音"。第三十九回刘姥姥讲的抽柴女孩"茗玉",应是"若玉"。第七十八回宝钗解释她出园去的原因,其中姨娘、姨妈混杂,似乎应该整理。

秦可卿的出身,我认为是个谜。她在书里是很重要的人物,简直是仕女班头,可是她是从养生堂抱来的。她的弟弟秦钟呢,又是秦业五十岁上亲生的。早先读的时候,我就对秦可卿的出身地位感到扑朔迷离。照刘心武的考证,她是废太子的女儿。这样说可以增加阅读的兴趣,好像也增加了了解,使得人物更丰富了,是否真实倒也不必考。

香菱也是个很重要的人物,她是第一个出现的女儿。她的原名"甄英莲(真应怜)",意思是"真应该可怜"。所以香菱的命应该是薄而又薄,才有代表性,她把所有的女儿的命都包括了。

我父亲冯友兰先生也很喜欢《红楼梦》。他认为《红楼梦》的语言特别好,三等仆妇说出话来都是耐人寻味的。念出来是可以听的。但是曹雪芹写王熙凤不识字,我觉得是一个缺陷。王熙凤自幼假充男儿教养,怎么能不识字呢?

还有一个地方也是不合适的。薛宝钗进京来是为选秀女,可她小的时候就有一个金锁,要"有玉的才嫁",那应该从小就知道贾宝玉有玉的事。为什么还来选秀女,还住在贾家,这有点矛盾。也许是薛家想着万一能选上秀女,前途就更光明了,就不把金玉良缘放在心上了?现在许多人对薛宝钗的印象好过林黛玉。我在哪里看见一句话,说是"我们虽然喜欢林黛玉,可是给儿子选媳妇还是选择薛宝钗"。其实《红楼梦》的好就在这里。一个是在世俗社会里头很圆满,一个是离经叛道、整个人都不合流。林黛玉代表了一种精神。人们喜欢黛玉是有原因的,在黛玉身上表现了觉醒的人格意识。某一回写到宝黛口角之后,黛玉说我为的是我的心,宝玉说我也为的是我的心,这在中国小说史上是头一次有这样的对话,他们有自己的心。所以这两个人物光辉万丈,他们的爱情又是在知己的基础上形成的,更是感人。

还有不少人喜欢探春。她有独立的精神,这在女子中是比较少见的。探春有政治家风度。林语堂在《平心论高鹗》一文中戏言,程伟元应悬赏征求两篇文字,一是小红在狱神庙,一是卫若兰射圃,每篇一千美金。我建议还应再加一题:探春远嫁。多花一千美金。因为那是很值得写的。

冯紫英这个人物,我觉得像跑江湖的。卫若兰在前八十回没有现身,丢失的"卫若兰射圃"一定很好看。现在的描写只有喝酒看花,很少室外活动。想起《战争与和平》中描写的年轻人坐着雪橇到朋友家去,很畅快。"射圃"若不丢,就好了。也许他们在武事上已经退化了,但男孩子骑马、射箭还是要练的,不是贾兰还拿着小弓射鹿?可能是因为退化,所以描写少了。

《红楼梦》另外有个名字《石头记》,这个名字好,它点出了主人公的本来面目,包括降生在"花柳繁华地温柔富贵乡"以前的履历,"此系身前身后事"。而且这部书本身就是记在石头上的。也许有人要考证高十二丈、见方二十四丈的大石头能记下多少文字,那就请便吧。从石头主人公,引出了一株草,引出了木石前盟的故事,使得宝黛的爱情更深挚更刻骨铭心。因为它是从前生带来的,是今生装不下的。若套"反面乌托邦"(王蒙语)的说法,它是"反面宿命"的。深情与生俱来,却没有带月下老人的红线;石头有玉的一面,家族与社会都承认这一面;玉是要金来配的,与草木无缘;木和石乃情之结,石和玉表现了自我的矛盾和挣扎,玉和金又是理之必然。纠缠错结,形成红楼大悲剧。曾见一些评论,斥木石金玉等奇说为败笔,谓破坏了现实主义,我实在不能同意。

《红楼梦》里面讲,木石姻缘就是前生定的。雪芹写得非常明白,一个木石前缘,一个金玉良缘。世俗一方是要金玉的,可是宝黛的感情是前生带来的。这两条线非常清楚。林黛玉出场是多么隆重,完全表现了木石前缘的地位。高鹗在后面把这两条线抓得很紧,绝对没给弄乱。紧扣住这一根本设计从不偏离,是续书的最大成功处。

有人觉得"宝湘结合说"也能自圆其说:最后宝玉与湘云就是患难结合,那时已没有那么多浪漫主义了。我认为"宝湘说"有点画蛇添足的味道。宝玉对黛玉的爱情是非常真挚浓烈的:"你死了,我做和尚。"后来他果然是做和尚了。要再加个史湘云,就成了"四角",把宝玉的感情分去了。八七版电视剧写史湘云后来做了歌女,我认为不必。她的判词非常清楚:"云散高唐,水涸湘江""湘江水逝楚云飞",她就是死了嘛。"水逝云飞人何在",所以她不见得能活得过宝钗。本来史湘云是很可爱的女子,没有必要把她拔高。而且在"诉肺腑心迷活宝玉"那一回,袭人说"听说姑娘大喜了",湘云已经许配了卫若兰。其上一回是"因麒麟伏白首双星",金麒麟与卫若兰有关,而非宝玉,这已说得很明白了。就算在现实生活里确实有史湘云的原型,她和曹雪芹后来结为夫妇,也不必照样写到小说里。小说就是小说,可以有自己的布局,不是曹雪芹传。读小说还是要读小说本身,研究小说是另外一回事,那就是做学问了。

贾宝玉最后离开家的时候,是辞别母亲,仰天大笑而去的。他走后王夫人和宝钗都"不觉流下泪来"。这都写得够好的了。李白诗"仰天大笑出门去,我辈岂是蓬蒿人",用来解释宝玉仰天大笑出门去,不大合适。宝玉本不是蓬蒿人,他去考试中举是为了安慰父母,以报亲恩,不是为了自己中功名;而出门别家的行为也和功名无关,而是永别了的意思。他要去出家是履行誓言,以酬知己。后面写他辞别父亲,又是那样一个动人景象。多有人批评宝玉出家前拜别父母是败笔,我却以为这是最近人情处——这就行了,这人就走了,我们再也看不见他了。他不会再从天上掉下来,"二进宫"的。

还有"宝钗早死"说,这说法不对。宝钗应该死在宝玉后面,她的命运一定是守寡。宝玉出家,就是进入了另外一个世界。有三段描写支持我的看法:一是第二十二回"制灯谜贾政悲谶语"中,宝钗作的诗谜最后一句是"恩爱夫妻不到终",谜底是竹夫人,想来是竹枕一类,冬天就用不着了,不得长久。这是我从前看的《红楼梦》里有的,我记得很清楚。人民文学出版社一九八二年的本子,这个诗谜没有了。这个本子里宝钗的诗谜是"更香",照注解说也是要守寡的意思,不过不如"恩爱夫妻不到终"直接。我看的那个本子"更香"这个诗谜是黛玉作的。二是"琉璃世界白雪红梅"那一回,大家穿的外套都很好看,都是大红猩猩毡的,映着白雪一定很好看。唯有两人穿的不是红衣,一个李纨,一个宝钗。李纨穿的藏青色,宝钗穿的莲青色。李纨已经守寡了,这暗示宝钗将来也会守寡。这个我印象很深。还有第三点,就是她住的屋子,雪洞似的。贾母就给她收拾,拿点古玩摆一摆,还说年轻人不该这样。这都说明她将来要守寡的。我觉得这很明确,高鹗续也是对的。因为宝钗将要守寡,宝玉是不可能娶史湘云的。

紫鹃是个很完美的人物。她也是表现一种精神。护花主人评她"在臣为羁旅,在子为螟蛉",她对黛玉那么忠诚。写她也正是写黛玉。黛玉有这么好的丫头正说明黛玉的为人。但我不大喜欢晴雯,她对坠儿那么凶。晴雯是黛玉的影子,可黛玉是个小姐,所受的教育是不一样的,黛玉可以使小性儿,但不能泼辣。《红楼梦》高就高在这儿,写地位不同的人物,非常准确,非常细致,非常活。

还有一个谜团人物是薛宝琴。对这个人物我有一些看法,她不只完美,而且还很显眼,宁国府除夕祭宗祠就是从她眼中写出来的。她初到荣府就被贾母看中,想要她做孙媳妇。可是她不属于红楼十二钗,也看不出她的性格。西方文学批评有个说法,文学中有两种人物,一种是圆柱人物(round character),他们是复杂的、多面的、立体的;另一种是扁平人物(flat character),他们是平面的、单一的。《红楼梦》中绝大部分人都是前者,而我觉得薛宝琴近似后者,近似一个扁平人物。《红楼梦》中有很多场景,如黛玉葬花、宝钗扑蝶、香菱学诗、龄官画蔷、湘云眠石,这些场景都是活生生的活动。湘云眠石本来是一个静的画面,可是她是醉后才在石头上睡着的,嘴里还嘟嘟哝哝说着什么,身上盖满了花瓣,这就显出她豪爽豁达的性格。睡着的人是活的。只有宝琴立雪不同,她好像定格在那儿,只是一幅画,看不出性格。黛玉葬花不能换成另外一个人去做这件事,因为这是从她的性格来的;湘云眠石也一样。可是宝琴立雪就不同了,换一个人也可以有这个场景。寿怡红群芳开夜宴,宝琴也去了,可是没有写明她抽到什么签,别的重要人物可以用花的个性表现人的个性,宝琴的个性不鲜明,也就不好给她派什么花。但若说对宝琴的描写是败笔,也不对,她是很美的,只是像个瓷娃娃。不知作者想借她表现什么。她和林黛玉的关系非常好,林黛玉把她当妹妹看,两人很亲近。这是从侧面写宝琴,是比较省事的写法,让人知道她大体上的倾向。有一个数学家写了不完整的后四十回，写到薛宝琴后来起义了，最后还嫁给了柳湘莲。

有一天我看见郁金香的花瓣落满了桌面，觉得很感动，立时想起玉兰花落。中国诗词关于落花的描写很多，很美。"林花谢了春红，太匆匆，无奈朝来寒雨晚来风"，等等。但林黛玉的"葬花词"真是原创，从来没有人写过的。《红楼梦》后四十回没有什么诗词，怕是高鹗写不出来了。

有人注意到高鹗续里，有宝钗递给王熙凤烟袋的描写。我对此毫无印象，也许是我看的那个本子没有这个细节。若是宝钗、凤姐都咕噜咕噜抽起水烟来，岂不可笑！前八十回并无关于烟的描写，便是男士也没有抽烟的。所以这是高鹗的败笔。第一百一十六回"得通灵幻境悟仙缘"中的描写也稍感凌乱。宝玉从此知道了众姊妹的寿夭穷通，渐渐醒悟，使我联想到有特异功能的不幸者，每日里看见人的五脏六腑，未免煞风景。不过后四十回的主线是正确的。幸亏有了这后四十回，否则很难想象只有前八十回的《红楼梦》会是什么样子。《红楼梦》还有很多其他的续书，是绝对上不了台盘的，幸亏有了高鹗续。纵然他的才情差一点，但还是功大于过。这么伟大的一部作品，是高鹗给成全了。现在有些红学家研究十分细致，设想也到位。但总的来说，谁也代替不了高鹗。

采访史湘云

且说这日宗璞闲来无事,出外胡乱行走。走过一个大门,迎面一座大假山,写着"曲径通幽"四个字,便知是大观园了,不觉走了进去。

循着幽径弯弯曲曲来到了芍药圃,见一女子卧于石上,满身的芍药花瓣。趋前观看,忽然悟到这是史湘云啊!正好史湘云睁开眼睛,见面前一个老婆婆鸡皮鹤发,站在那里摇摇晃晃,忙起身让座,一面自己低头拭泪。

宗璞笑问:"你是史大姑娘?一部《红楼》还未见你哭过,何事伤心?"

湘云叹息道:"我不说你也知道。"

宗璞道:"老来思维迟钝,还是你说吧。"因见湘云用的罗帕已经湿透,便递去纸巾。

史湘云道:"曹公在我的判词和《红楼梦》曲子里都写得清楚,'转眼吊斜晖,湘江水逝楚云飞''云散高唐,水涸湘江',就是说我回到册子中去了,怎么现在编出那么多离谱的事来。一个电视剧里说我后来做了妓女,你想我史湘云可是那等人,早一头碰死了。又一些人硬说后来我嫁给二哥哥,宝姐姐守寡是曹公早就安排好的,仔细读书就会知道。为什么'琉璃世界白雪红梅'一回里,大家都穿着大红猩猩毡斗篷,唯有珠大嫂子和宝姐姐一个穿藏青色,一个穿莲青色?这是说宝姐姐将来也要像大嫂子一样守寡。二哥哥早在宝姐姐去世前就出家去了,哪有我嫁他的时间?再有一条更有人编派说:二哥哥其实是和我好。这把木石姻缘又放在何地,岂不叫林姐姐嫉恨我?若真有这事我倒不怕,没有的事硬往人身上栽,岂不冤枉。"

宗璞道:"是呀,一部书中头等人物并不一定要处在头等地位,若是从上到下都是头等人物,这社会必然了不得。若是不管什么人物都要去占那头等地位,可就不得了了。"

湘云道:"你这话说得透。林姐姐来到这世间就是为了还泪,也有把这部书叫作'还泪记'的,我算老几。那天说了一句经济学问,二哥哥就轰我别的屋里去。他的心事书里交代得明白,怎么老拉扯上我?"

宗璞安慰道:"那是因为几位先生太爱这部书了,也太喜欢你了,就生出许多想法来,只是让你受委屈了。不要生他们的气,他们是好心。"

湘云道:"把我放在不属于我的位置上,真是窝囊。"

因觉得湘云的话有意思,宗璞拿出录音笔来,想做记录。

史湘云看着录音笔说:"当初我有个金麒麟,你这是什么呀?"

宗璞解释道:"用这东西做记录,我现在记性太坏了。"

史湘云说:"不知曹公怎样安排那金麒麟,是否让卫若兰射圃时捡到。卫若兰便是我的夫君,你听说过吗?'厮配得才貌仙郎,博得个地久天长',可惜他命不长,先我而逝。"湘云说着又用纸巾拭泪。

宗璞道:"我还想到有人研究脂砚斋的批语,说脂砚斋是曹公续弦夫人,也就是你。"

史湘云忙道:"就算曹公有个续弦夫人和我有点像,也不能说我就是她啊。册子不是照尘世间发生过的事那样安排,小说归小说,曹公写的是小说,不是传记。你说是不是?"又说:"你既然写文章,拿着什么笔,就帮我宣传宣传。"

宗璞道:"那好,我也为你不平。说几句话纵然没有多少作用,也是说了。"

湘云道:"你回家吗?我看你走路不稳,我送送你吧。"

宗璞忙道:"不用不用。"说话间,一阵风过,芍药花瓣漫天飞舞,将史湘云遮住,她不见了。

宗璞叹息,自回到家。家中正乱成一片,人们进进出出,有的打电话,有的拿着呼叫器呼叫,见她回来,围上来问:"去哪里了?叫我们着急。"宗璞答不上来。被疑为患了老年痴呆症,得了一道禁令,以后不得独自出门。

(原载《新民晚报》2010 年 6 月 17 日)

《宗璞小说散文选》后记

终于出了一本集子。

我感慨。写作三十年来,这是我的第一本集子。经过漫长的岁月,凑合摆在读者面前的短篇小说和散文,只有这样一本薄薄的书,怎不令人感慨!懒吗?不是的。我虽多病而不免疏懒,倒不大敢荒废时间。蠢吗?也不是的。虽然缺少灵心慧性,也还算不得愚顽。和许许多多普通的中华儿女一样,我们本该做出更多的成绩——然而,这怪不得我。

我惶惑。编选这集子时,重读了以前的作品,并对有些篇章的文字略有修改。我只能说,书中的许多文字都不止一次地出现在我的梦寐之中。但它究竟能给读者什么呢?我不知道。事物总是在前进的,我们的面前有着一重又一重的矛盾,头顶上悬着一道又一道的难题。在人生的道路上,每个人都不断经过一个又一个的十字路口。这本小书,若能为徘徊在十字路口的人增添一点抉择的力量,或仅只减少些许抉择时的痛苦,我便心安。

我感谢。感谢我们伟大的人民,人民创造了生活,才能从生活的浪花里,浮出这几篇文字。我感谢文艺界前辈对我多年来的培育和爱护。我感谢各行各业的朋友从各个方面给予的帮助。我感谢所有发表过拙文的编辑部和出版社,那有时是会带来麻烦的。我也感谢我们的好读者,这样热情、这样体谅的好读者。作者总是需要读者关心,依靠读者支持的。想到过你们没有得到回复的支持力量,是何等大吗?

记得是哪位前贤先哲说过,既然你拿起了笔,就再也不能放下。我的笔尘封已久,钝而且秃,执笔的手也时常颤抖——但是,我赞成这话。

1981年2月17日于风庐

(《宗璞小说散文选》,北京出版社1981年出版)

《风庐童话》后记

从一九五六年开始写童话,断断续续,也快三十年了。记得一九五六年写《寻月记》时,是在文联工作。白天上班,晚上看戏——那时有那么多机会看戏,也有那么大兴致看戏!坐下来写时,总在十一点以后;一般都写到次晨两点左右,还觉兴致勃勃。最近写了几篇,写时既不上班,也不看戏,每天不过两三小时,倒觉力不从心。写完一篇,连人也似乎干枯了几分——还不能保证那产品是丰腴的。

我该着急。要写的还很多,这皮囊却是老病交加了,而且还有多少东西要学要看要知要懂。但因拖沓惯了,倒也不甚惶惶。只是定了计划不能完成,应承了稿子迟迟不交,收到信件迟迟不复——有的信过了两年才写,人家早把这事勾销了。待人接物更多疏慢,最惦记的人也似乎很冷落。为此种种,难免常觉不安,却也想不出改进的办法。

这童话集中收集了十四个短篇,其中五篇是今年写的。五篇中除《红菱梦迹》是新有所感外,另四篇都是老交情。《总鳍鱼的故事》中矛尾鱼的悲哀和我在一起至少有十年以上,《紫薇童子》的主题出没在脑海也已四五年。现在终于把它们送到纸上,一方面略觉释然,一方面深感歉疚。我把它们羁留了这么久,实在愧对亲爱的大、小读者和我书中的生灵。我做得太少、太差、太慢了!

只是没有改进的办法。

1983 年 11 月

(《风庐童话》,湖南少年儿童出版社 1984 年出版)

我为什么写作

《宗璞文集》代序

写小说　不然对不起沸腾过随即凝聚在身边的历史
写散文　不然对不起流淌在胸间的万般感受
写童话　不然对不起眼前光怪陆离的幻象
写短诗　不然对不起耳畔玎琮变化的音符
我写　因为我有
我写　因为我爱

（原载《文艺报》1986年4月12日，题为《答问：为什么写作》；
《宗璞文集（四卷）》，华艺出版社1996年出版）

未解的结

《丁香结》后记

散文之妙,一曰散,二曰文。散者如行云流水、信手拈来,行其所当行,止其所当止。所以写景状物抒怀发议皆可独立成篇,各有情趣。文与野相对,见有人为使意义明确,称之为美文。必有美文才有散文,故散文格外要求语言的功夫。美文不在辞藻,如美人不在衣饰,而在天真烂漫舒卷自然之中,匠心存矣。

说了几年要编一本散文集,迟至今日才整理出来。内容没有因时间拖延而丰富,种类倒是繁多。占篇幅最多的是游记,另有抒情纪事杂感等文字,有一组以游记形式介绍文学知识,姑名之曰文学散文。集里有议论,还算不得议论文,能把议论写成好文章,古则有之,今不多见。这是自己宽解的借口。

常写游记的原因在喜欢旅行,喜欢与山水相亲。山水于我是朋友,是知音,给我灵气和想象,却限于体力,浅尝辄止者多。苏辙曾云:"太史公行天下,周览四海名山大川,与燕赵间豪俊交游,故其文疏荡有奇气。"名山大川一句是向自然,我足迹有限;与豪俊交游一句是向社会,我更感欠缺。统而言之是要有阅历,枯坐斗室,未免干瘪。二寸象牙上的雕刻不管怎样精细,总觉拘束,何况只是粗粗有个模样儿呢。

集子以篇命名,曰《丁香结》。我虽孤陋,尚知生活中多的是难解的结,也许有些是永远解不开的,不过总会有人接着去解。

《丁香结》所收文字原截至一九八五年底,于一九八七年春排印时又收入一九八六年所写的两篇。一九八一年至一九八六年之散文统归于此矣。

1987 年 4 月 14 日

(《丁香结》,百花文艺出版社 1987 年出版)

《中国当代作家选集·宗璞》后记

十年前,我编了第一本集子《宗璞小说散文选》。当时距首次发表作品已三十余年,却只有薄薄一本,很感慨自己作品之少。十年来,写了一些,但胸间那虚构世界大部分还在空灵中,没有化为文字,好像总是来不及,不免又慨叹时间之少。

十年前的集子,曾请家父冯友兰先生写序,因故未能刊用,是为佚序。因以孙犁同志评《鲁鲁》文为序,是为代序。现编选集,佚序、代序一同刊出,是一大快事。

光阴荏苒,岁月不居。人生实在没有几个十年。总希望多些快事,少些慨叹。如此而已,岂有他哉!

1990年5月6日于风庐,是日立夏

(《中国当代作家选集·宗璞》,人民文学出版社1991年出版)

致法国读者

法文版小说集《心祭》序

在抗日战争的烽火中,我在中国昆明度过了中学时代。当时空袭频繁,经常跑警报——这个词很有趣,意思是一有空袭,便有汽笛响,警告人们躲避,于是大家跑出城去,照样上课。在野外树荫下,师生们坐在一个个小凳或砖头石块上,教学不辍。现在想来,真是值得骄傲的事。

那时,我在语文课本中读到都德的《最后一课》,后来又在英语课上读到。尽管都是翻译,我们还是那样感动,觉得和法兰西人的心是相通的。

后来学了一年法文,现在只记得 Villon 的一句诗:"去年的雪今何在?"虽然世事迁移变化,每个寒冬飘扬的都非去年的雪,人类追求正义、自由与和平的精神却一贯长存。

1991 年 1 月 7 日

(法文版《心祭》,中国文学出版社 1992 年出版)

找回你自己

《燕园拾痕》序

你曾遗失了自己,在滔滔的历史长河中。

女人曾是一个卑贱的字眼。"面汤不算饭,女人不是人",这是北方农村中的说法。"在家从父,出嫁从夫,夫死从子",这是纲常名教套在女人颈上的枷锁。探春说过:"我但凡是个男人,可以出得去,我早走了,立出一番事业来,那时自有一番道理。偏我是个女孩儿家,一句多话也没有我说的。"真是沉痛得很。

女人,不过是男人的一根肋骨。

"但凡是个男人",成了许多有志气有才能的妇女的愿望。随着历史的演进,随着对人自身尊严的认识,女人也要获得作为人的一切。男人能做的,女人也能做;男人不能做的,女人也不屑于做。女人不再是一根肋骨,而是和男人对等的那一半。然而就在这奋斗中,女性的面目逐渐模糊,女性的气息逐渐淡薄,出现了无性别意识的说法。

为了获得作为人的一切,女人似乎得先忘记自己是女人。

这也是沉痛得很。

天生有阴阳,这是自然的神奇之处。虚饰矫情,总无甜果。

记得花木兰代父从军的故事吗？记得"脱我战时袍,着我旧时裳,当窗理云鬓,对镜贴花黄"的轻松和喜悦吗？

人生是无休止的战役。木兰的快乐着重的不是脱去战时袍,而是还我女孩儿的本来面目。

除了参加历史的创造外,女人用爱哺育世界,用生命孕育未来。女人的给予是无限的。

女人,是伟大的名字。

人本该照自己本来面目过活,而怎样获得本来面目,确是个大难题。

找回你自己！认真地、自由地做一个人,也认真地、自由地做一个女人。

1994 年

（原载《中国妇女》,1994 年 5 月号；
《燕园拾痕》,中原农民出版社 1994 年出版）

《铁箫人语》题记

我家有一只铁箫。

那是真正的铁箫。一段顽铁,凿有七孔,拿着十分沉重,吹着却易发声。声音较竹箫厚实,悠远,如同哀怨的呜咽,又如同低沉的歌唱。听的人大概很难想象,这声音发自一段顽铁。

铁质硬于石,箫声柔如水;铁不能弯,箫声曲折。顽铁自有了比干七窍之心,便将美好的声音送往晴空和月下,在松荫与竹影中飘荡,透入人的躯壳,然后把躯壳抛开了。

哦,还有个吹箫人呢,那吹箫人,在哪里?

(《铁箫人语》,春风文艺出版社 1994 年出版)

《风庐故事》序

这是一本短篇小说集。

自一九四七年发表第一篇小说《A. K. C.》，迄今四十七年间，共写了二十七个短篇。这些作品大体用两种手法写成。一种我称之为外观手法，写的人、事和情景是看得见、摸得着的；另一种我称之为内观手法，外表看似荒诞，却求内在的真实。用外观手法时，并不完全拘泥于现实；用内观手法时，则注意细节的真切。至于哪一篇应该怎样写，完全根据内容的要求，自不待言。

二十七篇小说中，《A. K. C.》遍寻无着，无法收；另有两篇较幼稚，不必收。现共收入二十四篇。《桃园女儿嫁窝谷》是我唯一的写农村生活的小说，似还有些泥土气息。其中富队帮助穷队的精神，现在也是可以发扬的。

我很笨，绝无倚马之才。尤其现在视力大大下降，写字时拼命靠近稿纸，似要把稿纸吞下去。然而在这绝不潇洒的劳动之后，看到纸上歪歪扭扭的字迹，感受到字句营造出的世界，心中喜悦，更自不待言。

也算是序。

1994 年 11 月 4 日

（《风庐故事》，中国对外翻译出版公司1995 年出版）

过去的瞬间

《宗璞影记》序

岁月如逝水,流去了,本来是存不下一点痕迹的。东坡有句云:"事如春梦了无痕",形容得很恰切,但是人们发明了摄影,能够把瞬间的变化固定下来,记录下来,而且成为艺术作品。据说,摄影刚发明时有人怀疑它会把人的精魂摄去。这怀疑已经成为历史。它能为人的短暂的生活留下痕迹,让人看到已经逝去的具体面貌,和文字的功用大有不同。可以以影记人、记事、记生活,是谓影记。

小时候摄影还很不发达,留下的照片不多。少年时在战火纷飞的艰苦岁月中,摄影是一种奢侈。青年以后,生活较稳定,但一直不喜欢让一个照相机来窥伺,而且觉得喜欢照相有些俗气。这实在是一种矫情。那时觉得老和死是很遥远的事,现在是属于我的,我就不需要留下什么。后来忽然醒悟,觉得该留下一些痕迹时,却已经无物可寻了,更何况那痕迹。

然而在世上已经这么多年,旧箱箧里总会有一些古老玩意儿。这次检点照片,看到我和外子蔡仲德的合影,十分惊异我们都曾那么年轻。看到母亲抱着我的照片,更惊异母亲那时不只年轻,而且那样清秀,那样美。照片带我回到过去,把年轻美丽的母亲还给了我。看到五十年代在文联工作时小演唱的留影，记起那时我们总是在唱歌。我们生活在理想的光环中，觉得生活就是一首首歌。下放劳动锻炼时，披着大棉袄，站在墙根，也在唱歌。我们用理想去诠释民众的疾苦和自己受到的折磨，那是一种很特别的诠释法。

在搜检的过程中，我想起一些曾经有过，但没有保存下来的照片。记得我有一张二十岁以前的照片，那是我长大后，唯一一张脸上没有附加物（眼镜）的照片，是我最喜爱的，可是被一位老大姐要走了，遗失了，再也找不回来。我也无法再找回二十岁以前的岁月。我在澳大利亚时，曾经与怀特老人合影，他还特意抱着一只北京哈巴狗。胶卷是彩色的，回来误作黑白冲洗，这张照片再也得不到了。比起这些，更大的遗憾是那些根本没有留下来，而其实更该留的画面。譬如大学毕业时，我们竟没有和诸位名师合影。几位我敬爱的友人和近亲也没有在这册子中留下容貌。更如抗日战争中困苦而充满信心的时光，"文化大革命"的疯狂日子，都无踪迹。我现在用一张黑纸来记录"文革"中的厮杀、黑暗和沉默，希望能从这里看出什么。

要想留住一点痕迹，不只是感情的寻找，也是历史的需要。我近来深为历史抱不平。掺进来的假冒伪劣的文字太多了，以致我几乎不想读书。照片当然也可以做手脚，但毕竟困难一些，不至于太多地出产颠倒黑白、混淆是非的所谓著作。我想可能以后我会更喜欢摄影这门艺术，但是我的生活内容中，值得拍摄的是愈来愈少了。

但是摄影本身也是有遗憾的。这本影记中有送春的二月兰，有报秋的玉簪花，但是没有紫藤萝瀑布。静止的画面无法表现我所感受的那种灵动，那种活泼，那种热闹和生机，我想就不让照片介入我的文字了。便是二月兰和玉簪花,也只是记下形状而已。

经过近两个月的搜寻和整理,《宗璞影记》终于编成。也许它会留下一些生活的痕迹和时代的影子。那也是很浅淡,很微弱的。我不希望它有太多的读者。

对所有帮助留下这些痕迹的亲友,我心怀感谢。

1996 年 4 月底

(《文汇报》,1998 年 12 月 4 日;

《宗璞影记》,河北教育出版社 1998 年出版)

童心与童话

《宗璞儿童文学作品精选》序

在儿童文学领域中,我是一名不合格的作者。只因为写了几篇童话,也便冒了虚名。我自幼爱读童话,这兴趣一直保持至今,安徒生、格林、豪夫等人创造的奇幻世界使现实世界丰富了许多。

因为爱读,有时心中有些意思,便以童话形式出之,成为作者。无论读或写,就童话来说,都需要一点童心。我国明代思想家李贽发展庄子"法天贵真"的思想,提出"童心说"。他说:"童子者,人之初也;童心者,心之初也。"希望"护此童心使其勿失",以为童心就是真心,是绝假存真,最初一念之本心。有童心,才有艺术,才有美。"天下之至文未有不出于童心者也。"若说童心就是真心,也可以说是成人具有的真性情。没有真性情,写不出好文章,这是一句大白话的至理名言。

童心有一个特点是富于想象力。孩子对生物、非生物的界限不是很清楚,在他的心目中,玩具无疑是有生命的,和他是平等的,所以孩子能专心致志地和玩具玩耍。一个成人若也那样专心致志,势必有些问题了。富于想象的童心是童话的核心。想象的世界飞出现实的藩篱,使读者变得纯真、清净。而童话又是成人创作的,在美好的想象中往往寓有人生深沉的经验和哲理。如《海的女儿》中小人鱼对爱情的执着,催人泪下;又如《潘彼得》一书中那永远长不大的孩子潘彼得,他生活的地方习惯译作"绝域",若直译出来是"永不会有的地方"。没有人不长大,只有童话中的孩子长留在"人之初"的阶段,他只好居住在"永不会有的地方"。这里有着对人生的怅惘和对生活的珍惜,年纪愈长,愈能从中读出道理。

我还以为,童话应该以美的语言出之,不只有故事,且要有意境,有文字本身的魅力。在中学英文课本中初读王尔德的《快乐王子》,不仅为快乐王子的善良的心震撼,也为王尔德的美的语言所吸引。"燕子,燕子,小燕子!"真是可以打着拍子来读。《爱丽丝漫游奇境记》的语言简练有趣,霍桑的《奇异的书》则有些沉重。《西游记》的语言极传神,如悟空和八戒的对话,都是可以朗读的,其中不重要角色的名字也具童心,如"心腹小校一名,有来有去",读过便不会忘记。我国前辈作家张天翼为儿童写的书,语言也是很有特色的。语言的作用,无疑会增加童话的魅力。

说许多"应该"没有用,最重要的是写。我曾发愿每年写一篇童话,看来已是做不到了。这里收集的十九篇,只有《七扇旧窗》是近作,不要问它究竟写什么。我只能说,得到什么,便是什么。

《鲁鲁》是一篇小说。因知有的小学一直把它作为语文教材,想来儿童也是爱读的,因为他们对动物也抱有平等之心。有人问,为什么《鲁鲁》不是童话而是小说?我自己一直也不明白,只觉童话和小说这两种形式,在写作时的心境是很不一样的,乃直觉地定它为小说。近来忽然明白了些,那是因为,鲁鲁的所作所为,虽有夸张,基本上是真实的,只是我替他写出了他的想法,或是我代他想出了他的想法。我相信这些想法也是真实的。这种虚构和童话的幻想属于两种范畴。亲爱的鲁鲁,我说的可对么?

散文和诗,在这里颇有凑数的嫌疑。编者认为它们或率真地亲近自然的精魂,或有节奏地斟出文化的乳汁,对小读者有意义。我想读者也会从中看出童心,和别的作品是和谐一致的。一起作为一本儿童文学作品选集,也还说得过去吧。

作为儿童文学领域的名不副实的作者,似乎该做些努力,而且我一直认为这一事业是极神圣的。但我已没有资格再发出豪言壮语,只希望有更多的新作者出现,让孩子们读到更好的书。

1996 年 7 月 25 日初稿,下旬改定
(原载《文汇读书周报》,1997 年 2 月 15 日;
《宗璞儿童文学作品精选》,河北少年儿童出版社 1998 年出版)

岁暮感怀

《未解的结》序

又是一年岁暮。以前总是感慨日子过得太快,现在似乎连感慨也来不及了,也就少了感慨。

不过天天总会发生新的事,也不免有少许感想。约在十一月间,香港城市大学一位女士来电话,她是英国翻译家卜拉德的秘书。卜拉德正在翻译一系列散文,从中国古代一直到现代,其中选了我的《废墟的召唤》。她打电话,一为取得同意;再是因为有两处不甚明白,希望我讲一讲确切的意思。我当时就表示很赞赏译者的认真。十二月初,卜拉德应北大英语系邀请来访。他打电话来,说这一天上午要到圆明园,下午要来看我。他到我家坐定不久,便拿出《废墟的召唤》复印件,说要进行考试。这时,我才恍然大悟,他到圆明园是为了翻译这篇文章。他在废墟做了实地考察,又研究了方外观、远瀛观等名字,还特地去看了文中提到的遗址桥。我忍不住说:"你真让我肃然起敬。"谈话间,说起我的写作过程,不免对自己也肃然起敬。写两千字,费时两周,三次去到冬日的圆明园,在那停泊的大船上行走。残坏的石基、柱、墙之间闪动着古代的幻影,自然景色和怀古幽思的最初撞击之后,我一次又一次地捕捉自己的思想,使我的笔变得沉重曲折。当然,这是笨人的办法。翻译这篇文章是不容易的,遇到这样的译者也是一种幸运。他提出的问题,每一个都可以讲出几层意思,我顺利地通过了考试。

认真,在我们各行各业中间,似乎已经成了一种奢侈品了。东拉西扯便是一篇文,东拼西凑便是一本书。真都不认,何来善、美?我有时累不过,便想文章少看几遍,字句少改几行,也无伤大雅。我是在走下坡路了。

几乎已经被我遗忘的废墟又在召唤,要上坡,要上坡!

近年少写散文,却还要出一个集子,可以想见大都是旧作,实在惭愧。感谢何镇邦同志编选此书,他说这样做值得。我有些怀疑,也还是照做。

新年慢慢靠近了,我希望在新的一年里,自己能做得好一些;也希望在新的一年里,天下人都能过得好一些。

1998 年 12 月 30 日

(《未解的结》,辽宁人民出版社 2000 年出版)

《风庐短篇小说集》序

一九九五年,我的短篇小说集《风庐故事》由中国对外翻译出版公司出版,收有二十四篇作品。现又重编短篇小说集,找到了原缺的我的第一篇小说《A. K. C.》(1947),又加了两篇近年的游戏之作,共二十七篇。

说一句敝帚自珍的话,我很钟爱我的短篇小说。写作时似很随意,仔细想想却有三方面的追求:一是结构完整,无论怎样的奇峰怪石,花明柳暗,总要是浑然一体;二是语言要达到一篇散文所能达到的,让读者能从语言本身有所获得;三是要有一个意境,也许短篇小说不一定有故事,但一定要有意境。如果说我已经完全做到了,那是大言不惭;如果说完全没有做到,岂非白活了几十年。

读者读一篇作品未必完全知道作者所想的,但读者有时会从中想到作者所未及想。应该是写自由我写,感自由他感,原不必问。但可能出于好奇,有些小处却想问一问。我要出一道题:《长相思》中的叙述者谢娥法,为什么有这个名字?"娥法"两字是什么意思?我想一定有人能回答。

风庐是我依恋的地方,二十七篇作品中有二十四篇在此出生。这本集子现由上海社会科学院出版社出版,我很高兴。

2001年9月7日

(《风庐短篇小说集》,上海社会科学院出版社 2001 年出版)

《野葫芦须》后记

自从一九八七年我出第一本散文集《丁香结》以后,十多年来出的散文集总有十多种。每一种都是旧文多新文少,我常感歉意。最初在编新集时,总是不太情愿,又不好过于不领朋友的好意。后来发现如果不这样出,很可能就不能保持和读者的联系,因为一本书出过不久就看不到了。于是便颇为心安理得。

这些集子虽然大同小异,编选总有侧重。我觉得最好的一个选本是人民文学出版社的《中华散文珍藏本·宗璞卷》,但因编选的时间较早,后来的文章未及收入,也许将来会有增订本。这本《野葫芦须》和别的散文集不同,它是我的散文全编。从横的方面,它包括了我的各类散文,连同一些信件,特别是我的主要评论文章,已经收得全了。我的大学毕业论文在清华图书馆中保存了五十年,现在得在此书中有一席之地,可谓幸事。文章原用英文撰写,现因目疾,无法自译,乃请兄长钟辽翻译。他虽然是工程师,也和我们的弟弟钟越一样素喜文艺。他的译文颇有特色。从纵的方面,从上世纪五十年代直到二〇〇一年底的文字都在这本书中。我的第一篇散文,也是我的第一篇创作,写于一九四三年,写的是昆明海埂的夜。遗憾的是这篇文章找不到了。而那文中描写的月夜、海波和印刷用的发黄的纸仍在我眼前。对上世纪五六十年代的文字,也有这样的意见:那时的文字多有政治痕迹,似可不收。但还是收了,因为我像许多人一样,就是这样走过来的。这是时代的痕迹。当时,我没有能力站得更高,又时时在扼杀自己想站得更高的愿望。这也是一种"迹"。许多年来我一直想探讨其"所以迹",但那是太复杂深奥了。

文章总是要写出一些想法,或有所思或有所感,然后托以文字。这些野葫芦的须蔓虽然细弱,却都活泼泼地显示着生命。近来,深感自己的生命力在一点点消失,虽然尚未如槁木死灰,但表达的声音已渐哑涩。令我稍感欣慰的是在这本书里似还没有显露。

谁也不能预料明天的祸福,但那野百合花的尽头是越来越近了。人生本来是一个过程,有始必有终,大幕落下,有谁能再揭开。这些话也说过不止一遍,有些俗了,因总萦绕心头,便不觉说了出来。

2002 年 3 月 21 日
(《野葫芦须》,北京出版社 2003 年出版)

《宗璞散文全编》序

一九四四年夏天,我在西南联大附中高中一年级学习。学校安排我们到滇池中间的海埂上露营,夜间有站岗、偷营等活动,得以亲近夜色。我非常喜爱月光下茫茫的湖水,很想站在水波上,让水波带我到很远很远的地方。我把这种感受写了一篇小文,寄给昆明的某个杂志。文章发表了,是在一种很粗糙的土纸上。那是我的第一篇散文。我没有好好保存它,现在已经找不到了。而那闪着银光的茫茫湖水却永远在我的记忆里。

一九五九年春天,我写了一篇散文《山溪》,是访问小五台山林区所得,发表于一九五九年第十六期《新观察》杂志。(我曾经误记这篇文章写于一九五一年,在此更正并致歉。)从一九五九年到现在,有五十五年了。这些年中,经历了很多事情,发生了很多变化,有很多感受、很多想法,我断断续续写了不少散文;前后出版了二十余种散文集,内容多有重复。现在把五十五年的散文收集在一起,按内容编成五卷,可以视为我的散文全编了。"选集"受到篇幅的约束,往往有所偏重;"全编"似乎庞杂,思考或有深浅,着墨或有浓淡,但都是我生命的痕迹,读来也许会有一个更广阔的天地。

能够出版这套散文全编,端赖我的老战友、好战友杨柳女士,她也是一位资深的编辑。为了编这套书,她做了近三年的准备,反复阅读,校正错字,精心思考怎么样编得更好。没有她的苦心,是不会有这套书的。也要感谢浙江文艺出版社,他们把社会效益放在首要地位,出版了这套书。这种重视文化传播的理念,无疑是很可贵的。

2014年12月12日,时为冬至前十日
(《宗璞散文全编(五册)》,浙江文艺出版社2015年出版)

吴宗蕙《中南海之恋》序

认识吴宗蕙那年,她似乎是十七岁。两条辫子垂在胸前,尖尖的瓜子脸上一双眼睛黑白分明,再加上那软软的南方口音,真是个可爱的姑娘。大家都叫她小吴。

那一年,我从清华园出来,经统一分配,到政务院文教委员会宗教事务处工作,机关地点在中南海。初到中南海,觉得那太液芙蓉未央柳美不可言,想想看,祖国的大航船是在这里决定方向的。那时人们满怀对新生的社会主义祖国的热爱,对共产主义的向往,尤其在青年人眼里,一切事物都带有神圣的光圈。那是一个充满激情的时代。记得当时薪金制和供给制并存,报到时,人事部门问我们要哪一种。"当然是供给制!"同学们异口同声。我们领到两套制服,其中一件是两排扣子束腰带的列宁装,穿上自觉十分神气。似乎我们要供给制,穿列宁装,世界便会大同,人类便可永远免遭不幸了。

那时的机关有些像大家庭,管束颇严的大家庭。记得除总理外,别人都是称同志的,很少称官衔。虽然几个同学都不爱自己的具体工作,经常接受批评并作自我批评,我们还是认为业余时间也必须钻研业务。我们喜欢"我是一个兵,来自老百姓"这首歌,中午休息时到处邀人一起唱。那时大家清扫庭院都十分认真，大概因为这种卫生运动前面还有"爱国"两个字吧，屋檐下清朝留下的尘垢也难逃我们的扫帚。竖立在花坛旁的黑板报，内容大都是热情歌颂新事物，我走过来走过去都要看一遍。小吴也是踊跃的投稿者。

三十多年过去了，小吴作为调干生，从北京大学中文系毕业又辛勤笔耕，成为一名女评论家，大概可以称为老吴了。我更痴长几岁，在龙年的热闹中，已步入老年行列。回想中南海的暮暮朝朝，不仅有忧惘怀旧的朦胧之思，也有反省检查的沉重之感。我们的天真热情，后来有多少发展为盲从和愚昧。我们心目中灿烂的光圈，哪些是客观存在，哪些是虚伪的幻象，哪些还要经过历史的严峻考查？

《中南海之恋》以抒情的笔调，娓娓叙述了许多我不了解的往事。这不只是一本散文集，也是一部历史书。

1988年5月18日

序钱晓云《飘忽的云》

读着晓云的散文,不觉泫然。掩卷又久久地望着窗外,只觉得被一种真情压倒了。

文章多种多样,记交往,忆儿时,旧友相聚,家庭琐事,尤以记叙阿英同志的几篇,最为感人。那种只存在于亲人之间的,属于我国传统伦理道德高层次的父慈子孝之情,极大地唤起我的共鸣。这是人之所以为人的一种高尚情操,应该是永不泯灭的。

在一片汹涌的真情中,我又看到了阿英同志本人。五十年代中,阿英任中国文联副秘书长。我当时在文联研究部工作,常常是办公室门一开,便出现他那圆圆的、慈祥——这两个字特别合适——的面容,总是带着微笑;声音总是有些沙哑,和我们谈着工作、学习、生活。文联的工作并不紧张(除了有时要连夜整理记录),尽有时间自己读书、创作。他对年轻人的进取心,常予嘉许。

我那时先天下之乐而乐,很喜欢熊猫。吴作人先生为我画了一双。一只傻不愣登地坐着,一只手捧竹叶在吃,憨态可掬。阿英同志见了,便说你不知道裱画的事,我拿去裱吧。没几天便裱好拿回。现在我对熊猫本身的兴趣已减,然而画的艺术长存,裱的情意也永在。

批判胡风运动中，文联开过许多会，我常做记录。为了整理记录，常要人家的发言稿。有一次会后，胡风同志打电话来，想要回发言稿做些修改。我请示阿英同志，说可以。当时谁也没有想到有什么不可以。不料为这事，他受到批评，党内开了许多会。可是我全处于懵懂状态，也从没有人问过我一句，过了许久才听说。我觉得阿英同志对人以诚心相待，不会像下棋似的算计好几步，虽然革命经历很长，还是一介书生。

曾有一次随阳翰老到棉花胡同钱宅去，看了许多字画。在书籍字画中，阿英同志真是如鱼得水，这才是他的本色。他说字画挂一阵就得换。我便想我家的字画可没有这样好的待遇，当然质和量也都是远远比不上的。也素知他爱书，现从《飘忽的云》中，才知他爱书到了痴迷地步，"一生甘苦与书共"，令我这"恨"书的人惭愧了。

如今在众多的藏书中加上这一本，而且是这样真挚细腻的一本，逝去的长者会感到欣慰罢。

从未见过晓云，她的年纪当和我差很多，但从文字上似已很了解。我想，因为我们都是女儿。我为自己封了六大官职：父亲的秘书、管家兼门房，医生、护士兼跑堂。看来晓云也是这样。最主要的，我们也是父亲的知心朋友。

希望继这本书后，还有各色的"云"问世。

1990年8月22日
（原载《解放日报》1991年8月8日）

《先燕云散文集》跋

和燕云没有见过几面,却留下了极深的印象,好像已经很熟悉了。她细细高高,眼睛很大,肤色较深,带着高原的色彩,让人想到那些亚热带的植物,蓬勃的、发展得很好的植物。譬如木香花,一路绵延不绝,雪白的花铺在丰厚的绿色上;又譬如山茶,但那似乎太艳丽了。

她随父母到云南来,长大了,住下了,成了云南人。要知道,云南是我的第二故乡。对于我,云南的一切都笼罩在亲切的诗意气氛中。而燕云除了是云南人外,还有着她自己特殊的气质,大概是骨子里的一种秀气罢。这种气质使她不同一般。

燕云的文字看得不多,但也觉得很熟悉了。特点是不只文笔清新流畅,且善于捕捉细节。看似极平淡的事物,她却能写出一篇情文并茂的文章。又不知为什么,曾建议她试着写童话。在云南这片有许多奇异传说的土地上,加上一份才情,是会耕耘出美丽的童话的。当然,这要看个人所好。

如今燕云出第一本散文集了。这只是第一本,一个种类中的第一本,不是么?

1992年8月4日

(原载《文学界》1992年第12期)

真情·洞见·美言

《女性散文选萃》序

随着新时期的到来,散文的作者和读者逐渐多起来。除各文学杂志有散文栏目外,专门发表散文的刊物也一个接一个出现。我也形成一个习惯,收到杂志时,常常先浏览一下散文的篇目,有时不管原来在做什么,就坐下来用十来分钟读一两篇,觉得像是听朋友在谈话,一下子身心都很放松。有一次读到一篇作者写自己的儿子读白字的种种笑话,让我笑了好久。有时读到好的山水游记,也可做短暂神游。有的文章里写的事是作者只向最信得过的人披露的,可竟写出来让天下读者知道,可以说是一点戒心全无。这是写散文的最好状态。

写散文,像任何的创造一样,需要自由。只有自由地毫无戒心地写,才能出现好文字。这就说明了为什么新时期以来才出现散文热,到底比以前几十年自由多了。我们不再以一个人的意志为意志,每个人都有自己的长在自己肩上的头脑。我们富有多了。有万紫千红,才能是一个美丽的大花园。若只允许有一种颜色,也许只适合军营和医院。

一篇好散文,我以为需要三个条件,即真情、洞见和美言。宋人邵康节在《观物篇》中说:"所以为之观物者,非以目观之也。非观之以目,而观之以心也。非观之以心,而观之以理也。"这话的哲学意义我们不管它,只想借用来说明写散文的道理。写散文,总是在现实生活中见到人或事,有所感焉,然后发之为文。见到一切,就不能只是观之以目,而要有情感的融合。譬如《背影》,作者不只眼睛看见老父的背影,他的心,也就是他的真情,倾注在那背影上,才能让百代以下的读者的心也为那背影感动。任何艺术的第一要素,总应该是真情。而散文因为篇幅小,较集中,没有什么遮盖粉饰,更容不下矫揉造作。

邵康节下一句话:"非观之以心,而观之以理。"是说用理观物,并不是一定要讲道理,而是为文时要有自己的见识。这见识不一定要写出来。有这个见识和没有见识,写出文章来自是不同。有见识,才能使文章达到一种境界。许地山的短文中常有一些道理,有时明白,有时隐约,但背后都有一个慈悲的胸怀,使得这些文章都带有虔诚的色彩。

所谓美言,就是要美的文字,散文特别需要文字上的功夫。本来文学是语言的艺术,散文似乎更为苛求。前几年见有人批评追求美言,批评追求词藻的华丽。其实美言不在词藻,如美人不在衣饰,粗服乱头,不掩天姿。甚至不只在容颜的姣好,而要有气质、修养各方面因素。语言和内容是一体的,不能脱离内容单讲语言。但必须能很好地驾驭语言,才能表现内容。这话说起来是废话,若要做到,似也不很容易。

我很喜欢冰心的一篇短文《等待》,因为这集子偏重新作没有收入。这是很简单朴素的一篇文字,但其中包含了忧国忧民的真情,遣词造句,恰到好处,使人感到文字的美。也可以说,真情、洞见加起来,形成了人格的力量,更以美言出之,才能成为好散文。

《女性散文选萃》是叶稚珊编选的,由上海三联书店出版。编者下了很多功夫。只阅读作品这项工作就够重的,何况还要选出来。这集子看来有三个特点,一是全,再是新,还有独属于女性的一种气氛。全并不是庞杂凑数,新也不是昙花一现。以时间讲,我们可以看到从世纪同龄人冰心先生直到二十几岁的青年作者;以地域讲,从跃动着时代大潮的祖国的极南端到束装待发的内地;以文章种类讲,议论文、抒情散文、小品文、记人记事记感觉的各种文字都获得了篇幅。这种覆盖当然还是免不了遗珠之憾,那是任何集子都免不了的。这本集子又有所侧重,表现出来即为新。侧重在新时期的作品,侧重在中青年的新作品,还着眼在有新的艺术追求的篇章,也注重发现散文新人。如广州的黄爱东西的这篇《速度的感觉》,作者名字便很不一般。读过文章让你也想飞起来,也想大叫"年轻真好",其精神面貌只属于现代女孩子,令人羡慕。

第三个特点是因为这集子的优秀作者全为女性而具有的。文章风格大都细腻,但又明快,这是因为作者不只为女性,且生活在现代社会之中。她们写到为人妻、为人母的心路历程,写到职业,写到家务。随手翻到一篇,都可见到"女人是水做的"那无限温情,却又无时不可见坚忍到极点的中国女性那一身侠骨。这独有所属的一种气氛,是中国女性的精魂所致,它弥漫在这本集子中。

在谈论散文时我曾屡次说到希望有议论文产生。议论文的先决条件是得有议论,头脑空空,是发不出议论来的。我偶然看到老作家苏雪林关于如何对待老年的议论,觉得很有趣。我还希望以后有更多的人发各种议论,不受任何阻碍。不只谈论生老病死,也谈论宽容、竞赛、自由、民主。

大病之后,整个人长时间呆如木鸡,但要我写点什么,也还是愿意的。写作时有一种"我也是正常人"的自豪感。虽然我的身体常常不正常。

拉杂写来,聊为《女性散文选萃》贺。

1992年8月21日

(原载《文汇报》1994年7月14日)

《永远的清华园》序

我们称自己的祖国为父母之邦,因为那是我们父母居住的地方,那水土,那习俗,那文化,滋养着我们的父母和父母的父母,一直浸入我们的血肉,还要传之子孙。

对于我们这些在清华园度过童年的人来说,清华园可以说是我们父母之园。上一代人把他们盛年的岁月献给了清华大学,在池边,在林间,在荷影蝉声里,造就了多少人才。我们耳濡目染,得到的是什么?过了大半个世纪以后,镌刻在记忆中的又是什么?回想起来觉得意味很是深长。也许我们不能用文字把它们完全表达出来,留下一点光影也好。

在我印象中,清华大学的校训"自强不息",对于我们这些子弟也是起作用的。这里没有懒散,没有低俗,它教我们要像昼夜一样永远向前不停息。这种精神似乎比一般的实干精神更丰富、更深刻。

熊秉明兄最先想到请清华子弟撰写缅怀先人的文章并汇集在一起,用一种独特的视角,显现出一个群体,是这个群体使得那时的清华所以为清华。他写信给我,但没有发,而是亲身带到风庐,建议多张罗一下。我的工作很重,身体又差,本不适合再承担什么事。经过商量,以为若有一家好出版社,再有一个好编辑,也许可以承担,遂就这样定了下来。不久北京出版社愿意出版此书,青年女编辑侯宇燕担任责编,开始联系约稿,筹备此书。在出版这一方面,可谓得其社也得其人。

顾毓琇老先生为此书题签。这帧"永远的清华园"墨宝,字迹仍很遒劲,旁有"时年九八"的小字,又印了好几个图章供我们选用。我看到时,真是又高兴又感动。有这题签在,这本书更显精神。张岱年老先生在大病后的恢复期中为我们作序,序虽短,却说出了他心目中的清华。我们感谢之余,还要讨一些两位老人的才气和福气。

还要感谢《清华校友通讯》编辑部承宪康等同志的帮助。

秉明兄和我感谢大家的支持。很多作者都是成志小学(清华大学附属小学)校友。在联系中又想起儿时的秋千和荡船。因为交往有限,最初联系的范围较小,以后得到大家的关怀,滚雪球似的联系越来越多,便成了现在的局面。大部分文章都专门为此书撰写。文章顺序不按传主职务,而是序齿排列。有的兄弟姐妹多人都写了文章,因为篇幅有限,每家只选了两篇。又因为缺乏知识,约稿不周,或者经过努力而无法取得联系,也有对方已得消息而无暇及此,就都成为遗憾,这也是免不了的事。但在众多的关于清华的书中,这是一本值得一读的书,因为它出自每一个作者内心中那属于永远的角落。

清华园是永远的。

1999 年 5 月上旬

(原载《永远的清华园》,北京出版社 2000 年出版)

乘着歌声的翅膀

歌曲集《记得当时年纪小》序

许多年前,我曾在一本钢琴谱的扉页上,写了这样一句话:我爱人类的歌,也爱自然的歌。我知道,没有歌声的地方,就有了寂寞。

不记得从哪里看来了这句话,也曾多次在文章中引用。这里说的歌,我理解为泛指,是指一种精神创造和生命力的活动。而在实际生活中,我们确实任何时候、任何地方都少不了歌,歌声陪伴我们长大。每一首歌都不只是一首歌,它可以唤起一段记忆,甚至代表一个时代,蕴涵无比丰富。我们唱《大同歌》,为两千年来人类追求的理想而感叹。《可怜的秋香》是一个小故事,那歌声引起多少对弱小者的同情。一曲《当我们还年轻》总是让人心头缠绕着惆怅。《松花江上》让人永远忘不了流亡的情景。《嘉陵江上》的曲调相当洋,但它很好地表现了我们的民族感情,表达了我们离乡背井又要收复家园的悲凉而又雄伟的情绪。我最喜欢那最后一句:"把我那打胜仗的刀枪,放在我生长的地方!"那高亢的音调,像是一个承诺,像是在发一个誓愿。

《团结就是力量》《茶馆小调》展现了另一个时代,我们曾在街头唱这些歌,想促进光明的到来。我们还唱《半个月亮爬上来》《阿拉木汗》,并配有简单的舞蹈,这在学生中很流行。想起那又跳又唱的样子,真觉不可思议。

老歌是忠实的老朋友,谁不喜欢和老朋友相聚?和这些老朋友相聚时,我们会发现自己老了,而它们不老。这些歌里,更有一个永远的少年,简直像童话中的人物潘彼得一样。这就是那首《本事》:"记得当时年纪小,我爱谈天你爱笑",把少年人的性情表现得多么好。题目不叫"往事",而是"本事",是人生中本来的事。听到有些朋友把这首歌误称为"往事",我就要气势汹汹地予以纠正。

感谢王健把这些老朋友都召集在一起,让我们回忆,让我们思索,让我们欣赏。王健是一位用心灵创作的词人,写过不少脍炙人口的歌词。她与我同年,都属龙。此龙只能蛰居风庐,苦念二十四番花信;彼龙则夭矫自如,竹杖青囊,登山越水,收集材料,怎不令人生敬而且生羡。

老朋友在一起,会不自禁地大声唱,我们要把青春唱回来!我还希望,有更多的新歌,好听的、真情的歌,让人们沿着新的千年一直唱下去。

乘着歌声的翅膀,永远不会寂寞。

2000年元月4日雪色映窗,乃另一千年雪矣
(原载《新民晚报》2000年2月5日)

《晚年随笔》序

梅祖彦先生和我们永别了,他留下了教书育人等业绩,在著述方面有水利机械的专著,也留下了这部《晚年随笔》。从这部遗作,我们看到了一个正直的爱国知识分子的一生,也使我想起许多往事。

三十年代,清华园工字厅西南侧有三栋房屋,称为甲乙丙三所。丙所换了好几位主人,甲所是梅贻琦校长住宅,我家长期住在乙所。我的哥哥钟辽和祖彦同岁,祖彦的妹妹祖芬和我同岁。两组人水平不同,不常在一起玩。只记得有一次,不知做什么游戏,大家扛着竹竿从工字厅东侧的小山上排着队往下走,很有点雄赳赳气昂昂的意思。这大概就是两位兄长日后从军的伏线。

抗战时期大家在昆明。四十年代初我的父母去重庆成都一带,我和弟弟钟越在梅家寄居半年有余,都是梅伯母照顾。我又常常生病,梅伯母真是费尽了心。我们姐弟和祖芬一个房间,梅家的三个姐姐反而无处住,晚上只好到南院女生宿舍去。房间里并排三张小床,床上的蚊帐是祖彦的劳动,他拿着锤子钉子敲一阵,使我们免受蚊虫骚扰。祖彦肯于助人,对自己要求很严。有一次吃鸡蛋,每人分得半个,要给正患感冒的祖彦一个,他怎么也不肯吃。梅伯母说,这孩子就是这样,绝不自己娇自己。

祖彦的一生有几件大事,他都有专文记载。从一九四三年下半年到一九四四年秋,正在反法西斯战争后期,中国在云南西部开展了极为艰苦的反攻,把盘踞在滇西一带的日寇全部消灭,这是一次伟大的胜利。祖彦经历了这一战役的全过程。当时征调四年级同学做翻译,祖彦是二年级,在一次动员大会后他立刻报名做志愿人员。他的两个姐姐祖彤、祖杉也同时作为志愿人员报名参军。因为招收女兵的计划有变,祖杉未去,祖彤则参加了国际救护组织,为抗战效力。祖彦从军后,在领导部门做翻译工作,有时也到前线,经历了滇西特殊战场的磨炼。这在《军事翻译员经历追忆》一文中有详细的记载。

　　他的另一件大事是一九五四年从美国回国。这是一个爱国青年的选择。我父亲曾说:"祖彦的难得就在于他的一家都在美国,他又是家中的独子,却能坚决回来。"他需要怎样的割舍和决裂!那时回国并不是买张机票就可以了,而是要冲破重重阻碍,必须有坚定的决心,才能做到。他回国后再也没有见到自己的父亲,直到三十四年以后,才在台湾梅园献上一束迟到的鲜花。我曾问过他,当时怎么会有那样的决心?他的回答不很具体。他是向着一个理想走的,他对理想的认识并不深,但是我想,年轻人有理想本身就是非常美好的了不起的事。

　　我本来不知道祖彦在本行以内的成绩,读完这本书,知道他在水利机械方面很有贡献。他不只做教学工作,还参加水电站的实际设计工作。他参加了密云水库的建设,当时实行"三边工程"(边勘测、边设计、边施工),施工员坐等设计,图纸画好,拿起就走,还喊着"刚出笼的"。施工以后,再不惮其烦地改,好像做衣服改纸样一样,我们的建设对人力物力的浪费实在惊人。祖彦是以全身心投入他的专业的,因为英语好,他在专业的国际交流方面做了大量工作,他一点不轻视翻译。他尤其注意得到外面的新鲜信息,参加了很多国际会议。

祖彦还有另外一个值得敬重的方面,那就是他在担任政协委员、人大代表期间,很认真地做工作,他把这些当作工作而不是当作一个荣誉的头衔。他在《晚年随笔》中写道:"现在一般群众衡量人民代表是否称职,只能凭其已有的知名度,而无法了解其政治见解,以至社会上有的代表也认为当个人民代表只是一种荣誉,而对代表的责任和义务没有深刻认识。"能够认真地把人大代表当作一件工作来做,不是人人都能做到的。祖彦对人大代表制度还提出了一些建议,特别是关于选举。但能起到多少作用就很难说了。

《晚年随笔》中还有一段话,说美国做过一个调查,社会上只要有百分之七的人努力工作,社会就会进步。而他常常对自己的学生说,希望他们成为百分之七中的一个。祖彦以他认真的劳动、不懈的努力,尽他作为社会一分子的职责。他关心社会,热心公益,就在今年他第一次住进医院时,还在惦记怎样处理一本写西南联大的不实之书。

《晚年随笔》记下的这些事,从各个方面都可以归结到爱国。他从军是要保卫自己的国家,他回国是要建设自己的国家,总的来说都是爱国。这里说的爱国不是指政权,而是爱自己生长的土地,爱自己赖以滋润精神的文化,爱我们深厚的历史,爱那注入了自己理想的未来。真正爱自己国家的人也会爱世界,这是一种非常美好的感情。他是社会里一个健康的细胞,我们很需要这样的细胞。

《晚年随笔》即将出版,祖彦夫人刘自强和梅二姐祖彤命我为序。我也许是不称职的,我的了解毕竟很少,但我愿意说几句话。人去了,一切终难再现。梅祖彦,作为一个正直的爱国知识分子,他的精神将会传之久远。

2003 年 7 月上旬

(原载《文汇报》2003 年 9 月 14 日)

《冯友兰集》序

这里是我的父亲冯友兰先生的一部分演讲、论文和著作摘录。无论是讨论民主政治，或是探求人生意义，都是从中国哲学的角度出发。他一直在汲取中国哲学中对当前生活有用的东西。本集中最早的一篇论文《中国为什么没有科学》发表在八十多年前，现在读来还觉新鲜。"阐旧邦以辅新命"是他一生都在努力做的。

冯先生既是哲学史家，也是哲学家。他研究哲学史主张"照着讲"，就是说要照着古人的意思讲，把古人的意思清楚地传达出来，可以使它更清楚明白、易于了解，却必须是它的本意。在哲学创作方面，他提出"接着讲"，就是说他的哲学创作是接着传统讲的，不是凭空制造的。文化本来就是一种有选择的积累，必须在楼层上建造，才能更上一层楼。如果不分朽木、良材，就建不起辉煌的殿堂；如果否定传统，否认根基和由来，岂非要重回蛮荒时代？

冯先生不只是为哲学而生，也是为教育而生。他在教育事业上的贡献，可以算作是他的"事功"。有人说，他在西南联大时是"领导决策层的重要成员，学问研究层的显赫教授，社会交往中的活跃人物"。应该说，这不只概括了他在西南联大的生活,也是一九四九年之前他在大学工作的写照。他自赴美深造归国以后,直到告别这个世界,从未离开大学教育岗位;除了某个特定阶段,也从未离开过讲台。

本书中有一篇《中国哲学和民主政治》,这也是经过半个多世纪仍然充满活力的一篇文章。他提出民主的四个条件:第一,要有"人是人"的认识。人是有独立人格、自由意志的,不能成为他人的工具;驱使别人、让别人成为自己的工具是不道德的行为。第二,对一切事物都应有多元论的看法,不能执一见而概括一切。儒家特别重视"和","和"就必须有异,把各种"异"调和起来就是"和";五味俱全,八音齐奏,可以得到"和";如果只有一种的味、一样的音,就只是"同"不是"和"了。第三,要有超越感,不能以自己的观点权衡其他的一切,互容相让,才能有民主的可能。第四,要有幽默感,对任何不如意的事都能一笑置之,这样才容得各种不同意见。文中所谈民主的四个条件,也是对生活的一种态度。

父亲是有这样的胸襟的,也许是到了廓然大公的境界,所以他能渡过常人所不能忍受的艰难坎坷。一位哲学界人士回忆说,有一次开会,所有的人都批评冯先生,中午休息时,他踌躇着想去安慰几句,不想冯先生已经靠在沙发上照常午休,安然入睡。他觉得常人真难以做到。母亲曾对我说,"文革"开始时,父亲被批斗,回来后略事休息,坦然平静地对她说:咱们吃饭吧。而母亲一点也吃不下。批冯的人很多,有时并不讲理,父亲从不计较,在家里从未说过哪个人不好,只笼统地说他们也是为形势所迫。父亲是这样宽容,事事为别人着想,这都是中国哲学给他的力量。

父亲的趣味很广泛,对文学艺术有许多见解。他告诉我,昆曲音乐中直起直落的变化,称为"方笔";北京城里钟楼和鼓楼的气韵不同。他讲过,一位朋友看晚年程砚秋的演出,程一出台,甚显胖大,这位朋友"哎呀"了一声,心想:这怎么受得了!听了几句之后,觉得完全受得了,再听再看,觉得很愿意"受"。这里没有直接称赞程氏的表演艺术,却让人感到程的表演之高超。我们每年春天要去颐和园,看玉兰,看海棠,看桃花。后山的桃花映着松树,又活泼又庄重,是一幅永远难忘的图画,我们常流连在这幅图画中。父亲却不让任何一种趣味成癖,绝不玩物丧志,他离不开的是哲学。

父亲曾提出,大学教育的目的之一,是要让人能够欣赏古往今来美的东西。他本想在完成《中国哲学史新编》这部大书以后,写一些艺术感受,题名为《余生札记》,已成一篇《论形象》,从杜甫的《丹青引》谈起,讨论美术创作。可是,《新编》以后的余生很短,他已经泪干丝尽,不得不带着满脑子的"非常可怪之论"远去了。那些发光的"非常可怪之论",究竟还有多少,内容是什么,能够给人的精神世界增加怎样的活力,永远不能为人所知了。这不能不说是我们的遗憾。

那个时代人的精神世界是比较丰富的。记得物理学家王竹溪曾来我家问一个字,原来他在编一本字典;化学家黄子卿写旧体诗,有唐人韵味;还有一位晚一辈的数学家,姓王,写了《红楼梦》续编,在他的书里,薛宝琴能文能武,嫁给了柳湘莲,一同成为起义领袖。这些先生们都有多方面才能,所以毫无匠气,而在自己的专业方面俱臻化境。他们已进入历史,但留给我们的文化宝藏是发掘不尽的。

哲学是一个冷门,父亲的子女没有一个学哲学。人家问这是为什么,父亲自嘲地答:因为他们知道学哲学无用。这是一句玩笑话。其实父亲认为,哲学似无用而有大用,它是关系到人生的。有人说,读了冯先生的书,知道人不仅有社会中的地位,也有宇宙中的地位;有人说,读了冯先生的书,才从人生的低谷中走出来。有一位香港中医对我说,他隔些时便要读一读冯著,而每读一遍,便可获取新的力量。父亲的"哲学史"把中国哲学的精神传递给读者;他的哲学创作"接着"中国哲学的精神,又吸收西方哲学,再抟、再炼、再调和,给人新的精神食粮。

这本书是冯先生的学生陈战国编选的,他是中国哲学史研究专家,也是冯学研究专家。冯先生著述很多,这本书篇幅不大,却不乏精彩篇章。若是通过这些文字能够引起窥全豹的兴趣,就更好了。

2008 年 3 月 3 日

(原载《随笔》2008 年第 3 期)

《我这九十年》序

任均老人是我母亲的幼妹,是我的六姨。她与大姨相差近三十岁,年纪和她的甥辈,我的长姊冯钟琏、表姐孙维世相仿。父母亲去世以后,亲友渐稀,有三家老亲时常来往,给我关心和温暖,照我的称呼,他们是七姑、七姑父(冯缵兰、张岱年),六姨、六姨父(任均、王一达),三姐、又之兄(冯钟芸、任继愈)。本世纪最初的十年间,他们一个一个离开了这个世界,只剩六姨一人,她现在是唯一的比我年长的长辈。每个人的离开仿佛都带走了一条连接历史的线索,关闭了一条通往历史的道路。六姨健在,自然应该写下她的记忆,何况她的记忆是那样不平凡。

外祖父任芝铭公是清末举人、老同盟会会员,为辛亥革命出力甚多,晚年思想进步,倾向延安。他的思想从不停滞,能够清醒地对待现实。三年困难时期,外祖父一次来京,那时他已是差不多九十岁了,他对我说:"河南饿死了很多人,很多很多人,我是要说的。"他忧形于色,衰老的面容至今在我眼前。他确实说了,写信面谈他都做了,只不知起了多少作用。

六姨是由外祖父亲自送往延安参加革命的。上世纪四十年代末,六姨和六姨父全家从解放区来到北平,住在我家——清华园乙所。那时的人们对"解放"充满了憧憬,并有一种神圣的感觉。清华园中许多人都知道我家里住着延安来的亲戚。梁思成先生特来我家造访,询问毛主席喜欢住什么样的房子,也许他是想造一座。那时的人们是非常天真的。

五十年代末,六姨夫妇转到外交部工作,被派往我国驻保加利亚使馆。表弟表妹们都还小,住寄宿学校,一到放假都住在我家。那时家里还有我的三个外甥女,一大群孩子,十分热闹。大表弟乳名坦坦,一九四三年在延安出生,是冯牧告诉我这名字的意义。一转眼坦坦已是近七十岁的老人了,这期间我们又经过了多少坦白交代。

随着年龄的增长,六姨的面容越来越像我亲爱的母亲,这几年六姨的年龄已经超过了母亲的寿数。我每次见到六姨都有不同程度的感动,隔些时不见就会想念。而母亲无论怎样想念也见不到了。

这几年,我常感常识的重要。多年来,我们矫情悖理,做了多少荒唐事,现在总算明白了些,做事不能违背常识。六姨不是思想型的人,她久经锻炼,仍保持常识,不失常情常理,实可珍贵。

在革命之外,她在家庭方面很成功。六姨父曾说,他们这一家全靠六姨支撑,他的感愧之情,难用言语表达。儿女都很孝顺,最难得的是儿女的配偶也都孝顺,不能不让人称羡。

一本回忆录,除了内容以外,也要依靠写作的能力,如文笔、剪裁结构等。《我这九十年》撰写人我的表弟王克明,他是担得起这项重任的。

去年表弟表妹们为六姨做九十岁大寿,能有机会为父母做九十大寿是子女的福气。延安食府的墙壁上贴着当时延安的照片,其中就有六姨。可惜去年一年我都在辗转住医院,未能前往，我想有许多不到场的祝愿欢喜都飞到了那里。

六姨一家议决由我为《我这九十年》作序，我虽久病却不能辞，况且话都是多年来积在嘴边上的，不必搜索枯肠。拉杂写来，是为序。

2010 年 3 月

（原载《文汇报》2010 年 4 月 19 日，题为《我的六姨》）

《任芝铭存稿》序

任芝铭先生是我的外祖父,我们称姥爷,称外祖母为姥娘。八十多年前,姥娘在家乡热心妇女放足工作时,把姥爷给她的家信,能找到的,都粘贴起来,缝订成卷。卷页上盖着些"新蔡县放足分处钤记"印章。"放足分处"是冯玉祥管河南的时候,为禁止妇女裹小脚,命令各县成立的政府机构,全世界绝无仅有的。姥爷的信,就此开始收藏。

五十多年前,父亲冯友兰先生为他的岳父辑录诗作,得四十多首,竖排刻写蜡版,油印装订为《任芝铭先生诗存》。尽管不知诗作年代,但它是姥爷的诗,就此存世,是唯一版本。那油印册子,今已难得。那些诗作,也久违了。

三十多年前,一九七七年秋天,母亲忽然得病,仅三周就离开了我们。她没有来得及交代什么,可是她心里的惦记我大致是清楚的。以后检点存物,见到一个整齐的纸包。那里面是姥爷生前的许多证书、委任状和厚厚的一卷家书——盖着"放足分处"章子的那本。这些东西是姥爷几十年来陆续交给母亲的,母亲一直收藏着。这当然是她的重要的惦记。我想,接下去保管这包遗物的人应该是六姨任均。我便和夫君蔡仲德一起,捧着它们去六姨家,郑重地交上。这一收藏,就又是三十多年。

一年前,六姨的儿子、我的表弟王克明对我说,他决心打开那本尘封已久的历史。我相信他有那种耐性,便期待着。不料,他竟严谨地为我们的姥爷整理注释诗文书信,辑成这本《任芝铭存稿》。未期他能如此认真,我十分惊讶。他告诉我,翻阅那些东西,那感觉是"民国扑面而来",放不下手,因而成书。体会表弟的文化之心,不由得感动。

我们的姥爷任芝铭,本是清末举人,却加入孙中山的同盟会,辛亥前后毁家亡命,为民主共和奔走出力。北伐时期他花甲从军,抗战爆发他七十入伍,一生经历很有传奇色彩。上世纪三十年代中期,姥爷常到清华园我家,我从小多沐浴他的慈爱。一九四九年他再到我家时,我已成人,见到姥爷,没有了依偎膝下,却多了层肃然起敬。一九六〇年前后,饿殍遍野时,姥爷的忧民之情、愁叹之容,给我印象深刻,也对我影响深远。

姥爷是举人出身,旧学自然了得。他一定写过许多古文作品。可惜,存世的只剩一篇骈体文,写于新文化运动之后、旧文体消失之时。这文章赞辛亥烈士,记当时战事,声韵铿锵,用典密集,可谓梁启超所提倡"以旧风格含新意境"的好文章。且喜表弟用心,对今已生涩的典故,详注甚密,一目了然。或许由此,这骈文可以成为用典参考、旧学教材。自从旧学断代,人们对中华典故就所知无几了,典故承载的礼义廉耻之类文化精华,便丢失许多。丢了这样的教化,代以别样的宣传,社会的礼义廉耻,该到哪儿去找?

姥爷的家书,信纸各有年代特点,毛笔手书,小楷秀丽,十分漂亮耐看。现存的信,多是上世纪二十年代的,内容非常丰富,也非常民间。有平时的土地交易,有乱世的土匪祸灾,有丧命很容易,有行路太艰难,有革命信心,有社会状况,更多的是当年生活。今天细读,早已远去的民初社会,竟能跃然纸上。在宏大的历史叙事间,许多不为人知、无从想象的历史细节残留在民间文献里,成为难得的文化瑰宝,珍贵得很。因为历史如果缺少了真实细节,很容易遭遇改头换面,只能无奈地模糊远去,以至被诳语或谎言代替。

八十年来,几代家人默默接力,为姥爷保存收辑了珍贵的墨迹和文稿。克明近来又新有发现,他把它们都录进电脑,整理清楚,考证年代。从骈体文、白话文到家书、诗作,以至被思想改造时写下的检讨,都遇典注典,遇史注史,遇人注人,遇词注词;并为此行走河南,追寻姥爷的历史足迹,使得姥爷这书,勾连了古今,细描了历史,厚重了文化。

书成,需要一篇序。大家商量,推我来写。我虽目不能视、手不能书,却不能推辞。一是因为这是为姥爷尽一分子孙之孝;二是觉得,每个人的经历,都可以成为历史的印迹,也都可能成为历史的经验。这是一件公共的事。何况还有克明为我打了底子呢!

2011 年 8 月

(原载《文汇报》2011 年 12 月 26 日,为《序两篇》之一)

《寸草心：清华名师夫人卷》序

这是一本独特的书,书中文字除个别篇章外,多为子女对母亲的追忆。这些母亲都属于一个群体,她们都是清华大学教授的夫人,又大都为知识女性。她们心甘情愿、义无反顾地把自己全身心地贡献给家庭,支持了丈夫的事业,能使丈夫不气馁,教育子女肯学好,成为社会的健康的细胞。用旧话来说,她们的行为是相夫教子,她们的人被称为贤妻良母。这样的生活方式以后可能越来越少,但她们是永远值得崇敬的。

"相夫教子""贤妻良母"似乎都是在附属的地位,其实她们的作用是非常巨大的。抗日战争中,后方生活十分艰苦,这些教授夫人一改北平时优越的生活,井臼操劳自不必说,还想方设法,有的做点心、有的缝锦旗来贴补家用,从没有听说哪一位有什么抱怨。我想,那些经营的具体收入不会很多,而更重要的是一种精神力量。她们不怕苦,她们在支持、在奋斗。在中国妇女贤淑的性格中,往往也有极刚强的一面,能支撑一个家渡过最艰难的岁月。我常说,儒家人格的最高标准"富贵不能淫,贫贱不能移,威武不能屈",用来形容中国妇女的优秀品质倒很恰当,不过她们是以家庭为中心罢了。说以家庭为中心,并不是说她们眼光短浅,只能看见柴米油盐;她们常常是关心公益的,是把家庭和国家社会联系起来的。

据说上帝造人时,就为每个人造好了另外一半,可是他们散失在茫茫人海中,很难彼此寻到。奇怪的是这本书中所记述的我们的父母似乎都有一双慧眼,找到了自己的那一半。我想,如果找到的不是那一半,他们会弥补上帝的不足,终于契合无间。我觉得这是理性的力量。知识教给人理性,理性又教给人生活。

陈寅恪先生患目疾多年,终于失明。在漫长的和疾病作斗争的日子里,是夫人支持他,照料他。这是艰难的历程,但因为两个人为伴,就能度过很难度过的艰难。杨武之夫人文化水平较低,但她有了不起的人格,造出了一个美满的家。我永远不能忘记我的母亲在昆明郊外小河中洗衣服的情景,她为家庭洗去了愁苦,把清洁健康带给我们。张维夫人陆士嘉,本人便是极优秀的科学家,她完成了另一种意义上的"双肩挑":家庭和事业。也许这是以后的知识妇女的道路,家庭以外又能发挥自己独特的才能,成就一番事业。当然这是很不容易做到的。

母亲是伟大的,"谁言寸草心,报得三春晖"。我们永远怀念母亲、歌颂母亲。希望世界上所有的子女在想到母亲时,都能变得好一点、真诚一点、善良一点。

(原载《文汇报》2011 年 12 月 26 日,为《序两篇》之一)

《走近冯友兰》后记

如果编纂自己的作品不计在内，我平生只编过两本书，一本是《永远的清华园》，那已经是十几年以前的事了，另一本便是现在的《走近冯友兰》。我从清华园里走出来，走过漫长的人生道路，越来越走近冯友兰。

去年秋天，我在《哲学分析》杂志上读到一篇文章，《冯友兰先生是如何看待形式逻辑的》，作者是陈晓平。文中记述的很平常的小事中，表现出一种境界。如作者写到，他来我家看望冯先生，不需寒暄，谈话开始即问哲学问题，冯先生给予回答，三言两语他便恍然大悟，退出书房。主人也不问他来历，有问便答，答后由他自去。主客都处于一种超实际的境界中，大有晋人风度。

后来读到陈来的几篇文章，从中感到陈来对冯学的了解很深。香港大学翟志成有一篇文章，论胡适和冯友兰的两本中国哲学史的优劣，许多人说好，我读后真也有一种猛省的感觉。我想，这些文章应该让更多人读到。

一次，见报上有关于一九五七年中国哲学史讨论会的记载，但感觉文中对冯先生提出的"抽象继承法"说得很不充分。和牟钟鉴讨论，他提出了孔繁的文章《为"抽象继承法"正名》，又引出余敦康的《冯友兰先生关于传统与现代化的思考》一文,这篇文章对冯学研究有重要意义,值得人深思。这些文章已发表了十来年,而我现在才知道它们的存在。

怎样不让好文章淹没,让更多的人读到它们,将它们收集起来汇编成书是一个好办法。

于是,我便着手编这本《走近冯友兰》。我只有一个朴素的愿望,让人们多了解一些史实,把真实留在历史的长河中。我知道自己的声音很微弱,但是我要说出自己的话,也让更多的人说出自己的话。经过一些商量,陈晓平又写了《李约瑟问题与冯友兰问题》,这是一个大家都关心也需要深入讨论的问题。余敦康又写了《冯友兰先生的"抽象继承法"》,蒙培元写了《树立一个对立面》,翟志成写了《冯友兰学思述要》。这几篇文章都是为本书而写的。

整个编纂的过程仍是蚂蚁衔沙,一点一点堆积起来,成了现在的模样。而我自己也对冯友兰有了更深的了解,觉得离父亲更近了。我深深感到父亲对祖国和祖国文化的热爱,他为"阐旧邦以辅新命"所做的毕生努力令人泪下。他要把祖国文化中最优秀的有用的东西挖掘出来,成为现代化的营养,使我们的国家成为有旧根基又有新成就的亘古至今的伟大国家。他的使命是伟大的神圣的。只有身心健康的人才能成为社会的健康细胞,只有身心健康的民族才能屹立于世界民族之林,从而促进全人类的发展。

苏东坡的《留侯论》中有句云:"天下有大勇者,卒然临之而不惊,无故加之而不怒;此其所挟持者甚大,而其志甚远也。"父亲就是这样,思想改造榨不死他,诽谤、攻击毒不死他,谩骂谣言淹不死他。他活下来,不仅"照着讲",研究中国哲学史,使人得见往圣先贤的思想的本来面目；还要"接着讲",写哲学创作,创造新文化。在没有任何言语空间的时代,也要从砖缝里冒出一点点生命的绿色。

父亲有幸。世上有不少明白人,他们有睿智的哲学头脑,清醒的社会眼光,不随波逐流,忠实于自己的研究;他们理解他,写了这些好文章。我有责任把这些文章编辑成书,让它们流传下去。我以为这是除了我自己的写作之外,最大的最有意义的工作。我这也是在为中国文化尽力。

因健康关系,这些年我做任何事几乎都是做做停停,编这本书也是如此。然而终于编成了。首先要感谢的是作者,这是不待言的。编辑过程中,得到牟钟鉴的很多具体帮助,还有陈来的意见,他的博士生赵金刚做了许多工作。社会科学文献出版社二〇〇二年出版过《解析冯友兰》,收集了一些文章,现在又出《走近冯友兰》,可谓有出版关于冯著研究的传统。对于这一切,我心中充满了感谢,而且有一种说不出的安慰。

据了解,近十年来有一百多家出版社出版了冯友兰的著作。这本《走近冯友兰》可以作为阅读的辅导,并引起更广泛的阅读兴趣。

一九九五年,世界哲学大会为冯友兰百年诞辰,在双年会上举行了纪念活动,我有一个发言,最后一句是"冯友兰不是孤独的"。

现在我要再说一遍：
冯友兰不是孤独的。

附记：文中提到的专家学者,本来都有或教授或先生的称谓,但他们提意见说："以你的年纪,对谁都可以直呼其名,不用这样啰嗦。"便简化了。我素以小字辈自居,不料,不知不觉间已成为"老人家"了。

2012 年 12 月

(《走近冯友兰》,社会科学文献出版社 2013 年出版)

《冯友兰先生年谱长编》后记

《冯友兰先生年谱初编》于一九九四年十一月出版,于二〇〇〇年十二月又出了经过修订的第二版。在第二版以后,编撰者外子蔡仲德仍在收集资料,核对史实,继续增补、修订《初编》,准备使之成为《长编》,成为冯友兰研究的一方基石。

苍天无眼,仲德于二〇〇一年九月下旬患病,二〇〇四年二月十三日去世。在他许多未了的工作中,他最念念不忘的是尚未完成的"年谱"。他病重时,我们考虑需要有人继续,便由南阳师范学院王仁宇副教授接手这一工作。王君完成了书稿的整理工作,并编撰了一九九七年至二〇〇五年的一段。

我本想请一位长者审读,但他们都已力不从心。现在只有我来做最后的审读了。当这一摞厚重的稿件到我手上时,我心中充满了悲壮的感觉。我是在做父亲的年谱,同时也是在完成夫君没有完成的心愿。我虽然目力已丧失百分之八十,听力也很差,还是坚持完成了这一工作。用耳读,用口写,一天几页,历时两月余,添加了一些我亲历确知的事,对个别无确切来历的条目做了修订。在通读过程中,不断向年已九十的任继愈先生请教。

我很努力,但由于能力已差,多有漏读之处,也只能如此了。

工作结束后,我一点也没有感到轻松。头上、心上、肩上都像压着块大石头。我们的历史为什么是这样的,为什么会出现"文革"那样黑暗的一段?那当然不是孤立的,偶然的。这是我思索的问题。我想这也是亿万中国人思索的问题。我们有责任把它想清楚。

我的同情完全给了这一百年中的知识分子群体。十九世纪末出生的那一代知识分子,在东西文化相汇的大潮中创造了新文化。他们中许多人是各学科中的第一个,第一个使他所在的专业走向现代化。第二代、第三代在离乱变革中成长,也都有各方面的成就。他们本该是社会的良心、民族的脊梁,可是在一个阶段中他们被扭曲,被打倒,只能匍匐在地,沦为极卑贱的角色。再要重新巍然而立,不知还需要多少年。

至于肩上的石头,本来是不必有的,我还能负担什么,谁还指望我负担什么?可是我总觉得那石头的存在,这可算得自寻烦恼吧。

以上的话还是二〇〇七年写的。《年谱》编成,没有料到在出版时遇到多次周折,转眼便是几年过去了。这一期间,书稿又有增加调整,我已无力再读。二〇一三年春,正在编辑出版《三松堂全集》的中华书局,一并承担了《年谱》的出版工作,这真是《年谱》最好的去处。我觉得很幸运。副总编辑顾青先生和责编孟庆媛女士是这样热心而认真,令我感动。对一切曾给予帮助的友人,我怀着深深的谢忱,在彼岸的仲德和我一起向大家致谢。多余的话是不必要的。

2013 年 8 月 1 日改定

(原载《解放日报》2010 年 5 月 29 日,总题《肩上的石头》;后略有改动)

《中国哲学史》跋

二〇一五年是先父冯友兰先生诞生一百二十年，辞世二十五年。台湾商务印书馆为纪念他，特出版《中国哲学史》精装本。《中国哲学史》是冯友兰先生在二十世纪三十年代的著作，先生在写这部书的下卷时，国家遭受侵略的局势日益艰危。先生在《自序》中云："值此存亡绝续之交，见古人思想，如人疾痛时之见父母也。"对祖国文化的依恋之情，跃然纸上。我想，这就是为什么我们要有自己的文化。自己的文化是根，是大难临头时的依靠。自己的文化不必十全十美，它总是和我们一起生长的。只要不拒绝别人的长处，勇于正视和改进自己的短处，我们就会一天比一天强壮，我们的精神就永远有所依托。

冯先生一生从事哲学工作，他以极大的热情把中国哲学展示给读者，并建立了自己的哲学体系。他独力写出了大小共三部中国哲学通史，它们是两卷本《中国哲学史》（即此书）、《中国哲学简史》（英文写作）和七卷本《中国哲学史新编》。他的一生是哲学的一生，他让中国人了解自己的哲学，了解自己的文化，并且要继承和创造。他让我们知道我们是有根基的，我们是富有的，我们是有希望的。他的临终遗言是："中国哲学将来一定会大放光彩！"

一九二四年，先生的哥伦比亚大学博士论文 *A Comparative Study of Life Ideal*（《人生理想之比较研究》），由上海商务印书馆出版。他在抗战期间所著的"贞元六书"，有五书是在商务印书馆出版的。一九三四年，《中国哲学史》上、下卷在商务印书馆出齐，当时签的是永久合同。一九四七年曾再版。那以后，因各种原因多年未得再版。经过若干年的变化，一九九三年，台湾商务印书馆又出版了《中国哲学史》，是很令我高兴的事。这说明台湾商务印书馆知道书的价值，也知道人的价值，是有卓越见识的出版社。现在这部书在各地已有数种版本。好书还要有好的出版社，才能让中国哲学在世界上放出光彩。

　　冯先生曾说"商务印书馆是我的老伙伴"，诚然！

2014 年 11 月 7 日

（《中国哲学史》精装版，台湾商务印书馆 2015 年出版）

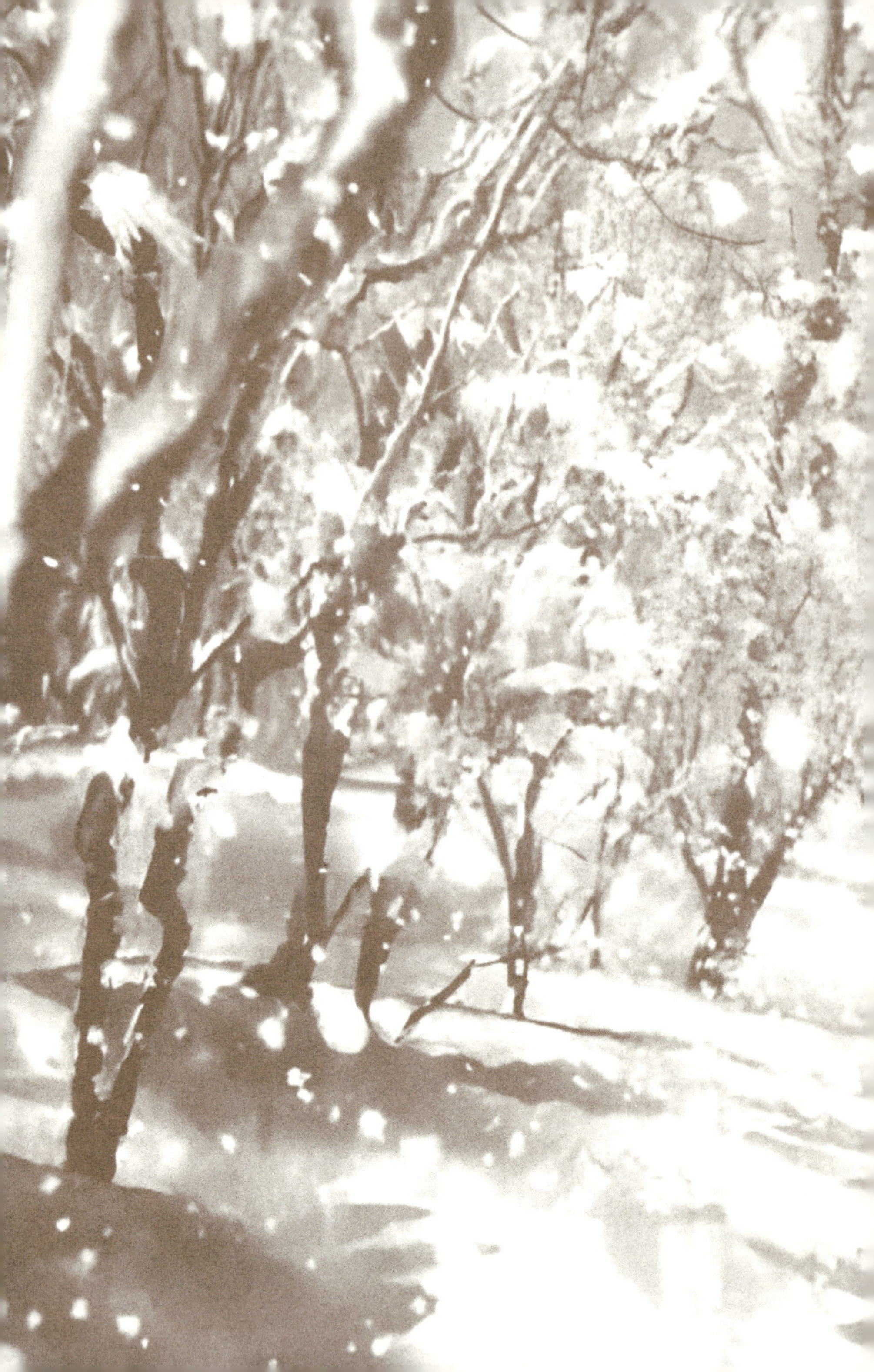